BLACKOUT

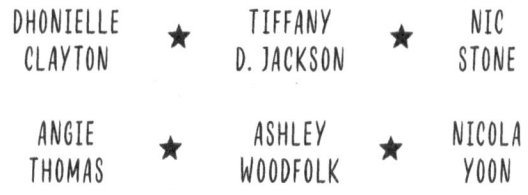

DHONIELLE
CLAYTON ★ TIFFANY
D. JACKSON ★ NIC
STONE

ANGIE
THOMAS ★ ASHLEY
WOODFOLK ★ NICOLA
YOON

BLACKOUT

Aus dem amerikanischen Englisch
von Anja Galić und Katarina Ganslandt

Penguin Random House Verlagsgruppe
FSC® N001967

QUELLENNACHWEIS:
Seite 166, aus: »John Keats. Werke und Briefe«, Reclam Verlag, 1995,
Übersetzung Mirko Bonné
Seite 178, aus: James Baldwin, »Beale Street Blues«, dtv, 2018,
Übersetzung Miriam Mandelkow
Seite 179, aus: »Das Allerbeste von Dr. Seuss« S. Fischer Verlag, 2011,
Übersetzung Felicitas Hoppe

1. Auflage 2023
Erstmals als cbt Taschenbuch Juli 2023
© 2021 für die deutschsprachige Ausgabe
cbj Kinder- und Jugendbuch Verlag in der
Penguin Random House Verlagsgruppe GmbH,
Neumarkter Straße 28, 81673 München
Alle deutschsprachigen Rechte vorbehalten
»The Long Walk« copyright © Tiffany D. Jackson 2021
»Made to Fit« copyright © Ashley Woodfolk 2021
»Mask Off« copyright © Nic Stone 2021
»All the Great Love Stories ... and Dust« copyright © Dhonielle Clayton 2021
»No Sleep Till Brooklyn« copyright © Angie Thomas 2021
»Seymour & Grace« copyright © Nicola Yoon 2021
Published by Arrangement with CHICKENLITTLE DHONIELLE LLC.
Die amerikanische Originalausgabe erschien 2021
unter dem Titel »Blackout« bei HarperCollins, New York.
Dieses Werk wurde vermittelt durch die
Literarische Agentur Thomas Schlück GmbH, 30161 Hannover.
Aus dem Englischen von Anja Galić und Katarina Ganslandt
Lektorat: Stefanie Rahnfeld
Umschlaggestaltung: Suse Kopp, Hamburg, unter Verwendung
des Originalumschlags (Cover design © HarperCollinsPublishers Ltd 2022,
Cover illustration © Uzo Njoku)
sh · Herstellung: LW
Satz und Druck: GGP Media GmbH, Pößneck
ISBN 978-3-570-31558-3
Printed in Germany

www.cbj-verlag.de

Für alle jungen Schwarzen Menschen auf der ganzen Welt:
Eure Geschichte, Euer Glück, Eure Liebe
und Euer Leben zählen.
Ihr seid ein Licht in der Dunkelheit.

DER LANGE WEG
TIFFANY D. JACKSON

Erster Akt

Harlem, 17:12 Uhr

Heute ist einer von diesen Hitzschlag-Tagen. Einer, an dem schlimme Sachen passieren. Zusammen mit den Temperaturen steigt auch die Gereiztheit, und die Nerven der über acht Millionen Menschen in dieser Stadt liegen blank. Normalerweise würde ich an so einem Tag ums Verrecken nicht rausgehen. Ich würde bei Eistee und Putenbrust-Sandwich in meinem Zimmer direkt neben der Klimaanlage hocken und Filme schauen. Deswegen bin ich mir in dem Moment, in dem die Türen der U-Bahn aufgehen und mir schwülwarme Luft aus der aufgeheizten Station entgegenströmt, nicht mehr so sicher, ob das mit dem neuen Job wirklich so toll ist.

Ich komme aus der U-Bahn-Station auf die 125. Straße hoch und bin überrascht, wie viele Menschen unterwegs sind. Der rote Schriftzug des Apollo Theaters gleißt im brutalen Licht der Sonne. Wenn das hier mein Filmset wäre, würde ich die Leute nach Hause schicken oder höchstens später noch Nachtaufnahmen drehen. Der Asphalt ist so glühend heiß, dass die Sohlen meiner Sneakers fast schmelzen, als ich zum Theater hetze. Wegen der Bahnverspätungen habe ich ganze zehn Minuten länger gebraucht als geplant. Aber den New Yorker Verkehrsbetrieben ist es auch während einer Hitzewelle scheißegal, ob ihre Bahnen nach Plan fahren. Und deswegen komme ich zu spät. Oder okay, pünktlich, aber das ist dasselbe wie zu spät! Dad sagt immer: *Wenn du zu früh kommst, kommst du pünktlich – wenn du pünktlich kommst, kommst du zu spät.* Deswegen habe ich in der Schule zwischen den Stunden auch nie auf dem Flur herumgetrödelt, sondern saß immer schon Minuten vor dem Gong als Erste an meinem Platz. Wahrscheinlich war ich bei den Lehrern deswegen so beliebt. Weil ich dadurch Respekt gezeigt habe. Sogar gegenüber Mr Bishop, obwohl es bei uns niemanden gab, der Sport mehr gehasst hat als ich.

Während der Aufzugfahrt in den vierten Stock merke ich, dass mir mein Kleid am Körper klebt. Ich glaube, ich habe in meinem ganzen Leben noch nie so geschwitzt. Aber sie haben geschrieben, dass ich meine Unterlagen heute abgeben muss, damit ich Montag gleich eingearbeitet werden kann.

Ganz genau. *Eingearbeitet.* Das ist ein echter Job. Ab nächster Woche bin ich den Sommer über die neue Büroassistentin am Apollo Theater. Den Tipp mit der Stellenausschreibung habe ich von meinem Berufsberater bekommen. Das Apollo Theater ist eine der ältesten und berühmtesten Schwarzen Konzertbühnen Amerikas. Hier haben die Karrieren von Superstars wie Michael Jackson, Mariah Carey und Stevie Wonder begonnen, weshalb ich damit rechnen kann, dass ich bald diverse Berühmtheiten aus dem Showbusiness hautnah erlebe werde. Für mich ein perfektes Training, weil ich vorhabe, später mal eine erfolgreiche Filmregisseurin zu werden.

Das Gehalt: 3500 Dollar für sechs Wochen.

Okay, das Apollo ist in Harlem. Mit Umsteigen werde ich von Brooklyn aus hin und zurück jeweils eine ganze Stunde in der U-Bahn unterwegs sein. Aber dafür bin ich den ganzen Sommer über schön weit weg von Bedford-Stuyvesant.

Da will ich nämlich so wenig wie möglich sein, seit … es passiert ist. Seit aus »wir« ein »er und sie« wurde und *ich* übrig blieb.

In der Mail mit der Jobzusage stand, ich soll um Viertel nach fünf im Büro sein. Weil meine zukünftigen Kolleginnen und Kollegen mich heute zum ersten Mal sehen werden, habe ich das neue gelb-blaue Babydollkleid angezogen, das ich mir von meinem Collegegeld gekauft habe. Eins steht jetzt schon fest: Bevor ich ins College fahre und mein altes Leben hinter mir lasse, lege ich mir eine komplett neue Garderobe zu, die zu meinem neuen Leben passt. Vielleicht nenne ich mich dann sogar Tam statt Tammi. Weiß ja keiner, wie ich heiße. Es ist schließlich nicht so, als würde irgendjemand mit mir an die Clark Atlanta University gehen. Ich werde dort ganz … allein sein.

Was so eigentlich nicht vorgesehen war, denke ich, als ich zur Empfangstheke gehe. »Wir« hatten andere Pläne. Hatten uns was anderes versprochen. Aber es gibt kein »wir« mehr, und es wird höchste Zeit zu lernen, ohne ihn zu leben. »Hallo, Herzchen.« Die ältere Schwarze Frau hinter der Theke strahlt mich an, ihr läuft der Schweiß die Schläfen runter. »Was kann ich für dich tun?«

Ich straffe die Schultern und verscheuche die Gedanken. »Hi, ich heiße Tam Wright. Ich bin wegen dem Ferienjob hier und wollte meine Unterlagen abgeben.«

»Alles klar. Dann schaue ich gleich mal, ob Maureen da ist, um sie abzuzeichnen. Eine Mörderhitze, was?«

In dem fensterlosen Großraumbüro dampft die Luft, die Männer und Frauen, die hier arbeiten, sitzen alle in durchgeschwitzten Klamotten an ihren Schreibtischen. »Äh, ja.«

Sie dreht sich um und greift nach einem Folder. »Angeblich waren es mittags schon achtunddreißig Grad und seitdem ist es nicht kühler geworden.«

Ich schlinge meine Braids zu einem hohen Bun zusammen und fächle mir das Gesicht. Nicht, dass mir auch noch das Make-up zerfließt und aufs Kleid tropft.

»Ist es hier drin immer so heiß?« Wenn ich daran denke, dass ich total wenige Sommerkleider und dünne Tops habe, steigt Panik in mir auf. Ich möchte, dass alles perfekt ist.

Die Frau lächelt mitfühlend. »Tut mir leid, Liebes, die Klimaanlage spinnt schon den ganzen Tag. Ich glaube ...«

»Whewwww! Shit. Sorry. Bin zu spät!« Ich zucke zusammen und erstarre, als ich die Stimme höre. Trotz der Hitze wird meine Haut mit einem Mal kalt. Ich schließe die Augen und fange an zu beten. *Bitte mach, dass das nicht er ist. Bitte, bitte, lieber Gott. Bitte. Jeder, nur nicht er.*

»Hallo, Herzchen. Wie kann ich dir helfen?«, fragt die Frau.

Seine lauten Schritte hören sich an wie die von einem Mörder, der sich von hinten nähert. Seine Sneakers sind ihm immer zu groß, die Sohlen klatschen bei jedem Schritt den Boden ab wie ein High Five.

»Hey! Hallo. Ich bin Kareem, ich ...« Er stockt kurz, dann brüllt er: »Tammi?«

Verdammt.

Ich öffne die Augen wieder und drehe mich langsam zu ihm um.

Diese braune Haut. Diese wunderschönen Augen. Es ist nicht so, als hätten wir uns nie mehr gesehen. Wir sind Nachbarn und waren auf derselben Schule, der Stacey Abrams Preparatory auf der Upper West Side. Aber so nah wie jetzt bin ich ihm seit vier Monaten nicht mehr gewesen – nah genug, dass ich ihn riechen kann und mir wünsche, er würde nicht so verdammt gut riechen.

»Was machst du denn hier?« Meine Stimme klingt – zu Recht – aggressiv.

Er verdreht die Augen und wendet sich der Frau am Empfang zu, als wäre ich gar nicht da.

»Sorry. Ich bin hier, um meine Unterlagen abzugeben. Montag soll ich eingearbeitet werden.«

Eingearbeitet? Nein! Nein, nein ... das kann nicht sein. Bitte nicht!

»Moment mal. Ihr seid beide hier, um eure Unterlagen für den Ferienjob vorbeizubringen?«, fragt die Frau.

»Nein«, sagen wir gleichzeitig und funkeln uns wütend an.

»Also ... doch. Ja«, sagen wir, auch wieder gleichzeitig.

Tödlich verlegen mache ich einen Schritt zur Seite, um mehr Abstand zwischen uns zu bringen, und räuspere mich.

»Also ... *Ich* bin hier, um meine Unterlagen abzugeben. Keine Ahnung, was er hier will.«

Er grinst. »Dasselbe wie du, schätze ich.«

Die Frau schaut zwischen uns hin und her, dann klappt
sie den Folder in ihrer Hand auf und überfliegt den Inhalt.
Sie dreht sich zu ihrem Computer und liest stirnrunzelnd
irgendetwas, während ich aus dem Augenwinkel einen
schnellen Blick auf ihn werfe. Er hat seine Lieblingsjeans
an (trotz der Hitze), ein schwarzes Poloshirt und brandneue
Jordans. Wahrscheinlich wollte *sie*, dass er sich die zulegt.
Irgendwie vermisse ich seine ausgetretenen roten Chucks
und die Superhelden-T-Shirts, die er immer anhatte.

*Reiß dich zusammen, Tammi! Du vermisst überhaupt
nichts an diesem Arsch.*

»Oh-oh. Wartet ihr bitte kurz?« Die Stimme der Frau
lässt nichts Gutes ahnen. »Ihr könnt euch solange da vorne
hinsetzen. Ich hole schnell Maureen und bin gleich wieder
zurück.«

Kareem und ich tauschen einen misstrauischen Blick
aus, während wir zum Wartebereich rübergehen. Hoffentlich dauert es nicht so lang, bis diese Maureen mich holen
kommt … und den Idioten hier hocken lässt.

Ich setze mich gleich neben die Tür, Kareem lässt sich auf
den Stuhl gegenüber fallen und rutscht unruhig darauf herum.

Cool bleiben, Tammi.

Mit einem schnellen Selfie-Check überprüfe ich, ob das
Edge-Control-Gel noch hält und nicht womöglich in der
Bullenhitze zerschmolzen ist. Ich will zwar nichts mehr von
Kareem, aber das heißt nicht, dass es mir egal wäre, wie ich
aussehe.

»Whoa«, murmelt er.

Ich folge seinem Blick und kann nicht anders, als auch
ein »Whoa« auszustoßen.

Im Wartebereich hängen lauter Konzertplakate von Musikern, die mal hier im Apollo aufgetreten sind. James Brown, Ray Charles, Ella Fitzgerald, Billie Holiday ... Musik, die meine Großeltern in ihrer Jugend gehört haben. Beim Reinkommen sind die mir gar nicht aufgefallen. Und dann wird mir plötzlich bewusst, dass ich in den heiligen Hallen sitze, in denen sich all diese Legenden die Klinke in die Hand gegeben haben. Die Vorstellung ist so überwältigend, dass ich den Vollidiot neben mir beinahe vergesse. Fühlt es sich später, wenn ich täglich in Fernsehstudios und auf Filmsets bin, dann auch so an?

Kareem zappelt immer noch herum und wühlt jetzt alle seine Taschen durch. Das macht er immer, wenn er nervös ist – zum Beispiel, weil er zu spät dran ist, was bei ihm praktisch der Normalfall ist. Er wäre morgens nie pünktlich in die Schule gekommen, wenn ich ihm nicht mehrere Wecker-Apps auf seinem Handy eingerichtet und gestellt hätte. Würde mich mal interessieren, ob er die noch hat.

Jetzt schlägt er sich an die Stirn und flucht leise. Anscheinend hat er was vergessen ...

Schluss! Hör auf, über ihn nachzudenken. Er denkt nie über dich nach.

Was will er überhaupt hier? Als mir unser Beratungslehrer Mr Taylor von der Ausschreibung erzählt hat, war nur von einer einzigen Stelle die Rede und zwar ausdrücklich für einen Schüler oder eine Schülerin, die was mit Medien und Entertainment machen will.

Kareems Plan war immer, im Hauptfach so was Lahmes wie BWL oder so zu studieren – »Damit ich lerne, meine vielen Geldbündel fachgerecht zu zählen!« Ach so, klar! Es geht ihm um die Kohle. Er ist scharf auf die 3500.

Tja, Pech gehabt. Gegen mich hat er keine Chance. Ich habe denen zusätzlich zu meiner Bewerbung auch noch mein Showreel mit meinen Filmen geschickt (alles am Handy gedreht und bearbeitet). Der Job ist meiner! Außerdem brauche ich ihn. Die Stelle als Assistentin ist ein weiterer Schritt auf meinem ganz eigenen Weg zu einem Stern auf dem Walk of Fame in Hollywood.

Mom und Daddy sind noch nicht ganz überzeugt von der Idee, dass ich Regisseurin werde. Nur Kareem hat immer an mich geglaubt. Und jetzt ... bin ich ihm scheißegal. Aber ich lasse mir das nicht von ihm wegnehmen. Er soll abhauen und mit dem A-Train zurück nach Brooklyn fahren.

Ich ziehe mein Handy aus der Tasche, weil ich mich ablenken muss, um nicht die ganze Zeit zu ihm rüberzuschauen. Er hat sich kaum verändert. Groß, mit ewig langen Armen und Beinen, wunderschönen Augen und vollen Lippen. Nur seine Haut kommt mir ein bisschen dunkler vor. Vielleicht war er ja am Strand ... mit ihr. Bei dem Gedanken könnte ich kotzen. Ich sehe die beiden vor mir, wie sie nach Far Rockaway unterwegs sind – sie in einem Winzbikini, er mit nacktem Oberkörper ...

»Hey, hast du ein Ladegerät dabei?«

Ich brauche eine Sekunde, bis ich kapiere, dass er mit mir spricht.

»Was?«, würge ich hervor.

»Ein Ladegerät«, wiederholt er ganz langsam, als wäre ich schwerhörig. »Ich hab vergessen, mein Handy zu laden, und hab nur noch fünf Prozent.«

Ich blinzle ihn ungläubig an. »Das ... das ist alles, was du mir zu sagen hast?«

Er runzelt die Stirn. »Was meinst du damit?«

Klar, er hat keine Ahnung. Typisch.

»Du hast in den letzten Monaten vielleicht gerade mal zwei Worte zu mir gesagt und jetzt machst du zum ersten Mal den Mund auf – aber nur, weil du was von mir willst?«

Im ersten Moment ist er sprachlos, dann verengt er die Augen, lehnt sich im Stuhl zurück und macht dieses verächtliche Geräusch, bei dem er Luft durch Lippen und Zähne saugt.

»Vergiss es.« Er verschränkt die Arme. »Keine Ahnung, warum ich dich überhaupt gefragt hab. Du interessierst dich eh nur für dich selbst.«

»Was soll das heißen?«

»Nichts«, brummt er.

Ich schaue zu der Frau am Empfang rüber, die jetzt wieder hinter ihrer Theke sitzt, aber wegsieht und so tut, als hätte sie nichts mitgekriegt. Wenn er sein Handy nicht die ganze Zeit als Soundsystem benutzen würde, wäre der Akku auch nicht leer.

Ich würde ihm nicht mal dann mein Ladegerät geben, wenn ich es mithätte. Noch nicht mal, wenn er der letzte lebende Typ auf Erden wäre. Einen Scheißdreck kriegt er von mir.

Er zieht wieder Luft durch die Zähne und rutscht tiefer in den Stuhl. »Boah, echt, du stellst dich an, als hätte ich dich gefragt, ob du mir einen Zwanziger leihst. Ego-Bitch.«

»Yo, war's das? Oder hast du noch mehr Scheiße auf Lager, die du loswerden willst?«

Kareems Augen werden schmaler, mordlustig.

»Hallo, ihr zwei!«

Wir springen auf, als die melodische Stimme einer Frau ertönt, die um die Empfangstheke herumgeht und direkt auf uns zukommt.

»Hi! Ich bin Maureen. Du musst Tammi Wright sein. Und du Kareem Murphy?«

»Ja«, sagen wir beide gleichzeitig, und ich hasse mich dafür, dass ich es so liebe, wie wir zusammen klingen.

Schlag ihn dir endgültig aus dem Kopf, Mädchen! Es gibt kein »wir«. Wir ist tot, existiert nicht mehr. Für immer.

Sie schüttelt uns beiden die Hand und seufzt. »Tja, tut mir sehr leid. Ich wünschte, wir würden uns unter angenehmeren Umständen kennenlernen.«

»Wie meinen Sie das?«, fragen wir beide gleichzeitig, und ich unterdrücke ein Stöhnen.

»Es ist mir sehr unangenehm, aber uns ist da ein kleiner Fehler passiert. Anscheinend habt ihr beide die Mail bekommen, in der euch der Job zugesagt wurde. Unser Budget reicht aber leider nur für eine Stelle.«

Mein Magen schnürt sich zusammen, mein Kiefer wird hart.

Kareem verschränkt die Arme vor der Brust, zwischen seinen Augenbrauen bildet sich ein steiles V. »Und was heißt das jetzt?«

Sie schluckt sichtbar. »Nur einer von euch bekommt die Stelle.«

Kareem und ich sehen uns an, dann höre ich ein *Klick*, und auf einmal wird alles schwarz um uns herum.

Im einen Moment schaue ich noch in diese schönen braunen Augen, die ich so vermisst habe, und im nächsten ... Aus. Keine weiche ABBLENDE, kein SCHNITT AUF ... Der Film endet. Einfach so.

Verwirrt taumle ich zurück, während im Dunkel Stimmen ertönen.

»Scheiße, was ist los!«

»Was ist passiert?«

»Alle ruhig bleiben!«

In meiner aufsteigenden Panik höre ich um mich herum Schritte, über den Boden schrappende Stuhlbeine. Vielleicht hat jemand aus Versehen auf einen Lichtschalter gedrückt, aber hätte er oder sie das Licht dann nicht sofort wieder angemacht? Irgendwas stimmt nicht. Wo ist Kareem?

»Hey! Was ist hier los?«, rufe ich. Ich strecke die Arme vor mir aus und versuche meine Augen der Dunkelheit anzupassen. Jemand rempelt mich an und ich stoße einen Schrei aus.

»Tammi?«, höre ich Kareem von weit weg irgendwo inmitten des Chaos.

»Kareem«, will ich rufen, aber mir bleibt die Stimme in der Kehle stecken.

Handytaschenlampen leuchten auf wie im Raum verstreute Strahler. Wieder ein *Klick*, Lichter gehen an. Das muss so eine Art Notbeleuchtung sein. Ein kleines Lämpchen alle drei Meter, aber der Großteil des Raums liegt immer noch im Dunkeln. Ich entdecke Kareem, der sich um sich selbst dreht, bis sein Blick auf mich fällt und er stehen bleibt. Kann es sein, dass er irgendwie erleichtert wirkt, mich zu sehen? Bürotüren werden aufgestoßen; schwach scheint Tageslicht durch ein paar schmale Fenster, die auf ein Ziegelgebäude hinausschauen. Es vergehen etwa fünf Minuten, in denen alle durcheinanderreden, bis Maureen ruft: »Okay, Leute. Wir evakuieren das Gebäude!«

»Bist du sicher?«, fragt die Frau von der Rezeption.

»Das Haus ist alt. Keine Ahnung, wie lang der Notstromgenerator durchhält. Alle raus. Benutzt eure Handys als Taschenlampen und nehmt die Treppe.«

Kareem und ich folgen den anderen stumm durch die Tür, den Flur entlang auf ein rot leuchtendes Notausgangsschild zu.

Im Treppenhaus treffen wir auf weitere Menschen. Alle im Gebäude nehmen denselben Weg. Mein Herz hämmert gegen die Rippen.

Vielleicht ist das ja eine Art Feuerübung oder jemand hat sein Mittagessen anbrennen lassen.

Die Straße ist überfüllt mit Leuten, die aus den umliegenden Gebäuden strömen, sich auf dem Gehweg drängen und verwirrt und aufgeregt in ihre Handys sprechen. Die Kombination aus Hitze, Luftfeuchtigkeit, panischen Stimmen und der blendenden Sonne schnürt mir den Atem ab. Irgendwas Schlimmes muss passiert sein.

»Was ist hier los?«, frage ich einen Mann an der nächsten Straßenecke in der Nähe der U-Bahn-Station. »Werden wir … angegriffen oder so was?«

Allein die Frage zu stellen, löst Übelkeit in mir aus.

»Stromausfall«, sagt der Mann, während er durch sein Smartphone scrollt. »Anscheinend in der ganzen Stadt.«

»Was? In der ganzen Stadt?«, fragt Kareem. Ich habe gar nicht gemerkt, dass er noch hinter mir ist.

Ich hole mein Handy raus und rufe Mom an. Sie geht beim zweiten Klingeln dran.

»Alles okay bei dir?«, fragt sie. Im Hintergrund kann ich meinen älteren Bruder und meine Schwester streiten hören.

»Mir geht's gut. Aber hier ist Stromausfall.«

»Ja, hier auch. Wo bist du?«

»Ich stehe vor dem Apollo mit ... Kareem.«

Sie schnappt nach Luft. »Er ist ... bei dir?«

»Ja. Ich, äh ... erklär dir das später.«

»Wowwww. Okay. Komm so schnell du kannst nach Hause.«

»Mach ich. Bis nachher.«

»Pass auf dich auf, Tammi.«

Danach schreibe ich meinem Dad eine Nachricht, dass ich okay bin. Bestimmt steht er mit seinem Sightseeing-Bus irgendwo im Stau. Wo mein jüngerer Bruder Tremaine steckt, weiß ich nicht. Wahrscheinlich unterwegs, Fotos schießen. Zum Glück kann er gut allein auf sich aufpassen. Immer mehr Leute bevölkern die Straße. Meine Eltern und Geschwister sind in Sicherheit und kommen klar, aber wie ist das mit mir? Sieht nicht so aus, als hätte irgendwer eine Ahnung, warum der Strom weg und was genau passiert ist. Das könnte auch ein Attentat sein oder Krieg!

»Du, äh ...«, sagt Kareem neben mir. »Kann ich mal dein Handy haben?«

»Wozu?«, fauche ich.

»Meins ist fast leer und ich muss meine Mom anrufen.«

»Na gut.« Ich drücke es ihm in die ausgestreckte Hand. »Dann mach.«

Er tippt kopfschüttelnd die Nummer ein, was eigentlich unnötig ist. Ich habe seine Mutter nicht aus meinen Kontakten gelöscht.

»... nein, Ma. Ich bin's«, sagt er. »Ja. Ja. Lange Geschichte. Egal. Ist bei euch auch Stromausfall? Echt? Verdammt, hier auch. Okay, ich bin auf dem Weg. Ja, weiß ich. Werde ich versuchen. Alles klar. Bis dann.«

Er legt auf und hält mir das Handy hin. »Danke für die Freiminuten.«

Ich würde ihm am liebsten seinen Sarkasmus aus dem Gesicht schlagen, als ich Maureen entdecke.

»Oh, hey! Ms Maureen!« Wir schieben uns durch die Menge zu ihr an den Bordstein durch.

»Sorry, ihr beiden. Das ist jetzt gerade kein guter Moment. Ich muss meine Leute durchzählen«, sagt sie, ohne uns richtig anzuschauen. »Geht lieber nach Hause. Keiner weiß, wie lange das hier noch dauert. Wir sehen uns dann Montag, okay?«

»Aber ...«, sage ich, »Sie haben uns noch gar nicht gesagt, wer die Stelle jetzt bekommt. Wer von uns soll am Montag denn kommen?«

»Jetzt geht es gerade wirklich nicht«, sagt sie gestresst. »Tut mir leid, aber erst mal muss ich sichergehen, dass alle draußen sind. Das ist Vorschrift. Sobald der Strom wieder da ist, melde ich mich bei euch, okay? Kommt gut nach Hause!«

Sie dreht sich um und ist schon weg, bevor ich sie aufhalten kann.

»Das gibt's doch nicht«, stöhne ich entnervt. »Wir müssen das ganze Wochenende warten?«

»Ich glaub, es gibt grade wichtigere Sachen, um die wir uns Sorgen machen sollten.« Kareem streckt mir wieder die Hand hin. »Kann ich noch mal das Handy?«

»Wofür denn jetzt schon wieder?«

»Hallo? Wir haben hier den vollen Notfall und du produzierst so einen Aufstand?«

»Okay!«, knurre ich. »Aber mach mir den Akku nicht leer.«

Er schaut auf seinem Handy eine Nummer nach, bevor er sie bei mir eintippt. »Yo, Twig, was geht ab, Homie? Nein, das ist das Handy von ... einer Freundin. Meins ist abgekackt.«

Twig wohnt auch in unserem Block. Er ist dünn und hoch aufgeschossen wie ein junger Baum. Warum muss Kareem ihn jetzt anrufen? Was kann so wichtig sein, dass er dafür Akku-Lebenszeit verschwendet?

»Genau, ja, der Strom ist in der ganzen verdammten Stadt weg. Krass, echt«, sagt er. »Aber was ist mit heute Abend? Ja? Ernsthaft jetzt? Ich? Sowieso. Was denkst du denn? Bis dann.«

Er gibt mir das Handy zurück und holt sein Portemonnaie aus der Jeans. »Wie viel Geld hast du mit?«

»Warum?«

Kareem schnaubt und deutet auf die U-Bahn-Station. »Wenn es keinen Strom gibt, fahren auch keine Bahnen. Wir müssen ein Taxi nehmen.«

Verdammt, er hat recht. Die Bahnen fahren nicht und selbst wenn, würde ich auf keinen Fall in der Dunkelheit in einem Tunnel festsitzen wollen.

Er zählt sein Geld. »Ich hab zwanzig. Du?«

Ich habe nur fünf Dollar dabei.

»Das wird nicht bis nach Hause reichen«, sagt er. »Die Ampeln funktionieren auch nicht. Wenn wir Glück haben, kommen wir damit gerade mal zehn Blocks weit.«

Ich sehe mich um. »Da drüben ist eine Bank«, sage ich. »Ich kann uns was abheben.«

»Ohne Strom funktionieren die Geldautomaten nicht.«

»Shit«, murmle ich. »Und jetzt?«

Keine Ahnung, warum ich ihn das frage. Wahrscheinlich

weil sonst niemand da ist und ich trotz der wachsenden Panik in meiner Brust versuche, ruhig zu bleiben.

Kareem wirft einen Blick aufs Straßenschild und holt tief Luft. »Okay, dann mal los.«

Er setzt sich in Bewegung und ich gehe ihm hinterher.

»Wo willst du hin?«

»Nach Hause, wohin sonst?«

»Aber wie?«

Er zuckt mit den Schultern. »Zu Fuß.«

»Zu Fuß! Von hier aus?«

»Hast du eine bessere Idee?«

»Das ist ... scheißweit! Das dauert Tage.«

Er verzieht das Gesicht. »Stell dich nicht so an. Wir sind nicht in der Bronx.«

Er will von der 125. Straße aus zu Fuß nach Brooklyn? Von der Bronx aus wäre es auch nicht viel weiter.

»Ich bin raus«, seufze ich und hebe die Hand zum Abschied. »Dann bis dann.«

»Wie meinst du das? Du kommst mit.«

»Ganz bestimmt nicht!« Ich schnaube.

»Hör zu, wir wissen nicht, wie lang der Blackout dauert, und ich hab keinen Bock, hier zu warten. Es ist halb sechs. Bald wird's dunkel und dann will ich nicht immer noch hier rumstehen. Du hast kein Geld und ich hab kein Handy. Also müssen wir zusammenbleiben, bis wir zu Hause sind. Danach kannst du mich dann ruhig wieder hassen oder was auch immer.«

Hey, ich habe nie gesagt, dass ich ihn hasse. Jedenfalls nicht laut.

Ich sehe mich um und beiße mir auf die Lippe. Keine Ahnung, wie lange das noch dauert. Der Strom könnte in ein paar Minuten oder einer Stunde wieder da sein. Aber was ist, wenn Kareem recht hat? Wenn der Blackout womöglich die ganze Nacht dauert und wir so lange hier festsitzen?

»Ich schlage vor, wir gehen über den Frederick Douglass Richtung Central Park West«, sagt er.

Ein paar Angestellte der New Yorker Verkehrsbetriebe sind dabei, den Eingang zur U-Bahn-Station abzusperren. Wie viele Leute wohl da unten in der Dunkelheit in den Tunneln feststecken? Mit all den Ratten? Dieser Gedanke bringt meine Hände zum Zittern. Aber es gibt Situationen, die noch viel schlimmer wären ... besonders eine, die ich um jeden Preis vermeiden möchte.

»Kommst du jetzt oder was?«, fragt Kareem gereizt.

Ich schaue seufzend in die Abendsonne und mache einen Schritt auf ihn zu.

OHNE MASKE
NIC STONE

In einem U-Bahn-Wagen, 17:26 Uhr

Tremaine Wright findet geschlossene Räume nicht so super. Das weiß ich, Jacorey »JJ« Harding Jr., nur deswegen, weil ein paar bescheuerte Freunde von mir Tremaine vor sechs Jahren, als wir in der Sechsten waren, durch die Umkleide gejagt und dann in einen Besenschrank gesperrt haben.

Der Typ hockte da drin, hämmerte gegen die Tür und brüllte: »Hey, lasst mich wieder raus! Das ist nicht lustig!« Und obwohl ich nicht zu den Idioten gehörte, die sich mit ihrem ganzen Gewicht gegen die Tür lehnten, damit er nicht rauskam, war mir klar, dass mein halbherziges »Mensch, Leute, lasst ihn doch raus« nicht genug Wumms hatte, um von ihnen ernst genommen zu werden … Ja, ich bin da nicht stolz drauf.

Dann gongte es und wir rannten davon.

Ich hätte nicht weiter darüber nachgedacht, wenn Tremaine – wie ich es erwartet hätte – einfach nur ein paar Minuten zu spät zur nächsten Stunde gekommen wäre. »Kein Blut, kein Foul«, so sah es mein junges (dummes) Ich damals.

Aber er kam nicht.

Die Uhr tickte. Tremaines Platz blieb leer. Ich weiß noch, wie ich mich verwirrt im Klassenzimmer umgeschaut und mich gefragt habe, ob ich der Einzige war, dem auffiel, dass der Typ bald nicht bloß irgendwie zu spät kam, sondern absolut überhaupt nicht mehr. Und da bin ich dann langsam unruhig geworden. Was, wenn ihm was passiert war? Oder – *noch schlimmer* (jedenfalls in meinem zwölfjährigen Kopf) – wenn er uns gerade bei der Schulleitung meldete und behauptete, ich hätte mitgemacht? Wahrscheinlich war es vor allem das schlechte Gewissen, weil ich ihm nicht *richtig* geholfen hatte, aber ich war echt gestresst. Ich hab gespürt, wie sich Schweiß auf meiner Stirn bildete, und ahnte, dass meine Achseln bald gigantische Schweißflecken zieren würden. Falls ich wegen irgendwas Stress mit der Schulleitung bekam, würde mein Pops mich nicht Basketball spielen lassen. Das hatte er Anfang des Schuljahrs ganz klar gesagt. Die Stunde war schon fast halb durch, als ich es nicht mehr aushielt und gefragt habe, ob ich mal aufs Klo könnte. Ich musste mich schwer zusammenreißen, um nicht panisch zur Umkleide zu rennen. Ich schwöre, die fünfzehn Sekunden, die ich gebraucht habe, um an den Toiletten und den Duschen vorbei zum Besenschrank zu gehen, waren die längsten und gruseligsten meines jungen Lebens.

Aus dem Schrank drang kein einziges Geräusch. Was für mich als Hardcore-Horrorfilm-Fan bedeutete, dass Tremaine entweder (1) nicht mehr da war und uns gerade verpfiff oder (2) nicht mehr da war und nie wiederkommen würde – im Sinne von: weg vom Fenster ... tot.

Ich war derjenige, der schrie, als ich die Schranktür aufriss und ihn zwischen einem Turm Monsterklopapierrollen und einem Wischeimer voll mit trollrotzbraunem Putzwasser am Boden kauern sah.

Aber das Verrückteste war, dass er nicht mal hochgeguckt hat. Er hat mit weit geöffneten Augen ins Leere gestarrt, als würde er schon ins Große Jenseits oder so was schauen.

»Äh ... Tremaine?« Ich hockte mich vor ihn und legte ihm eine Hand auf die Schulter. »Tremaine!« Ich rüttelte ihn.

Er schreckte zusammen und sah mich an. *Dann* schrie er. Und riss den Klopapierturm um. Danach saß er nur keuchend da.

Ich schaute schnell über die Schulter, ob wir allein waren. »Yo, alles okay, Mann?«

Ich meine, hurra, der Typ war noch am Leben, aber ich hatte keine Lust, mitten in der Unterrichtszeit hier erwischt zu werden. »Du ... äh ... Es wäre wahrscheinlich besser, wenn du aus dem Schrank kommst ...«

Er hat mich komisch angeschaut. Verwundert, aber irgendwie auch ein bisschen traurig und vielleicht überrascht? Schwer zu beschreiben.

Dann hat er genickt. »Geschlossene Räume finde ich nicht so super«, hat er gesagt. Mit einer ganz ausdruckslosen Stimme.

»Ist gut. Dann lass uns abhauen.« Ich bin aufgestanden und hab ihm die Hand hingestreckt. Er griff danach. Rappelte sich hoch und schaute auf die am Boden liegenden Klopapierrollen. »Meinst du, wir sollten, äh ...«

»Egal«, sagte ich. »Weiß ja keiner, dass wir das waren. Lass uns einfach schnell weg hier.«

Er nickte und wir sind schweigend an der Umkleide vorbei und dann durch die Sporthalle. Erst als wir über die Mittelfeldlinie gingen, hat er gesagt: »Ähm … könntest du das vielleicht für dich behalten?«

»Was denn?«

»Das mit meiner … *Klaustrophobie*. Ich bin ja eh schon euer Opfer, aber es wäre mir lieber, wenn die anderen nicht wüssten, womit sie mich so richtig fertigmachen könnten.«

»Ach so.« Das leuchtete mir ein. »Geht klar.« In mir krochen gleich wieder Schuldgefühle hoch, weil ich ihm nicht so wirklich geholfen hatte. Ich hab mich scheiße gefühlt. »Sorry … tut mir echt leid, dass ich nicht eingegriffen habe.« (Und gleichzeitig dachte ich: *Hoffentlich erzählt er das niemandem, dass ich mich entschuldigt habe.* Voll erbärmlich. Ich weiß.)

»Ich hab mitgekriegt, wie du gesagt hast, dass sie mich rauslassen sollen.« Damit hatte ich nicht gerechnet.

»Ja?«

»So wirklich überzeugend warst du aber nicht.« Er hat mir das Gesicht zugedreht und mich angeschaut. »Na ja, wenigstens bist du mich jetzt holen gekommen.« Und dann hat er mich so breit angegrinst, dass ich seine komplette Zahnspange sehen konnte. Mit sämtlichen abwechselnd blauen und grünen Brackets.

Ich hab schnell weggeschaut, weil mich sein Lächeln verlegen gemacht hat. Obwohl ich nicht wusste, wieso.

Irgendwie war mir komisch dabei.

»Danke dafür«, sagte er.

»Ist okay, Mann. Kein Problem. Ich, äh … nächstes Mal mache ich eine klarere Ansage, wenn sie dich wieder nerven.«

»Ja, das wär nett«, sagte er.

Und das war's. Wir trennten uns vor dem Sekretariat, wo er sich seinen Zettel fürs Zuspätkommen abholen musste, und ich bin in die Klasse zurück.

Wir haben uns nicht angeschaut, als er nach ein paar Minuten in den Unterricht kam – er mich nicht und ich ihn nicht. Null Austausch.

Ich hab das Versprechen gehalten und meinen Homies gesagt, dass sie ihn in Ruhe lassen sollten. Was sie auch gemacht haben. Und was Tremaine und mich angeht? Wir haben in den fast sechs Jahren seit der Sache nie mehr ein Wort miteinander gesprochen (jedenfalls keins, von dem *er* weiß).

Wir haben uns nie wieder angesehen.

Aber jetzt in diesem stockdunklen U-Bahn-Wagen ist Tremaine Wright das Einzige, was ich sehe.

Es ist ungefähr vier Minuten her, dass plötzlich die Lichter ausgingen und der Zug langsamer wurde und dann ganz stehen geblieben ist. Wir sitzen im A-Train Richtung Brooklyn. Ich bin wie üblich in der 145. Straße eingestiegen, drei Blocks von zu Hause entfernt. Als in der 125. die Türen aufgingen, kam auf einmal Tremaine rein.

Mein erster Gedanke war, *Shit, was macht denn bitte Tremaine Wright mitten in den Sommerferien in der Gegend hier?* Dann hab ich die Kamera gesehen und gecheckt, dass er wahrscheinlich unterwegs ist, um Fotos zu schießen. Er ist seit der achten Klasse Mitglied im Jahrbuch-Orgateam und verbringt quasi sein Leben damit, alles um ihn rum zu fotografieren.

Unser Wagen ist zwar nicht brechend voll, aber gut gefüllt – alle Plätze sind besetzt, ein paar Leute stehen sogar. Eine Frau mit Kinderwagen; ein Hipsterbartträger mit

Fahrrad; drei Mädchen um die dreizehn in Ballettröckchen; zwei Typen, die so eng nebeneinanderstehen, dass ich mir ziemlich sicher bin, dass sie mehr sind als nur gute Freunde.

In der Sekunde, in der das Licht ausging, schnappten diese ganzen Leute gleichzeitig so laut nach Luft, dass sich das anhörte, als hätten sie den kompletten Sauerstoff aus dem Universum gesaugt. Kurz darauf kam aus dem Lautsprecher die gelangweilte Stimme des Fahrers, der eine »Technische Störung« meldete.

Der kollektiv angehaltene Atem entlud sich in Stöhnen, Murmeln und genervtem Seufzen.

Dann leuchteten nach und nach Handytaschenlampen auf.

Im ersten Moment war es ziemlich unheimlich, aber als sich meine Augen an das Dämmerlicht gewöhnt hatten, hab ich mich wieder entspannt.

Ich riskiere jetzt sogar einen Blick auf ihn. Auf Tremaine, meine ich. Weil um ihn rum alle ihre Handylampen anhaben, kann ich ihn ziemlich deutlich erkennen, obwohl er im Schatten sitzt. Als er vorhin eingestiegen ist, hab ich so krampfhaft versucht, *nicht* darüber nachzudenken, ob er mich auch gesehen hat, dass ich natürlich erst recht an nichts anderes denken konnte. Deswegen hab ich ihn bewusst ignoriert. Jetzt hat er den Kopf an das »Hinsehen statt Wegschauen!«-Poster an der Rückwand gelehnt und sitzt mit geschlossenen Augen da.

Man könnte fast denken, er würde entspannt vor sich hindösen, wenn er nicht alle paar Sekunden – ja, ich schaue immer noch hin – kurz die Lippen wie zum Pfeifen spitzen würde.

Mein Blick wandert zu seinem Brustkorb, der sich hebt und senkt, und als ich das sehe, katapultiert mich das zu einem Moment im letzten Schuljahr zurück, den ich anscheinend extratief in mir vergraben hatte, damit ihn niemand – nicht mal ich selbst – wiederfindet:

Ich war der Einzige aus der Zehnten, der im Auswahlteam spielen durfte, eine Ehre, die ich wie ein unsichtbares »S« auf der Brust mit mir herumtrug. Mir konnte *keiner* was. Na ja, jedenfalls bis zum vierten Spiel, als ich den Ball ultrageschmeidig in den Korb legen wollte, gefoult wurde und bei der Landung richtig fies mit dem rechten Fuß umknickte. Megaverstauchung. Der Schmerz war höllisch, schlimmer als alles, was mir im Leben jemals passiert war.

Ich hockte auf dem Boden, das Knie an die Brust gezogen und die Augen zusammengekniffen, und mein Gelenk hat so übel wehgetan, dass mir fast die Tränen kamen. Aber ich wollte mir nichts anmerken lassen, weil alle Coaches, die ich je gehabt hatte, uns immer eingebläut haben: *Echte Männer zeigen keinen Schmerz.* Eine Trainerin ist sofort zu mir rüber. »Atme tief durch die Nase ein … So ist gut. Jetzt die Lippen spitzen und durch den Mund wieder ausatmen. Und immer so weiter.« Auf ihr Zeichen hin kamen ein paar Jungs aus der Abschlussklasse rüber und halfen mir hoch, damit ich mein zertrümmertes Ego auf einem Bein hüpfend in die Umkleide befördern konnte. Vorher hatte ich kurz zur Tribüne rübergeschaut. Und worauf traf mein Blick? Auf den von Tremaine Wright.

Er stand, seine fette Kamera in der Hand, in der dritten oder vierten Bankreihe und schaute mich an. Sein Blick war … *besorgt*.

»Okay«, kommt noch mal die Stimme vom Fahrer über Lautsprecher. »Gerade bekomme ich die Meldung rein, dass es in der gesamten Stadt einen Stromausfall gegeben hat. Wir können erst mal nicht viel machen, weil die Signale nicht funktionieren. Bitte bleiben Sie alle ruhig auf Ihren Plätzen sitzen. Ich melde mich, sobald ich was höre.«

Wieder eine Runde Gestöhne, Gemurmel und genervtes Geseufze.

Aber alle bleiben ruhig sitzen.

Bis auf Tremaine. Seine Brust hebt und senkt sich immer heftiger, weil er so tief Luft holt. Dazu wippt er irre mit einem Bein, so wie jemand, der gerade bei *Call of Duty* um sein Leben kämpft. Ich hab gar nicht gewusst, dass man überhaupt so schnell mit dem Bein wippen kann.

Mein Blick fällt auf seine Füße, und ich gucke sofort weg, als ich seine absolut blütenweißen Jordan Retro 1 sehe (so weiß, dass sie in dem arschdunklen Wagen praktisch *glühen*).

Schneller Rundum-Check: Die beiden Typen haben sich auf den Wagenboden gesetzt, stecken die Köpfe zusammen (die *müssen* ein Paar sein) und schauen sich irgendwas auf dem Handy an. Die drei Ballettmädchen klammern sich aneinander und wünschen sich eindeutig ihre Eltern herbei. Der Hipster hat seine Fahrradlampe angemacht und an die Wagendecke gerichtet. Er strahlt, als wäre er megastolz auf seine tolle Idee.

Als das Baby am anderen Ende des Wagens losbrüllt, schaue ich hin (als Einziger – #NewYork). Die Mom hat ihr Handy mit dem Licht nach oben auf das Kinderwagendach gelegt, sodass ich sehe, wie sie sich zu dem kleinen Homie runterbeugt und ihn rausnimmt. Sie packt blitzschnell ihre Brust aus und das Baby kriegt seine Milch.

Ich muss lächeln. Wenigstens *einer* hier im Wagen, dem nachher nicht der Magen knurrt. Aber ernsthaft jetzt – ich bewundere diese Frau dafür, dass sie ihr Kleines so lässig in der Öffentlichkeit stillt und kein Tuch oder so was über ihre Brust und seinen Kopf legt. Klar ist es so dunkel, dass keiner wirklich was sehen kann. Trotzdem. Ich finde es cool, dass sie es so offen macht und ihn ... oder sie oder was auch immer mal aus dem Baby wird ... beim Stillen nicht versteckt.

Nicht, dass ich so was laut sagen würde.

Ich schüttle den Kopf.

Mann, Mann, Mann, echt. Hätte mir der Strom vielleicht den Gefallen tun können, an einem anderen Tag auszufallen? Nicht nur, weil ich jetzt mit Tremaine auf unbestimmte Zeit in dieser Sardinenbüchse feststecke, sondern auch, weil ich heute eigentlich so eine Art Neustart geplant hatte. Das Saisonende ist echt bitter gewesen – eine Weile hab ich gedacht, ich hätte mein *mojo* verloren –, aber in der ersten Woche vom Sommer-Trainingscamp hab ich dann allen gezeigt, dass JJ es noch draufhat.

Das war wie eine Chance auf ein zweites Leben. Die Jungs aus dem Team haben mich total abgefeiert. Und dazu dann noch die Sache mit Tasha, der Cousine von unserem Power Forward, die gerade aus den Südstaaten zu Besuch in der Stadt ist. Sie hat bei ihm ein Bild von mir und Lang gesehen und fand mich wohl gut. Normalerweise würde ich mich niemals näher (also alles, was über ein *Hallo* im Schulflur hinausgeht) mit einer Verwandten von einem Teamkollegen einlassen, aber der Typ hat mir selbst erzählt, dass Tasha Interesse hat.

Also alles okay.

Als ich dann die Nachricht bekommen hab, ob ich heute auch auf diese Party nach Brooklyn kommen würde, um sie kennenzulernen, hab ich zurückgeschrieben, dass ich dabei bin. Ich hab mit dem Forward ausgemacht, dass ich vorher noch bei ihm vorbeikomme, um ihm ein cooles Outfit zu verpassen. Ich dachte, wenn ich früh genug losfahre, könnte ich auch noch schnell bei meinem Granddad vorbeischauen. (*Yay.* Ich hab echt ein Riesenglück, dass wir in Harlem wohnen – genau entgegengesetzt von der Ecke der Stadt, wo alles passiert, was *mich* interessiert.) Jedenfalls sitze ich deswegen jetzt hier in der Bahn. Neue Saison, neues Mädchen, neuer Anfang, neues Ich.

Zumindest ein Neuanfang für das alte Ich. Das Ich, das alle kennen: Mein Basketball-Ich. JJ »Jump-Jump« Harding (passt perfekt, oder? Auch wenn JJ eigentlich für »Jacorey Jr« steht).

Könnte ich das jemals jemandem sagen? Dass das Basketball-Feuer in mir längst nicht mehr so heiß brennt wie früher? Dass das, was so lang mein einziger Lebensinhalt gewesen ist, was mich einfach nur glücklich gemacht hat, praktisch der Grund meines Daseins, inzwischen nur noch so eine … *Sache* ist? Eine Sache, die vielleicht sogar ein bisschen nervt?

Niemals. Das könnte ich genauso wenig laut sagen wie dass ich finde, Frauen sollten stillen dürfen, ohne ihre Brust und das Baby mit einem Tuch abzudecken, unter dem die Kleinen fast ersticken. Und wo wir gerade dabei sind … Vielleicht geht es ja nur mir so, aber ich finde es hier drin verdammt stickig.

Jetzt hole *ich* tief Luft und schaue dann noch mal unauffällig zu Tremaine.

Er hat die Augen immer noch geschlossen, und ich sehe, dass er weiter wie verrückt ein- und ausatmet. Inzwischen wippt er mit beiden Beinen. Abwechselnd. Sieht aus wie die Sticks von einem Schlagzeuger. Ich bin kurz davor, rüberzugehen und ihn zu fragen, ob alles okay ist ... Aber nach dem, was vor ein paar Monaten passiert ist? Boah, ich weiß nicht.

Es kann übrigens sehr gut sein, dass er auch zu der Party will. Der Typ, der dort auflegt, ist der Ex-Freund von seiner älteren Schwester. Er hat eine Website, über die man ihn buchen kann, und ich hab gehört, dass Tremaine dafür auf seinen Gigs Fotos macht. Also gegen Bezahlung. (Klar. Warum sollte er den Ex seiner Schwester sonst mit der Kamera stalken?)

Ich schaue noch mal kurz auf seine ultraweißen Jordans, dann schließe ich auch die Augen und lehne den Kopf an den U-Bahn-Netzplan hinter mir. Was eigentlich voll der Frevel ist, weil mein Haarschnitt erst ein paar Stunden alt und ein verdammtes Kunstwerk ist. Ich bin fast versucht, mir mit meiner Handytaschenlampe auf den Kopf zu leuchten, damit die Leute würdigen können, was mein Friseur für Wunder vollbringt.

Stattdessen versuche ich meine Atmung dem Rhythmus anzupassen, den ich gerade bei Tremaine beobachtet habe.

Durch die Nase ein, durch den Mund aus.

Vor meinem inneren Auge sehe ich nur seine weißen Sneakers.

Irgendwann werde ich Farbe bekennen müssen.

Jetzt sind es schon zwölf Minuten.

Das vorhin war gelogen.

Dass wir uns seit der Sache damals »nie wieder angeschaut« haben.

Ja. Nein. Stimmt nicht. Kein bisschen.

Ich würde es mir wünschen, aber wenn ich ehrlich mit
mir bin – und im Moment kann ich gar nicht anders, weil
ich hier in dem dunklen Wagen keine andere Gesellschaft
habe als die Gedanken, die ich normalerweise mit einem
extrem vollgestopften Tagesprogramm wegdränge –, war
das seit dem Tag damals vor sechs Jahren unmöglich.

Und das macht mich fertig. Nicht nur, weil ich genau
weiß, warum das so ist (auch wenn ich es noch nie jemandem eingestanden habe, nicht mal so richtig mir selbst),
sondern auch deswegen, weil ich nicht der Einzige bin, der
ihn anschaut. Tremaine könnte alle haben. Und damit
meine ich wirklich *alle*, quer durchs »Genderspektrum«,
wie meine super woke kleine Schwester Jordy es nennt.

Ich schätze, er ist so um die eins neunzig, also ungefähr
meine Größe (ganz genau weiß ich es nicht, so nah standen
wir nie nebeneinander). Vielleicht ist er sogar ein paar
Zentimeter größer, trotzdem ist er keine von diesen Boh-
nenstangen. Das ist echt krass. Der Typ ist gebaut wie die
Hälfte der Jungs in der Mannschaft. Was mich auf ein
Thema bringt, das ich echt ziemlich scheiße finde. Keiner
spricht es laut aus, aber es ist nun mal so, dass alle der
Meinung sind, Typen wie ich und Tremaine – groß, athle-
tisch und einer bestimmten ethnischen Gruppe zugehörig
(ich verdrehe jetzt gerade wild die Augen) – müssten
zwangsläufig Sportler werden. Idealerweise Basketballer.
Also zusammen mit einer Horde anderer verschwitzter
Typen mit der orangen Kugel, um die sich bei uns alles
dreht, zwischen zwei Körben rumspringen. *Sackhüpfen,*

wie meine kleine Schwester gern sagt. Verdammt, ich war
vier, als mein Pops mir zum ersten Mal einen Basketball in
die Hände gedrückt hat.

Aber ich glaube, Tremaine haben solche Erwartungen
immer kaltgelassen. Einmal hab ich mitgekriegt, wie einer
der Idioten aus dem Team ihn in der Schule im Flur abge-
passt und gesagt hat: »Echt eine Schande, dass einer mit
deinem Body lieber eine Kamera in die Hand nimmt als
einen Basketball.«

Ich war selbst überrascht darüber, wie groß mein Bedürfnis war, dem Vollpfosten eine reinzuhauen, aber Tremaine hat nur gelächelt. »Tja, Bro, so sieht's aus. Aber irgendjemand muss ja später das Foto für dein Fanposter
schießen.«

Dem Clown ist darauf keine Antwort eingefallen. Stand
bloß mit offenem Mund da, als hätte er gerade eine über-
natürliche Begegnung gehabt.

Mir ist die Szene *wochenlang* nicht aus dem Kopf gegangen.

Keine Ahnung. Ich wäre auch gern so *bei mir* ... oder
wie man das nennen soll. So gelassen wie Tremaine. Der
Typ wirkt, als wäre er komplett im Reinen mit sich. Ich
meine, ich bin in den Top Ten der Highschool-Basketball-
spieler in unserem Bundesstaat und hab trotzdem ständig
das Gefühl, allen was vorzumachen. Als könnte jede Sekunde jemand ankommen und mir die Maske runterreißen,
sodass alle den *wahren* JJ sehen. Wobei ich mich manchmal
auch wieder frage, was daran das Problem wäre.

Tremaine dagegen? Über den sind die wildesten Ge-
rüchte im Umlauf – angeblich hat er nicht nur den Quar-
terback unseres Footballteams, sondern dazu auch noch

dessen Freundin entjungfert. Aber das Gerede scheint ihn nicht zu kratzen. Für ihn gibt es anscheinend nur sich und die Kamera. Der Homie sieht aus wie ein Model, immer perfekt gestylt, schießt seine Fotos und ist arschcool.

Normalerweise.

Jetzt atmet er immer heftiger, und ich fange irgendwie echt an, mir Sorgen zu machen, auch wenn ich mir dabei ein bisschen bescheuert vorkomme.

Ich würde wirklich gern rüber und ihn fragen, ob alles okay ist ...

Aber hey, ich hatte seit Jahren keinen *echten* Kontakt mit ihm. Wie würde das denn aussehen, wenn ich in dem dunklen Wagen, nur weil gerade Stromausfall ist, zu ihm rübergehe und einen auf *besorgt* mache, als wären wir befreundet oder so? Ich meine, das würde er doch total schräg finden.

Oder?

Ja, okay, ich hab mich damals in der Sechsten mal mehr oder weniger halbherzig für ihn eingesetzt. Ich bin da so was wie sein »Ally« gewesen (noch so ein Spezialausdruck, den ich von meiner Schwester Jordy gelernt habe). Und klar, falls er immer noch Angst vor geschlossenen Räumen hat, kann es verdammt gut sein, dass er in unserem engen U-Bahn-Wagen gerade innerlich ausrastet.

Aber was ist, wenn ich das falsch einschätze?

Was, wenn er mich scheiße findet, weil ich seit damals in der Middleschool nie mehr ein Wort mit ihm geredet habe?

Oder wenn er auf falsche Gedanken kommt?

Mein Blick fällt wieder auf seine weißen Sneakers.

Oder auf die *richtigen?*

Achtzehn Minuten.

Allmählich werden die Leute unruhig.

Die beiden Typen sind eindeutig ein Paar. Der eine hat jetzt den Arm um den anderen gelegt, der die Augen zuhat. Die zwei erinnern mich an Langstons Dads, die sitzen bei unseren Spielen auch immer so da und feuern ihren Sohn an, als wäre es das Normalste der Welt. Was es ... eigentlich ja auch ist. Wenn meine Eltern bei unseren Spielen eng nebeneinander auf der Tribüne sitzen und so, dann dürfen seine das ja wohl auch.

Warum kann ich die ganze Scheiße nicht einfach locker sehen?

Der Hipster-Biker hat sich inzwischen schon mal auf sein Stahlross gesetzt, die Füße auf den Pedalen, bereit, in der Sekunde aus dem Wagen zu rollen, in der die Türen aufgehen.

Die Ballettmädchen drängen sich weiter ängstlich aneinander.

Das Baby liegt im Fresskoma (nehme ich mal an) im Kinderwagen, den seine Supermom vor- und zurückschiebt, wobei ich das Gefühl habe, sie macht das eher, um sich selbst zu beruhigen.

Und Tremaine ... tja, ich hab es noch nicht geschafft, meinen Blick wieder von seinen Schuhen nach oben wandern zu lassen.

Echt Kacke, dass es in den Tunneln keinen Handyempfang gibt. Ich muss wieder an meine kleine Schwester denken. Jordy weiß Sachen über mich, die kein anderer weiß. Sie hat für so was eine Art sechsten Sinn. Ich hab mich nie konkret dazu geäußert, aber in letzter Zeit macht sie immer wieder so Bemerkungen, die durchblicken lassen, dass sie sich ihren Teil denkt. Sehr auffällig war es im März, als sie mich nach meinen Prom-Plänen gefragt hat.

Sie: »Also, wie sieht's aus, Big Bro? Wann triffst du die große Entscheidung?«

Ich: »Was willst du wissen? Mit welchem Mädchen ich hingehe, oder was?«

Sie (schulterzuckend): »Oder mit welchem Typen. Immerhin leben wir in den zwanziger Jahren des einundzwanzigsten Jahrhunderts.«

Im April kam dann der nächste Kommentar, als wir – was selten vorkommt – beide am Küchentisch saßen und Hausaufgaben gemacht haben.

»Weißt du was, JJ?«, hat sie gesagt und mich über den Rand ihrer Malcolm-X-Brille angeschaut. »Ich freu mich echt auf den Tag, an dem du endlich eine Liebesbeziehung anfängst.« (Hallo? Welche Vierzehnjährige redet so?)

»Jordy, wovon sprichst du?«, hab ich gesagt.

»Ich glaub einfach, dass du einen echt tollen Partner für jemanden abgeben würdest.«

»Verstehe ich das richtig? Du findest, dass ich mir eine Freundin suchen sollte?«

Sie hat mit den Schultern gezuckt. (Jordy zuckt ständig mit den Schultern.) »Oder einen Freund. Egal. Mama und Daddy würden sich bestimmt trotzdem für dich freuen. Also sei nicht so ein Lahmarsch und mach schon.«

Sie war auch die Erste, der aufgefallen ist, dass es gegen Ende der Saison beim Basketball nicht mehr so gut lief, und die mich offen darauf angesprochen hat.

»Du hast den Blues, Jacorey Jr.«, hat sie irgendwann beim Frühstück zu mir gesagt. »Ich weiß, dass irgendwas passiert ist. Du solltest endlich damit rausrücken.«

»Rausrücken? Womit??«

»... DAMIT. Du solltest DAMIT rausrücken. Mit dem, was dich belastet, meine ich.«

»Ich hab keine Ahnung, wovon du redest, Mann.«

Klar hatte ich eine Ahnung.

Nicht, dass sie was von der Geschichte hier wusste. Aber darum geht es natürlich. Selbst mit geschlossenen Augen sehe ich Tremaines weiße Sneakers vor mir. Weil sie sich in mein Gehirn eingebrannt haben.

Und während die Minuten vergehen und wir weiter in diesem gigantischen Metallsarg eingesperrt sind – die Wagen sehen echt ein bisschen so aus, oder? –, kommt mir der Gedanke, dass ich jetzt gern Jordy anrufen würde. Ich hätte es ihr damals sagen sollen.

Dass sie recht hatte. Weil wirklich was passiert war.

Zweiundzwanzig Minuten.

Ich hab noch ein zweites Mal gelogen. Und zwar, als ich behauptet habe, ich hätte seit Jahren »keinen Kontakt« mit Tremaine gehabt.

Ich schaue noch mal verstohlen zu den beiden Typen. Jetzt sitzen sie richtig umarmt da und beide haben die Augen geschlossen.

Ich mache meine auch wieder zu.

Im Januar wurde es richtig schlimm mit mir. Irgendwie war ich die ganze Zeit nur noch down. Nicht wegen was Bestimmtem. Eher so allgemein. Ich bin im Winter immer schlecht drauf, was außer Jordy aber niemand mitkriegt. Für die Trainer ist man dann sofort ein Weichei, das fällt für die in die gleiche Kategorie wie dass Männer keinen Schmerz und keine Angst zeigen dürfen. Ist so.

Jedenfalls kam der Tag, an dem ich ein echt grottiges Spiel abgeliefert habe: Zwei Abpfiffe wegen Schrittfehler, Einwurf nach Ablauf der Shot Clock – hätte echt nicht sein müssen –, dann hab ich mich ohne Grund so auf die Fresse gelegt, dass mir die Lippe aufgeplatzt ist, hab noch vor der Halbzeit vier Fouls kassiert und das ganze Spiel über keinen einzigen Ball versenkt. Ich war einfach komplett ... aus dem Tritt.

So was von aus dem Tritt, dass ich auf die Bank gesetzt wurde.

Das war mir vorher noch nie passiert. Auch wenn das jetzt übertrieben klingt – mit jedem mitleidigen Blick, jedem Schulterklopfen und jedem »Mach dir keinen Kopf, JJ. Beim nächsten Spiel bist du wieder voll da« bin ich tiefer und tiefer gesunken. Als hätte man mich mit Betongewichten an den Füßen in den Fluss geworfen.

Als ich nach dem Spiel nach Hause kam, hab ich mich sofort in mein Zimmer eingeschlossen und im Netz nach ... dem ... äh, *Content* gesucht, den ich mir üblicherweise reinziehe, um mich wegzubeamen. Ich bin dann aber auf was anderes gestoßen als das Zeug, was ich mir sonst so anschaue. (Als ich mich jetzt daran zurückerinnere, wie alles gekommen ist, bin ich versucht, wieder zu den beiden Männern rüberzuschauen, weil ... yep.)

Die Sache ist die, dass ich das, was ich mir da angeschaut habe, nicht gerade abstoßend fand ... ich bin dann aber unterbrochen worden. Von meinem Dad. Der hat an die Tür geklopft, ob bei mir alles in Ordnung ist. Und obwohl er nichts mitgekriegt hat, war mir das so mörderpeinlich, dass ich mein Tablet eine volle Woche lang nicht mehr angerührt habe.

Jetzt schaue ich zu den beiden Typen.

Das Bescheuerte ist, dass ich mir ziemlich sicher bin, dass Jordy das richtig einschätzt: Egal, in wen ich mich verlieben würde – meine Eltern hätten mit niemandem ein Problem. Sie würden sich einfach für mich freuen. Die beiden haben sich ja sogar selbst bei einer Drag-Show kennengelernt. Moms bester Freund aus dem College stand auf der Bühne und Dad war Türsteher in dem Club. Den Freund hab ich nie persönlich kennengelernt, weil er vor meiner Geburt nach Atlanta gezogen ist, aber sie erzählen immer, dass er sie quasi verkuppelt hat.

Trotzdem macht mir die Vorstellung, dass jemand das über mich rausfinden könnte, eine Höllenangst. Jeder kennt Storys von Typen, die dabei erwischt worden sind, wie sie sich solches Zeug wie ich angeschaut haben, und danach für ihre Freunde, mit denen sie Sport gemacht haben und die ganze Zeit abgehangen haben, quasi gestorben waren.

Ich hab weiter superbeschissen gespielt. Was auch daran lag, dass ich angefangen habe, diese … Träume zu haben. Über mich. Und andere wie mich. Über mich mit anderen wie mir.

Mit Typen, meine ich.

Okay, jetzt spul ich mal vor: Im Februar hab ich eine Website im Netz gefunden, auf der ich mich angemeldet habe (natürlich unter falschem Namen). Da wurden unter anderem auch so Events angekündigt, also für Typen, die auf Typen stehen. Ich hab durchgescrollt, ohne dass ich vorhatte, irgendwo hinzugehen, und dann stand da was von einem *Maskenball*, der war genau einen Tag nach meinem achtzehnten Geburtstag. In einem Privatclub.

Ich hab sofort den Verlauf gelöscht und den Browser zugemacht.

Dann kam mein Geburtstag, und meine Teamkollegen haben in einem Club uptown, der dem Dad von unserem Centerspieler gehört, eine Party für mich organisiert. Die haben es echt für mich krachen lassen. Genialer DJ, haufenweise superheiße Mädchen. Und eine, Shelley hieß sie, von einer anderen Highschool, hat sich ziemlich an mich rangeschmissen. Beim Tanzen hat sie mich immer mehr in eine Ecke geschoben und dann angefangen, so Küsse auf meinen Hals zu drücken.

Ich hab mitgemacht und sie hat wirklich – ganz objektiv – verflucht gut geküsst. Als sie noch ein bisschen weitergegangen ist, hab ich mich drauf eingelassen. Aber na ja, wir waren ja in einem Club und deswegen war ab einem bestimmten Punkt natürlich Schluss.

Das Krasse ist … ich war erleichtert, dass es nicht weiterging. Sie hat mir ihre Nummer gegeben und gesagt, ich soll sie anrufen. »Du kannst ja mal bei mir vorbeikommen, und dann machen wir da weiter, wo wir aufgehört haben.« Die Jungs haben mir alle auf die Schulter geklopft. »Alter! Du hast die schärfste Frau der ganzen Bed-Stuy Prep klargemacht!«

Aber ich wusste, dass ich sie nicht anrufen würde. Deswegen hab ich ihre Nummer gelöscht.

Und am nächsten Abend saß ich in der Bahn und hatte meine Sporttasche dabei, in die ich meinen Smoking gepackt hatte.

Und eine Maske.

Siebenundzwanzig Minuten.

Um kurz vor halb elf hab ich das Gebäude gegenüber von der angegebenen Adresse angesteuert, mich aber erst mal in einen dunklen Toreingang gestellt. Ich hatte mich auf der Herrentoilette in der U-Bahn-Station am Herald Square umgezogen, aber den Smoking konnte man unter meinem Mantel nicht sehen. Das Haus auf der anderen Straßenseite wirkte nicht gerade vertrauenerweckend. Ein vierstöckiger Backsteinbau mit einem Chinarestaurant im Erdgeschoss. Über die Website hatte ich ein Passwort bekommen, das man der Bedienung hinter der Theke sagen sollte, um in den Club durchgelassen zu werden.

Ich kam mir total dämlich vor.

Vielleicht war das Ganze ja eine Falle. Keine Ahnung ... ein Aufnahmeritual von irgendeiner kranken Sekte oder so was. Vielleicht lockten die ja Leute hierher, um sie umzubringen. Scheiße, meine Eltern – die dachten, ich wäre bei einem Kumpel aus dem Team – hatten mich immer vor genau so was gewarnt, und jetzt stand ich hier am anderen Ende der Stadt, weit weg von meinem gemütlichen Zuhause in Harlem, in einer dunklen Straße vor einem verdammt verdächtig aussehenden Haus, in dem mich Gott weiß was für ein Horror erwartete. Aber dann sah ich links von mir einen Typen auf das Restaurant zusteuern.

Er hatte auch einen Mantel an und eine Mütze, die er sich tief ins Gesicht gezogen hatte. Aber ich hätte ihn trotzdem sofort überall an seinem Gang – und an seinen Sneakers – erkannt.

Vor der Tür nahm Tremaine Wright die Mütze ab, und ich konnte kurz sein Gesicht sehen, bevor er sich eine

Maske überstreifte. Dann ist er rein, und ich hab durch das große Fenster des Restaurants gesehen, wie er kurz zur Begrüßung die Hand hob. Die Frau hinter der Theke nickte ihm zu und er ging nach hinten durch.

Ich lief schnell über die Straße.

Genau wie Tremaine hab ich meine Maske aufgesetzt, bevor ich rein bin.

Es war eine Black-Panther-Maske, die mein komplettes Gesicht bedeckte. Ich wollte nicht das Risiko eingehen, womöglich doch erkannt zu werden.

Das Passwort brauchte ich dann gar nicht. »Den Gang runter und am Ende links«, sagte die Frau hinter der Theke, ohne auch nur aufzuschauen.

Ich folgte ihren Anweisungen. Mittlerweile war ich auch viel zu neugierig, um noch einen Rückzieher zu machen. Links ging es durch eine Tür und dann eine Treppe runter in den Club. So was hatte ich noch nie gesehen. Es waren nur Männer da. Männer in stylischen Anzügen, die komplette Farbpalette, manche wild gemustert. Und alle hatten Masken auf.

Ich hatte den vollen »emotionalen Overload«, wie Jordy es nennen würde. Auf jeden Fall ein bisschen Angst, klar – auch davor, erkannt zu werden –, aber gleichzeitig war da auch dieses Gefühl ... des nicht Allein-Seins.

Ich will jetzt nicht behaupten, dass ich sofort dachte, ich gehöre dazu. Dazu war (bin) ich definitiv noch zu sehr dabei, erst mal rauszufinden, was ich eigentlich genau will. Aber, so abgedroschen das jetzt klingt, als ich in diesen Raum gekommen bin – mit der treibenden Musik und den vielen cool aussehenden Typen auf der Tanzfläche und an der Bar –, ist mir irgendwie das Herz aufgegangen.

Dann die Überraschung: Der Einzige im ganzen Raum ohne Maske war der DJ – und ich hab ihn gleich erkannt. Keine Ahnung, wie er richtig heißt, alle nennen ihn immer nur Twig (ich finde, er hat auch ein bisschen was von dem Baumwesen aus diesen Comic-Verfilmungen über diese schräge Truppe mit dem sprechenden Waschbären und der grünen Lady, die das Weltall retten).

Seinen Namen wusste ich, weil er auf meiner Geburtstagsparty am Abend vorher aufgelegt hatte.

Okay, damit war schon mal klar, dass *ich* meine Maske definitiv nicht abnehmen würde.

Wobei die anderen auch nicht so aussahen, als hätten sie das vor. Die Masken waren alle total unterschiedlich. Manche verdeckten nur die Augen, andere das ganze Gesicht. Ein Typ im blauen Anzug mit Paisleymuster hatte eine Halbmaske aus Samt und Federn auf. Die von einem komplett schwarz angezogenen Typen sah aus wie die vom Phantom der Oper, ein anderer ganz in Rot hatte so was wie eine Narrenmaske auf.

Die maskierten Männer um mich herum haben sich unterhalten, getanzt und an ihren Drinks genippt, es gab auch welche, die ein bisschen verloren rumstanden und auf ihr Handy starrten.

Eigentlich auch nicht so viel anders als auf irgendeiner Highschool-Party.

Wobei ich selbst wahrscheinlich auch ziemlich verloren aussah.

»Das erste Mal hier?«, fragte jemand rechts von mir.

Ich drehte mich zu einem Mann in einem petrolblau schimmernden Anzug mit einer Pfauenfedermaske um.

Irgendwie hatte er was Schleimiges an sich.

»Äh, ja ... könnte man so sagen«, habe ich geantwortet.

»Dein Style gefällt mir«, hat er gesagt und mich von oben bis unten abgecheckt. »Sehr classy. Die Maske passt perfekt. Herrlich überspitzt. Du scheinst ein Mann zu sein, der genau weiß, was er will.«

Er grinste und zeigte schiefe Zähne.

Zeit, das Weite zu suchen.

»Ja, danke«, sagte ich. »Schönen Abend noch.« Ich wollte mich umdrehen, aber der Kerl hielt mich am Arm fest.

»Jetzt zier dich doch nicht so.« Er beugte sich näher zu mir und blies mir seinen heißen Atem ins Ohr. »Wir sind doch alle hier, weil wir dasselbe wollen ...«

Als ich gerade ausholen und dem Kerl die Pfauenfedern aus dem Gesicht schlagen wollte, landete eine Hand auf meiner Schulter und jemand sagte: »Da bist du ja. Ich hab schon überall nach dir gesucht.«

»Äh ...« Während ich noch überlegte, wie ich es schaffen könnte, *beide* Typen auszuschalten und so schnell wie möglich von hier abzuhauen, bevor noch rauskam, dass ich in diesem verdammten Club gewesen war, schaute ich nach unten auf ein Paar strahlend weiße Jordan Retro 1.

Und erstarrte.

»Oh, ich bitte vielmals um Entschuldigung«, sagte der paarungswillige Pfau und musterte Tremaine genauso unverschämt wie mich eben. »Ich hatte keine Ahnung, dass er schon vergeben ist.«

Wusste Tremaine, dass ich *ich* war? Er hatte einen perfekt sitzenden anthrazitfarbenen Anzug ohne Revers an und dazu eine schwarze Augenmaske, die mich an den

Typen aus den Filmen erinnerte, die mein Vater früher so gern geschaut hat. Zorro. Bei seinem Anblick machte mein Magen einen kleinen *Jump*.

»Schon okay, Mann«, sagte Tremaine. »Killer-Outfit übrigens. Komm, Babe.« Und er nahm mich an der Hand und zog mich weg.

Ich war zu verblüfft, um irgendwas anderes zu tun, als mit ihm mitzugehen.

(Äh ... *Babe*?)

Als wir einen Stehtisch im hinteren Bereich des Clubs erreicht hatten, ließ er meine Hand wieder los. »Sorry«, sagte er kopfschüttelnd. »Normalerweise halte ich nicht Händchen mit Leuten, von denen ich nicht wenigstens den Namen weiß, aber der Typ ist ein totaler Widerling und du bist eindeutig neu hier. Hi. Ich bin Tremaine.«

Krass. Er benutzte sogar seinen echten Namen.

Irgendwie war es ungewohnt, ihn ohne seine Kamera zu sehen.

Mir schnürte es die Kehle zusammen. Wie schaffte er es nur, so unfassbar lässig zu sein?

Beneidenswert.

Tremaine sah mich an. »Und du bist ...?«

»Ich? Äh ... Tobias.«

Ich hielt die Luft an und wartete darauf, dass er loslachte und mich enttarnte. Mir bestätigte, dass er natürlich ganz genau wusste, wer ich war.

Aber das passierte nicht.

»Hey!« Er zeigte erst auf sich und dann auf mich. »*T and T.*«

Ich lachte und konnte wenigstens wieder atmen. Aber so richtig entspannt war ich nicht, dazu fühlte ich mich zu mies, weil ich ihm mitten ins Gesicht (in die Maske) gelogen hatte.

Wenn ich jetzt daran zurückdenke, versetzt es mir einen Stich.

»Erzähl mir von dir, Tobias.« Er beugte sich ein Stück zu mir.

Es kam mir vor, als würde er das *Tobias* extra betonen, weil ihm der Name verdächtig vorkam, aber ich schob den Gedanken weg. »Was willst du wissen?«

Er zuckte mit den Schultern. »Na, zum Beispiel ... was hast du für Hobbys?«

»Basketball«, sagte ich, ohne nachzudenken.

Und bereute es natürlich sofort.

»Okay, wow. Ein Sportler.«

Ich lachte wieder. »Wieso sagst du das so?«

»Davon gibt es hier nicht so viele.« Er drehte sich um und ließ seinen Blick durch den Club wandern. »Und ich gehe mal davon aus, dass es unter den Jungs, mit denen du spielst, auch nicht besonders viele von uns gibt. Ist das ein Problem für dich?«

»Äh ...« Ich beschloss, ihm die Wahrheit zu sagen. »Unter uns gesagt ... ja schon. Ich bin mir ziemlich sicher, dass es nicht gut enden würde, wenn meine Teamkollegen wüssten, dass ich hier bin.« Mir war sofort klar, wie scheiße der Satz klang. Aber ich wusste nicht, wie ich ihn wieder zurücknehmen sollte, und versuchte deswegen schnell das Thema zu wechseln. »Und du ... kommst du oft her?«, fragte ich.

»*Oft* wäre übertrieben. Die Party findet einmal die Woche statt, aber ich bin erst das dritte Mal hier. Ich komme hauptsächlich zum Leute-Beobachten.«

»Leute-Beobachten?«

»Ich fotografiere total viel, und wenn ich ohne Kamera unterwegs bin, schaue ich mir Leute an.«

»Ist es okay, wenn ich dich frage, wie alt du bist?« Ich war gespannt, ob er die Wahrheit sagen würde.

»Im Dezember siebzehn geworden.« Er grinste. »Aber sag's bitte keinem. Ich komme hier bloß rein, weil ich den DJ kenne. Ich mache öfter Fotos auf seinen Gigs. Eigentlich ist die Party ab achtzehn. Na ja, gibt ja eine Menge Menschen, die behaupten, jemand zu sein, der sie nicht sind.«

Dabei schaute er mir direkt in die Augen, und ich schwöre, dass mir kurz das Herz stehen blieb.

Aber dann fragte er wieder in normalem Ton: »Und du, wie alt bist du?«

»Ich bin ... neunzehn. Ich bin auf dem College, also ... bald im zweiten Studienjahr.«

»Ach, schon?« Er zog grinsend eine Braue hoch.

Hätte ich mich in dem Moment wegteleportieren können, ich hätte es gemacht. Sofort.

Ich schätze mal, er deutete mein Schweigen richtig, weil er als Nächstes sagte: »Lass dich nicht verunsichern. Was studierst du denn?«

»Ich ... äh ... Maschinenbau. Aber ich überlege, ob ich das Hauptfach wechseln soll.« (Ich *weiß*, wie beknackt sich das alles anhören musste. Keine Ahnung, warum Tremaine sich überhaupt weiter mit mir unterhalten hat.)

»Ein Sportler, der auch was im Kopf hat! Hey.« Er warf mir sein legendäres Lächeln zu, bei dem sämtliche Mädchen in der Schule dahinschmelzen. Und ich muss zugeben ... mir ging's ganz genauso.

Von da an sind meine Erinnerungen an den Abend ziem-

lich verschwommen. Innerhalb der nächsten paar Minuten
verwandelte ich mich in etwas, das wahrscheinlich so eine
Art Wunschversion von einem Ich war, das ich vielleicht
hoffentlich mal irgendwann sein könnte: ein offen bisexu-
eller Student am City College mit einem bewegten Cam-
pus-Leben, in der studentischen Selbstverwaltung aktiv,
Spieler im Uni-Basketballteam und Mitglied bei Alpha Phi
Alpha – der ältesten afroamerikanischen Studentenverbindung.

Es war so einfach, mit Tremaine zu reden, und je länger
wir redeten, desto mehr Details aus meinem wahren Leben
flossen mit ein.

Ich erzählte ihm, dass es mich ein bisschen verwirrte,
dass mir manche Mädchen gefielen, ich mir gleichzeitig
aber ziemlich sicher war, dass ich auch auf Männer stand.
(Er meinte, ihm würde es ganz genauso gehen. »Und lass
dir bloß von niemandem einreden, dass das, was du fühlst,
falsch ist. Ich hab schon in der zweiten Klasse gewusst,
dass ich mich in *Menschen* verliebe. Es ist echt Wahnsinn,
wie aggressiv viele Leute reagieren, wenn sie dich nicht in
eine Schublade stecken können.«)

Ich erzählte ihm von Jordy. (»Klingt, als hättest du tota-
les Glück mit ihr. Wenn die Familie hinter dir steht, ist das
das Allerwichtigste.«)

Ich erzählte von meinen Coaches. (»Toxische Maskuli-
nität in Reinform, Bruder.«) Und wie sehr es mich verun-
sicherte, mir über nichts *wirklich* im Klaren zu sein. (»Will-
kommen im Club. Und ich rede nicht von den Irren, die
hier zum Teil rumlaufen.«) Ich fühlte mich mit Tremaine so
wohl, dass *Tobias* auf die Frage, ob er mit jemandem zusammen ist, grinsend antwortete: »Na ja, du hast dem Pfau

ja eben zu verstehen gegeben, dass ich mit dir zusammen bin.«

Wir lachten und unterhielten uns weiter.

Wir redeten über unsere Familien: Am allerbesten versteht er sich mit seiner älteren Schwester Tammi, gleich danach kommt sein Vater Sean, der einen Sightseeing-Bus fährt. Ich hab ihm erzählt, wie meine Eltern sich kennengelernt hatten, und er erzählte die Love-Story von seinen. Seine Mom Camille war aus Virginia nach NYC gekommen, um ein Praktikum bei einem Fotografen zu machen.

Weil sie sich verlaufen hatte, beschloss sie, in einen dieser Sightseeing-Tourbusse zu steigen. Als der Bus auf das Flatiron Building zusteuerte, das sie wiedererkannte, weil das Fotoatelier gleich gegenüber war, ist sie zum Fahrer vor und hat gefragt, ob er sie hier rauslassen könnte. Er hat gesagt, das ginge nicht, weil auf der Tour keine Zwischenstopps vorgesehen wären. Sie hat nicht lockergelassen, und irgendwann hat er hochgeschaut und war von ihrer Schönheit so hin und weg, dass er in ein Taxi reinkrachte.

»Das war sein dritter Tag im Job«, sagte Tremaine. »Er ist natürlich sofort geflogen.«

Wir redeten über Essen: Obwohl er halber Jamaikaner ist, liebt er Ramen und koreanisches BBQ. Ich habe ihm erzählt, dass mein Großvater ursprünglich aus Georgia kommt und ich total auf Southern Soulfood stehe.

Wir haben über Freunde geredet: Tremaine meinte, er würde schon mitkriegen, dass es ziemlich viele Leute gibt, die ihn irgendwie »interessant« finden, er hätte aber eigentlich nie so wirklich enge Freunde gehabt, vor allem keine männlichen. Er hofft, dass sich das ändert, wenn er anfängt zu studieren. Ich hab erzählt, dass ich zwar einen

Haufen Kumpels hab – vor allem die Jungs aus meinem Team –, aber nicht wüsste, wie sie reagieren würden, wenn sie mitbekämen, dass ich nicht straight bin. »Ist ja auch nicht unbegründet«, hat Tremaine gesagt. »Es ist ja allgemein bekannt, dass es im Männersport ziemlich homophob zugeht.«

Ich hab ihm gesagt, dass es so wirkt, als käme er total gut damit klar, so zu sein, wie er ist, und dass ich mir nicht sicher bin, ob ich das jemals schaffen würde. Das wäre bei ihm auch nicht immer so gewesen, hat er mich beruhigt. Er hätte definitiv Phasen gehabt, in denen er unsicher war. »Aber dann ist mir was klar geworden«, hat er gesagt. »Wenn *ich* mich selbst nicht so lieben und akzeptieren kann, wie ich bin, wie soll ich dann erwarten, dass andere es tun?«

Ziemlich gutes Argument.

Irgendwann hat er auf die Uhr geschaut und gemeint, dass es zu Hause Ärger gäbe, wenn er jetzt nicht gehen würde.

Ich wäre gern mit ihm zusammen gegangen, aber ich hatte zu viel Angst, dass er mich erkennt.

Also hab ich nur gesagt: »War echt nett, mit dir zu reden« (was voll überheblich klang, ich *weiß*), und dass ich hoffte, wir würden uns mal wieder über den Weg laufen.

Er wirkte kurz enttäuscht, hatte sich aber sofort wieder im Griff. »Ja, Mann. Fand ich auch.« Er nickte. »Alles klar. Bis dann. Man sieht sich.«

Aber als er mir schon den Rücken zugedreht hatte, hab ich was gemacht, was ich bis jetzt noch nicht glauben kann. Ich hab »Yo, Tremaine« gesagt und ihn am Arm festgehalten. Und als er sich noch mal umgedreht hat, bin ich einen

Schritt auf ihn zu, hab meine Maske ein Stück hochgeschoben ... und ihn voll auf den Mund geküsst.

»... okay«, war alles, was er rausbrachte, als wir uns (irgendwann) voneinander gelöst haben.

Danach Schweigen. Gefühlte dreiundachtzig Minuten später, auch wenn es in Wirklichkeit nur ein paar verkrampfte Sekunden waren, hab ich gestammelt: »Also ... Du musst jetzt wahrscheinlich ... los, was?« Ich habe viel zu viele Dinge gleichzeitig gefühlt: Schock über meinen eigenen Mut; schlechtes Gewissen, weil ich ihn mit dem Kuss so überfallen hatte (wie oft haben mir meine Eltern eingeschärft, dass *immer* absolut klar sein muss, dass beide es wollen); Traurigkeit darüber, dass er schon gehen musste; Erregung wegen dem Kuss; Angst wegen dem, was die Erregung mir bestätigte. Das Gefühl, das ich nach dem Kuss mit Tremaine hatte, war ganz anders als das, was ich einen Tag vorher bei Shelley gehabt hatte.

Scheiße, das hat mir echt Angst gemacht.

»Ja«, hat er gesagt. »Also dann ...«

Ein dumpfes Poltern, besorgte Rufe, und meine Augen fliegen auf.

»Oh mein Gott, ist er okay?«

Ich höre die Worte, ehe ich kapiere, was los ist. Aber noch bevor mein Gehirn eins und eins zusammenzählt – Tremaines leeren Platz und die weißen Jordans an den Füßen des Typen, der mit dem Gesicht nach unten auf dem verdreckten Boden liegt –, bin ich schon aufgesprungen und hocke neben ihm.

»Yo, Tremaine!« Ich rüttle ihn an der Schulter. Vor lauter Panik sind meine Handflächen feucht und der Schweiß läuft mir die Achseln runter ... genau wie damals in der Sechsten. Man sollte meinen, ich hätte in der Zwischenzeit gelernt, jemandem, der offensichtlich unter Stress steht, rechtzeitig zu helfen. Echt erbärmlich.

»Tremaine!« Ich rüttle ihn noch mal. »Hey. Homie, alles klar?«

Bescheuerte Frage.

Aber er stöhnt.

Das deute ich mal als gutes Zeichen.

»Tremaine? Ich bin's. JJ«, sage ich und drehe ihn vorsichtig auf den Rücken. »Ich bring dich hier raus, Mann! Wär nur cool, wenn du mir kurz Bescheid geben würdest, ob du mich hören kannst.«

Wieder Stöhnen.

Ich beuge mich zu ihm runter und fächle ihm Luft zu, wie ich es in Filmen gesehen habe.

Ehrlich gesagt hab ich nicht *die leiseste* Ahnung, was ich hier mache.

Aber es scheint zu wirken. Er dreht den Kopf langsam nach rechts und dann nach links. Als er wieder zur Mitte rollt, klappt er die Augen auf.

Mein Herz macht Sprünge, als würde es einen Stepptanz hinlegen.

»Gott sei Dank«, sage ich, und dann – ohne Witz – bekreuzige ich mich. »Yo, kannst du dich bewegen? Ich würde dich gern aus dem Wagen rausschaffen, aber wenn ich dich tragen muss, muss ich mir erst überlegen, wie ...«

»JJ?«, sagt er verwirrt. (Shit. Es ist krass, was das in mir auslöst. Superschön und gleichzeitig total schrecklich. Ich darf ihm nicht auf die Lippen schauen.)

»Ja, Mann. Ich bin's.«

»Was ist passiert? Wo sind wir?« Er macht die Augen wieder zu.

»Hey, Bro. Du musst wach bleiben. Wir sind in der Subway. Es hat einen Stromausfall gegeben und wir stehen schon seit einer halben Stunde im Tunnel.«

»Ich finde geschlossene Räume nicht so super«, sagt er.

»Ja, weiß ich. Aber jetzt muss ich wissen, ob du aufstehen und laufen kannst. Ich mach erst mal die Tür auf, dann helfe ich dir hoch, und wir probieren es, okay?«

»Mmh-mmh«, sagt oder eher *murmelt* er.

Ich greife in meine Jeans, ziehe meinen Schlüsselbund mit dem Multitool raus und klappe das Messer auf, um das kleine Fach über der mittleren Wagentür zu öffnen. (Zum Glück hab ich dank meiner Größe kein Problem ranzukommen.) Den meisten Leuten ist diese Klappe wahrscheinlich noch nie aufgefallen, aber als ich ein kleiner Junge war, hat mein Dad mir beigebracht, wie ich im Notfall aus der U-Bahn rauskomme. Er hat mir auch das Werkzeug geschenkt und eingeschärft, dass ich es immer dabeihaben soll.

Als das Fach auf ist, drücke ich die beiden roten Hebel – das Klicken, mit dem die Türen entriegelt werden, hört sich für mich an wie Musik – und werfe mich dann mit meinem ganzen Gewicht gegen die Türen, bis sie aufgehen.

Danach kümmere ich mich wieder um Tremaine.

»Okay, ich schieb jetzt erst mal meine Hände unter deine Achseln, um dich aufzurichten«, erkläre ich ihm. »Und dann schlinge ich dir von hinten die Arme um die Hüfte und ziehe dich auf die Füße, klar?«

Diesmal warte ich nicht auf seine Antwort.

Als ich ihn halbwegs in eine stehende Position gebracht

habe (nebenbei bemerkt: der Typ ist echt schwer), frage ich noch mal: »Glaubst du, du kannst laufen?«

Sein Kopf fällt gegen meine Schulter (und ich krieg einen Riesenschreck), aber dann murmelt er: »Ja, glaub schon. Wenn du mich stützt.«

»Keine Angst, ich hab dich«, versichere ich ihm. »Aber ich bin mir ziemlich sicher, dass wir hintereinander durch den Tunnel müssen. Ich geh vor und du hältst dich an meinen Schultern fest, okay?«

Ich schiebe mich an ihm vorbei, ohne ihn ganz loszulassen, und ziehe mir seinen Arm über die Schulter, bevor ich mich vor ihn stelle. Jemand reicht mir unsere Rucksäcke, und ich schaffe es irgendwie, sie mir beide vorne umzuhängen – zum Glück ist nicht viel drin. Tremaine lehnt sich von hinten an mich und wir gehen zur Tür.

Eine Sekunde später stehen wir draußen in der Dunkelheit. Ich kriege zwar mit halbem Ohr mit, dass uns ein paar der anderen folgen, konzentriere mich aber darauf, uns beide hier rauszubekommen.

Ehrlich: So ein U-Bahn-Tunnel, wenn man nicht gemütlich in der Bahn sitzt? Supergruselig. Jetzt gerade bereue ich es offiziell, in der Middleschool so viele Horrorfilme gesehen zu haben. Die Handytaschenlampe ist nur bedingt hilfreich.

Wir bewegen uns im Schneckentempo neben den Schienen entlang. Tremaine liegt praktisch mit dem gesamten Oberkörper auf meinem (*ziemlich* breiten) Rücken. Mit der linken Hand drücke ich mir seinen Arm an die Brust, damit ich mit der rechten das Handy halten und uns den Weg leuchten kann. Ich glaube, wir waren kurz vor der Station an der 96. Straße, als die Bahn stehen geblieben ist.

Ich spanne die Rückenmuskeln an, um das Gewicht auf meinem Rücken zu tragen. Das Wissen, dass es ganz allein an mir liegt, Tremaine aus diesem verfluchten Erdloch rauszuschaffen, verleiht mir irgendwie die Kraft, einen Fuß vor den anderen zu setzen.

Irgendwann kann ich in der Ferne vage die Station erkennen und Erleichterung durchflutet mich.

»Ich glaube, jetzt geht es langsam wieder«, sagt Tremaine, als wir fast da sind. Er stützt sich nicht mehr mit seinem ganzen Gewicht auf mich und zieht dann auch den Arm weg.

»Sicher?«

»Ja. Du kannst mir sogar einen von den Rucksäcken geben.«

»Nein, Mann. Lass mal. Das mach ich.«

»Hey, JJ Harding. Du bist ein wahrer Gentleman.« Ich sehe den Ausdruck auf seinem Gesicht nicht, bin darüber aber ganz froh, weil das heißt, dass er auch den auf meinem nicht sehen kann.

Keine Ahnung, wo genau wir rauskommen, aber als wir endlich auf dem Bahnsteig stehen, der mir fast noch dunkler vorkommt als der Wagen vorhin, hab ich das Gefühl, dass mit einem Schlag der letzte Rest Energie aus mir rausströmt. »Ist es okay, wenn wir kurz Pause machen?« Bevor Tremaine antworten kann, habe ich mich schon bis zur Wand vorgetastet, lehne mich dagegen und lasse mich runterrutschen wie ein Wassertropfen an einem kalten Glas. Ich hab neue Jeans an, und der Boden ist garantiert nicht der sauberste, aber ich bin einfach total fertig.

Ich merke, wie Tremaine sich neben mich setzt. Dicht neben mich.

»Alles gut, Mann?« Seine leise Stimme füllt die Dunkelheit. Ich höre, wie nach uns die anderen Leute den Bahnsteig erreichen. Alle reden durcheinander und suchen im Dunkeln nach dem Ausgang, aber ich spüre Tremaines nackten Arm an meinem und finde es eigentlich ganz okay, erst mal einfach ein bisschen hier sitzen zu bleiben.

»Ging mir ehrlich gesagt schon mal besser«, antworte ich.

Er lacht. Vor einer Viertelstunde hätte ich mir nicht eingestehen können, was das in mir auslöst. Aber jetzt? Wo er mir so nah ist und wir aus der Scheiß-U-Bahn raus sind?

Das Gefühl ist der Hammer. Ich bin echt froh, dass es so dunkel ist, weil ich sonst wahrscheinlich die ganze Zeit auf seinen Mund starren würde.

»Geht mir ganz genauso«, sagt er. »Als die Bahn vorhin auf einmal angehalten hat ... Boah, ich wusste, dass ich das nicht lange aushalten würde. Geschlossene Räume sind für mich echt der absolute Horror. Solange die Bahn fährt, ist es nicht so schlimm, aber wenn sie mitten im Tunnel stoppt, dann merke ich, dass das mit der Klaustrophobie real ist.«

»Wie in der sechsten Klasse?«, frage ich.

»Ja, ziemlich genau so.«

»Ich, äh ...« Soll ich es wirklich sagen? »Ich hab schon vorher gemerkt, dass irgendwas mit dir los ist. Sorry, dass ich nicht schneller reagiert hab.«

»Das kennt man von dir doch auch nicht anders.« Er lacht und stößt mich leicht mit der Schulter an. Mir klopft das Herz bis zum Hals.

Ich räuspere mich. »Bist du jetzt wieder okay?«, frage ich.

»So okay, wie man sein kann, wenn man mitten in einer U-Bahn vor lauter fremden Leuten umgekippt ist.«

»Gut, dass es so dunkel war, dass keiner von denen dich richtig sehen konnte.«

Er lacht wieder.

Ich hätte nie gedacht, dass ich so viel fühlen kann. Es ist fast zu viel.

»Ich muss dir was gestehen«, sagt er. »Auch wenn du ein Held bist und mich – mit kleiner Verzögerung – gerettet hast, gefällst du mir noch einen Ticken besser, wenn du deine Black-Panther-Maske aufhast.«

Ich kriege weder Luft noch ein Wort raus.

»Ich hab dich an dem Abend am Herald Square gesehen, als du in deinem Smoking – schickes Teil übrigens – aus dem Männerklo gekommen bist, und bin dir mit ein bisschen Abstand hinterher. Ich saß im F-Train im selben Wagen wie du, nur am anderen Ende. Ich hab mich gefragt, ob es sein kann, dass du zur selben Adresse unterwegs bist wie ich – und hab es gehofft –, konnte es aber nicht glauben. Ich meine, hey: *Jump-Jump Harding* im Schwulenclub?«

Ganz ehrlich. Obwohl ich total unter Schock stehe, muss ich lächeln, als er meinen Spitznamen sagt. Auch das *gehofft* hab ich gehört.

»Als du in der Second Avenue ausgestiegen bist, war ich echt platt. Ich war dir dicht auf den Fersen, bis du dich in dem Eingang von dem Gebäude gegenüber versteckt hast. Ich hab noch ein paar Minuten gewartet, was du machst, dann bin ich rein und hab gehofft, dass du mir folgen würdest.«

»Was ich gemacht habe.«

»Yep.«

Ich hole tief Luft. Erleichtert ... aber ehrlich gesagt auch ein bisschen sauer. »Dann hast du also die ganze Zeit genau gewusst, dass ich es bin.«

»Klar. Und ich sag dir die Wahrheit, JJ«, sagt er. »Das war nicht cool von dir. Ich hab dir meinen echten Namen gesagt, weil ich gehofft habe, dass du dann auch den Mut hast, mir deinen zu sagen. Hast du aber nicht.«

Okay. Ich bin doch nicht sauer.

»Wochenlang – WOCHENLANG, JJ! – wusste ich nicht, was ich denken soll. Ich meine, ich war schon vor der Sache mit dem Besenschrank verknallt in dich. Es war so toll, dass wir uns endlich mal richtig unterhalten haben und ich was über dich und dein Leben erfahren habe. Einmal ist dir sogar der richtige Name deiner Schwester rausgerutscht, das hast du gar nicht mitgekriegt.«

»Oh Shit.«

»Tja. Ja, genau. Du warst *du* ... hast aber so getan, als wärst du jemand anderes. Und ich hatte keine Ahnung, was das alles sollte und wie ich damit umgehen soll. Vor allem, weil du ja wusstest, dass ich es war. Und dann der Kuss ...«

»Der Kuss.« Die Worte sind raus, bevor ich sie zurückhalten kann.

»Ja«, sagt er. »Versteh mich nicht falsch. Ich fand ihn geil. Was du ja sicher mitgekriegt hast. Ich hab dich ja nicht gerade weggeschubst.«

Ich bin froh, dass wir im Dunkeln sitzen, weil ich übers ganze Gesicht grinse wie ein Kindergartenkind, das ein Extralob für sein Wachsmalkreidebild bekommen hat.

»Aber ich hab mich auch darüber geärgert, dass ich ihn geil fand, JJ. Du hast mich die ganze Zeit angelogen und mich dann auch noch einfach geküsst, ohne zu fragen, ob ich überhaupt will. Das hat mich massiv verwirrt.«

»Das tut mir leid, Tremaine«, sage ich. »Und das meine ich ganz ernst, Mann.«

Er sagt darauf nichts und ich sage auch nichts mehr und wir sitzen einfach nur stumm nebeneinander. Ich werfe einen Blick auf mein Handy und bin überrascht, als ich sehe, dass der Akku nicht wie erwartet halb tot ist, obwohl ich jetzt bestimmt vierzig Minuten das Licht anhatte.

Könnte das so eine Art Zeichen sein?

»Warum hast du mich nicht darauf angesprochen?«, frage ich Tremaine.

»Tja, weiß ich selbst nicht so genau«, sagt er. »Das hab ich mich auch wochenlang gefragt. Warum stelle ich ihn nicht einfach zur Rede und frage, was Sache ist? Ich hab immer noch nicht wirklich eine Antwort darauf. Wobei ... Na ja, ich versteh schon auch, dass du erst mal Zeit und Raum brauchst, um es für dich selbst rauszufinden. Obwohl ich nach dem, was du mir über deine Eltern gesagt hast, glaube, dass sie ziemlich sicher okay damit sein werden.«

Ich nicke. »Weißt du, T, mir ist was klar geworden, als wir gerade durch den Tunnel gegangen sind. Es ist gar nicht, dass ich denke, meine Eltern würden ein Problem damit haben, auf wen ich stehe. Es geht mehr um das Basketballding. Bis jetzt gibt es in der NBA nur einen einzigen Spieler, der offen schwul ist.«

»Jason Collins«, sagt Tremaine.

Ich bin beeindruckt. »Genau. Und eigentlich hat er auch eine Menge Unterstützung bekommen. Aber das ist jetzt ein paar Jahre her und seitdem hat sich kein anderer geoutet. Homosexuelle Sportler werden einfach immer noch ...« Ich suche nach dem richtigen Ausdruck.

»Stigmatisiert«, sagt er.

Okay. Auf der Liste der Eigenschaften meines Traumpartners kann ich hinter den Punkt »Beendet meine Sätze« anscheinend schon mal ein Häkchen setzen.

»Genau. Und auch wenn meine Eltern kein Problem mit meiner ... Orientierung haben werden – ich schätze mal, das ist der richtige Ausdruck –, fänden sie es sicher nicht so toll, wenn ich aufhören würde, Basketball zu spielen. In ihrer Vorstellung – und in meiner bis vor Kurzem auch – ist das mein Ticket für ein College-Stipendium. Ich weiß zwar im Moment selbst nicht, ob ich überhaupt Bock habe, weiter Körbe zu werfen, aber wenn ich mich outen würde, wäre ich bei den Jungs aus dem Team und bei den Coaches so was von *out*. Das wäre dann sowieso mein Ende als Spieler. Klar, ich bin mir sicher, dass sie alle einen auf superverständnisvoll machen würden – keiner will als schwulenfeindlich rüberkommen. Aber die Scheiße sitzt echt tief, Mann.«

Ich höre ihn neben mir seufzen.

Wir hocken eine Weile still da, und ich denke, dass die Dunkelheit um uns herum ein ziemlich gutes Bild für die ausweglose Situation ist, in der ich stecke. Shit, ich hab wirklich keine Ahnung, was ich machen soll.

Aber ein Gutes hat das alles immerhin: Der Druck, unter dem ich die ganze Zeit stand, hat ein bisschen nachgelassen. Allein dass es jetzt jemanden gibt, der mein Geheimnis kennt, hilft schon.

Schätze, das ist ein erster kleiner Schritt.

»Warst du eigentlich auf dem Weg zu der Party in Brooklyn, wo Kareem heute auflegt?«, frage ich, nur um was zu sagen.

»Ja, genau. Ich mach dort Fotos.«

»Hab ich mir gedacht. Ich wollte auch hin.«

»Überrascht mich nicht.« Ich höre das Lächeln in seiner Stimme.

»Und ... wie kommen wir jetzt nach Brooklyn?«

Tremaine richtet seine Handylampe an die Wand, um den Namen der U-Bahn-Station zu lesen. »Wir sind in der Nähe vom Park ...« Er dreht sich zu mir. »Da stehen bestimmt ein paar Mieträder rum. Wir würden zwar komplett verschwitzt ankommen ... aber wenigstens würden wir ankommen. Was meinst du?«

»Klar«, sage ich. »Könnte lustig werden.«

»Hey, JJ?«

Echt verrückt, wie gern ich diese beiden Buchstaben aus seinem Mund höre. »Ja, Tremaine?«

»Können wir uns darauf einigen, dass du mich nie mehr so anlügst?«

»Versprochen, Mann.« Ich fühle mich sofort wieder mies. »Das war superscheiße von mir.«

»Okay, ich verzeih dir. Aber nur dieses eine Mal.«

Ich lache erleichtert. »Geht klar.«

»Wenn du die Wahrheit wissen willst – aber ich warne dich, nutz das bloß nicht aus –, glaub ich nicht, dass ich überhaupt richtig wütend auf dich sein könnte.«

»Weißt du was? Ich fand dich schon damals an dem Tag in der Sechsten echt cool«, gebe ich endlich zu. »Auch wenn ich alles getan habe, um es mir nicht einzugestehen.«

Jetzt lacht er. »Finde ich gut, Mann.«

Die Dunkelheit macht mich allmählich unruhig. »Meinst du, das Licht geht bald wieder an?«

Er antwortet nicht und ich dränge ihn nicht. Keine Ahnung, wann wir hier aufstehen oder wie es mit uns weitergeht.

Ich merke aber auch, dass ich das gar nicht wissen muss. Jedenfalls nicht jetzt in diesem Moment.

»Hoffentlich«, sagt er plötzlich.

»Oh. Du meinst, wegen deiner Klaustrophobie?«

Tremaine lacht wieder. »Nein, damit hat es gar nichts zu tun.« Er lehnt sich an mich.

Ich schwöre, wenn Menschen wirklich *dahinschmelzen* könnten, wäre ich jetzt eine Pfütze.

»Ich hab gerade keine Angst«, sagt er. »Ehrlich. Ich freu mich nur darauf, dich dann ohne Maske zu sehen.«

DER LANGE WEG
TIFFANY D. JACKSON

Zweiter Akt

Central Park, 18:05 Uhr

Kareem und ich sind mittlerweile auf dem Broadway. Es ist so heiß, dass es sich anfühlt, als würden wir auf der Sonnenoberfläche entlanggehen, und die Luft ist so feucht, dass mir das Atmen schwerfällt. Vielleicht liegt es aber auch daran, dass Kareem ein irres Tempo vorlegt und ich neben ihm herjoggen muss, um Schritt zu halten. Als wir am oberen Ende des Central Park angekommen sind, bin ich schweißgebadet.

»Verdammt, Alter«, keuche ich. »Warum gehst du so schnell?«

»Warum gehst du so langsam? Stell dir vor, hier gibt es auch Leute, die irgendwo erwartet werden!«

Ich schnaube. »Ach, hält sie dich an der kurzen Leine?«

»Was hast du gerade gesagt?« Kareem dreht sich um, ich knalle gegen ihn und stelle bei der Gelegenheit fest, dass sich sein Oberkörper ziemlich hart anfühlt. Er hat ... Muskeln. Seit wann hat er die denn? Jetzt fällt mir auch auf, dass er an den Armen ganz schön zugelegt hat. Und er hat sogar einen Bartschatten über der Oberlippe.

Ich klopfe mich nervös ab und schiebe mich an ihm vorbei.

»Nichts.«

Er läuft zögernd weiter, als würde er sich fragen, ob er seinen verrückten Plan, die ganze Strecke zu Fuß zu gehen, wirklich durchziehen soll. Also genau das, was ich mich jetzt schon seit einer halben Stunde frage.

Aber bald geht die Sonne unter. Ich möchte auf keinen Fall ohne Geld durch die dunkle Stadt wandern und er ist auf mich und mein Handy angewiesen – sein einziger Kontakt zur Welt. Im Augenblick haben wir nur uns, ob es uns gefällt oder nicht.

Er holt zu mir auf, passt sich meinem Tempo an, und wir gehen ein paar Minuten lang schweigend nebeneinanderher die Central Park West entlang. Der größte Park Manhattans mit seinen Wiesen, Wäldern, Brunnen, Seen, Gartenanlagen, Spielplätzen und Restaurants liegt inmitten von Hochhäusern und Wolkenkratzern, es gibt dort einen Zoo und sogar ein Schloss. Und haufenweise reiche Leute mit kläffenden Tölen (ich mag den Prospect Park in Brooklyn lieber).

Daddy erzählt öfter mal lachend Geschichten von Touristen, die sich mitten am Tag im Park verlaufen und auf der Suche nach dem Ausgang stundenlang herumirren. Falls das jetzt gerade irgendwelchen Leuten so geht, hoffe ich für sie, dass sie hinausfinden, bevor die Sonne untergegangen ist.

»Nicht, dass es dich was angeht«, sagt Kareem nach einer Weile. »Aber ich soll heute auf Twigs Blockparty auflegen.«

Blockparty? Davon wusste ich nichts. Tja, so ist das wohl, wenn man nicht mehr mit seinem Freund zusammen ist. Dann wird man eben auch nicht mehr zur jährlichen Mega-Blockparty der Nachbarschaft eingeladen. Dabei geht da praktisch jeder hin.

»Und wie wollen die ihre Party machen, wenn es keinen Strom gibt?«, frage ich.

»Er hat gesagt, dass er einen Notstromgenerator besorgt.«

Ich schüttle den Kopf. »Das klappt doch nie.«

»Mir egal, ob das klappt oder nicht. Twig gibt mir achthundert für die Party und ich brauch das Geld. Aber wenn ich nicht da bin, krieg ich auch keine Kohle.«

»Wenn du ständig auf irgendwelchen Partys so viel fürs Auflegen bekommst, brauchst du den Ferienjob ja vielleicht gar nicht.«

Er lacht. »Das fändest du gut, was? Für mich zählt aber jeder Dollar. Du bist nicht die Einzige, die im Herbst aufs College will.«

Mein Herz bekommt einen tiefen Riss, aber das kann er wegen dem Verkehrslärm wahrscheinlich nicht hören, und ich lasse mir nichts anmerken. Wir hatten vor, zusammen aufs College zu gehen. Das war immer unser Plan. Jetzt hat er neue Pläne. Pläne, von denen ich nichts weiß. Plötzlich bereue ich es, dass ich ihn auf sämtlichen Plattformen entfolgt habe. Hätte ich das nicht gemacht, wüsste ich jetzt, wo er ab Herbst studiert. Fragen will ich ihn aber auch nicht, sonst denkt er noch, es wäre mir wichtig, und das ist es nicht.

»Okay«, murmle ich und versuche zu verbergen, wie weh mir das alles tut. »Dann müssen wir eben abwarten, wen von uns beiden sie nehmen.«

»Wofür brauchst du den Job überhaupt? Zahlt dein Daddy dir die Studiengebühren nicht?«

In seiner Stimme liegt ein Hauch von Verbitterung, den ich ignoriere.

»Doch.«

»Aber?«

Ich zögere, ihm den Grund zu sagen, entscheide mich dann aber doch dafür.

»Na ja ... es gibt da so ein spezielles Sommerprogramm. Wenn ich daran teilnehme, kann ich schon vor Semesterbeginn ein paar Credits sammeln.«

»Vor Semesterbeginn? Das heißt, du würdest früher am College anfangen?«

»Ab 8. August«, sage ich stolz. »Und ich würde den Kurs gern von meinem eigenen Geld bezahlen!«

Er schaut weg, ballt eine Hand zur Faust und umschließt sie mit der anderen. »Oh. Dann bist du an unseren Geburtstagen also gar nicht da?«

»Äh ... ja, stimmt. Da bin ich dann schon weg.«

Kareem hat am 14. August Geburtstag, ich am 13. Aus Witz hat er immer gesagt, dass er es cool findet, ganze vierundzwanzig Stunden lang eine ältere Frau zu daten. In den letzten sieben Jahren haben wir keinen einzigen Geburtstag getrennt voneinander verbracht, und erst jetzt, wo er es angesprochen hat, begreife ich, dass es mit dieser Tradition endgültig vorbei ist. Die Erkenntnis versetzt mir einen Stich. Das Wissen, dass nichts je wieder so sein wird, wie es war. Zwischen uns nicht und auch sonst im Leben nicht.

Und dabei fühlt es sich so gut an, mal wieder mit ihm unterwegs zu sein, einfach nur wir beide (ja, ich weiß, dass ich das nicht denken sollte). Früher sind wir oft so zu zweit durch die Stadt gestreift. Okay, vielleicht nicht *so* lange Strecken, nur ein paar Blocks weit. An solchen warmen Sommerabenden haben wir uns immer wie berauscht gefühlt, so als wären wir frisch verliebt. Wir sind durch die Straßen geschlendert und ständig mit den Schultern aneinandergestoßen, als hätten wir verlernt, wie man geradeaus geht. Wir sind nur stehen geblieben, wenn er mir die Schnürsenkel binden musste, wie er es schon früher immer gemacht hat, als wir noch klein waren, und haben uns ansonsten die ganze Zeit nur bescheuert angegrinst, Händchen gehalten und geküsst.

Viel geküsst.

Szenen wie aus diesen Black-Romance-Filmen aus den Neunzigern, auf die Mom mich gebracht hat. Genau die Art von Film, wie ich sie später selbst mal schreiben und drehen will. Na ja, mal schauen. Ich weiß nicht, ob ich noch an Happy Ends glaube. Könnte sein, dass ich am Ende doch nur so depressive Arthouse-Filme mache.

»Ich hab mitgekriegt, dass du auf die Clark Atlanta gehst«, sagt Kareem, ohne eine Miene zu verziehen. »Tja … was sagt man da? Herzlichen Glückwunsch?«

Ich packe die Erinnerungen weg und verschränke die Arme vor der Brust.

»Du wusstest doch, dass ich studieren will.« Fast schiebe ich hinterher: *Wir wollten zusammen studieren*, beiße mir aber auf die Zunge.

»Klar, weiß ich. Du hattest eine ganze Liste mit Wunschunis. Aber ich dachte immer, du wolltest auf die NYU und Film studieren.«

Meine Kehle wird eng, als er »NYU« sagt. »Stimmt,

aber ... an der Clark Atlanta gibt es auch Medienstudiengänge.«

»Hm, ja okay. Ich glaub ... ich hätte einfach nicht gedacht, dass du so weit weg gehen würdest und so bald.« Er zuckt mit den Schultern. »Na ja, Dinge ändern sich.«

»Meinst du nicht eher, dass du dich geändert hast?«, fauche ich.

Mittlerweile haben wir die Kreuzung 86. Straße erreicht. Statt auf meine spitze Bemerkung zu reagieren, streckt Kareem mir die Hand hin, und mein Herz wird ganz weit. Er hat vor dem Überqueren einer breiten Straße immer automatisch nach meiner Hand gegriffen, selbst wenn die Ampel grün war. Immer so fürsorglich ...

»Hey, kann ich noch mal schnell dein Telefon?« Er bewegt ungeduldig die Finger.

Mein Herz schnurrt wieder in sich zusammen.

»Wozu?«

»Wie ›wozu‹? Weil ich jemanden anrufen will, dazu!«

»Wen willst du anrufen?«

»Was mischst du dich die ganze Zeit in meine Sachen?«

Twig und seine Mom hat er schon angerufen. Wer bleibt da noch übrig, außer ...

»Ach komm!«, rufe ich. »Ernsthaft jetzt, oder was?«

»Was?«

»Du willst SIE anrufen? Von MEINEM Handy!«

Er stöhnt. »Oh Mann, echt. Ich bin nicht blöd, okay.«

»Wen willst du denn dann anrufen?«

»Mach nicht so einen Stress. Ich hab dir gesagt, dass wir jetzt zusammenhalten müssen, danach ...«

»Danach was? Danach kannst du mich dann wieder ignorieren? So stellst du dir das vor, ja?«

Ich ziehe mein Handy aus der Tasche und klatsche es ihm in die Hand. »Hier. Ruf an, wen du willst!«

Er starrt einen Moment auf das Handy und umklammert es so fest, dass ich Angst habe, er zerbricht es.

»Echt lustig, dass du auf einmal so viel zu mir zu sagen hast, wo *du* mich doch die ganze Zeit ignoriert hast!«

»Waaaas? Du bist der, der von einem Tag auf den anderen ...«

»Musst du jetzt alles noch komplizierter machen? Willst *du* nicht auch schnell zurück zu deinem wahren Babe – deinem Fernseher?«

Boah. Schlag unter die Gürtellinie.

»Lenk nicht davon ab, dass sie dich anscheinend so im Griff hat, dass du zu Fuß quer durch die ganze Stadt läufst, nur um zu ihr zurückzukommen!«

»Mann, was geht's dich an? Du bist die, die mit *mir* Schluss gemacht hat! Vergessen?«

Das ... stimmt so nicht ganz. Ich hab ihm zwar eine Nachricht geschickt, aber da stand nicht drin, dass ich mit ihm Schluss mache. Ich hab nie geschrieben »Wir sind getrennt«.

Ich hab andere Sachen geschrieben, aber er hat nie darauf reagiert, und dieses Schweigen hat uns den Rest gegeben. So sehe ich das jedenfalls.

»Da fällt dir wohl nichts mehr darauf ein, was?«, knurrt er und dreht mir dann den Rücken zu, um zu telefonieren. Und bestimmt auch, damit seine Stimme im Verkehrslärm untergeht. Weil er nicht will, dass ich weiß, mit wem er redet, wo wir uns früher doch immer alles gesagt haben. Aber das spielt jetzt wohl keine Rolle mehr.

Ein Mädchen in Latzhose kommt mit einem riesigen

schwarzen Pitbull aus der Unterführungsstraße durch den Park. Wir machen einen Schritt zur Seite, um sie vorbeizulassen, und sie sieht Kareem interessiert an, als sie an ihm vorübergeht.

Moment mal ... checkt die ihn etwa gerade echt ab? Direkt vor mir? Als würde ich nicht neben ihm stehen? Na ja, zwei Meter neben ihm.

Alle haben mich gewarnt, dass ich bei Kareem aufpassen muss. »Das wird schwer, den zu halten, Süße«, haben mich meine Cousinen gewarnt, als wir offiziell zusammengekommen sind. »Groß, perfekte Zähne, supersweetes Lächeln. Wenn einer so hübsch ist, dann kann man ihm nicht trauen.«

Ja, er ist süß, aber er ist auch *Kareem*, der das Alphabet rülpsen kann, die Gabel falsch rum hält und allen Ernstes der Meinung ist, *Teenage Mutant Ninja Turtles 2* hätte einen Oscar verdient. Ich hab nicht geglaubt, dass ich mir große Sorgen machen muss.

Bis ich es dann selbst erlebt habe. Wie sich die Chicks alle an ihn rangeschmissen haben. Ständig bekam er irgendwelche Nachrichten, Likes für jedes seiner Fotos auf Instagram, Musikwünsche in der Schule. Ihm fiel das gar nicht so auf – dachte ich –, aber mir schon. Ich hätte nur nicht geglaubt, dass er am Ende allen den Beweis liefern würde, dass sie recht hatten.

»Ihr hättet euch doch nach der Highschool sowieso getrennt«, hat meine Schwester gesagt. »Ich meine, du bist hübsch und alles, aber er will wahrscheinlich schon lieber eine Freundin, die feiern geht. Du gehst ja nicht mal im Supermarkt einkaufen, wenn er zu voll ist. Und wenn du denkst, dass die Mädchen an der Highschool schlimm sind, warte erst mal ab, wie die am College drauf sind. Du kannst froh sein, dass es schon jetzt passiert ist.«

Und ich bin froh darüber ... meistens. Seitdem bin ich immer einen anderen Weg zur Schule gegangen, hab mein Abschlussballticket verkauft, der Clark Atlanta eine Zusage geschickt und allen zu Hause streng verboten, auch nur seinen Namen zu erwähnen. Soweit es mich anging, hat er nicht mehr existiert. Ich denke noch nicht mal mehr an ihn ... na ja, jedenfalls nicht besonders oft. Aber als ich ihn heute gesehen habe, hat mir das den Boden unter den Füßen weggerissen. Ich weiß nur eins: Ich brauche diesen Job, damit ich aus der Stadt wegkann.

Damit ich Kareem nie wieder sehen muss.

MASSGESCHNEIDERT
ASHLEY WOODFOLK

Ein Brownstone-Haus, 18:37 Uhr

Ich trete gerade ein Feuer aus, *ein echtes, wirkliches Feuer,* als sie mit ihrem Hund reinkommt. Und die ganzen alten Leutchen schreien wild durcheinander.

»Sei vorsichtig, Nella!«

»Lenk sie nicht ab!«

»Das ist ganz allein deine Schuld!«

»Genau, Mordy!«

»Ach, sei still, Aida, tu mir den Gefallen, ja?«

»Willst du, dass wir alle obdachlos werden?«

»Oder noch schlimmer – dass wir alle sterben!«

»Bei dir dauert's sowieso nicht mehr lange.«

»Könnt ihr vielleicht alle mal kurz die Luft anhalten?«

Sekunden später stehe ich schwer atmend auf einer angesengten Spielkarte, die halb unter der Sohle meines Docs vorschaut. Die Bewohner des Seniorenheims Althea House, eine der Pflegerinnen und das Mädchen in der Tür starren mich an. Ich starre auf den Fußboden. In dem bläulich-grünlichen Teppich ist ein großes Brandloch, durch das man deutlich die darunterliegenden Holzdielen erkennen kann, und das, obwohl der Gemeinschaftsraum nur von ein paar Kerzen beleuchtet wird.

»Whoa«, raunt das Mädchen in der Tür. Sie ist von einem Lichtkranz umgeben, weil die Sonne noch nicht ganz untergegangen ist. Ihr Gesicht liegt im Halbdunkel, aber *was* ich sehe, reicht. Sie ist wunderschön.

Sie trägt eine Latzhose über einem bauchfreien weißen Tanktop, und als meine Augen ohne Umwege zu dem Streifen zart aussehender brauner Haut unter dem Jeansstoff wandern, fühle ich mich maximal lesbisch. Ihre dichten dunklen Haare sind zu zwei schweren Braids gedreht, die ihr rechts und links über die schmalen Schultern fallen. Sie trägt an beiden Handgelenken mehrere Silberarmreifen, die jedes Mal, wenn ihr Hund sich bewegt, leise aneinanderklirren, weil sie die Leine so locker hält.

Ihr Hund – ein schwarzer Pitbull mit faltiger Schnauze – hat ein blaues Bandana um den Hals gebunden und eine Weste an, auf der *Love on a Leash* steht. Er wedelt so aufgeregt mit dem Schwanz, dass es aussieht, als würde er twerken.

Die Drahtgestell-Brille des Mädchens sitzt leicht schief und ein Stück zu tief auf ihrer breiten Nase. Sie schiebt sie an ihren Platz zurück, dann sieht sie mich lächelnd an und beginnt langsam zu klatschen.

Ich gebe es nicht gern zu, aber Starren ist eines meiner (vielen) Laster. Als mein Handy an meinem Schenkel vibriert, starre ich sie immer noch unverwandt an. Ich zucke zusammen, als wäre ich beim Fremdgehen ertappt worden, weil ich weiß, dass es eine Nachricht von Bree ist. Mein Herz rast, aber ich kann nicht sagen, ob es an meinem gerade absolvierten Feuerlösch-Einsatz liegt, an der Nachricht, die auf mich wartet, oder an dem Mädchen, das in der Tür steht.

Ich schaue auf mein Handy. Es *ist* eine Nachricht von Bree. Ich schlucke schwer und schreibe ihr nicht zurück.

»Okay!«, sagt Mimi, die im Althea House für die Freizeitgestaltung zuständig ist. Die Idee, in einem Raum voller brennender Kerzen Karten zu spielen, kam von ihr. Meinen Einwand, dass es vielleicht *keine* so gute Idee sei, während eines Stromausfalls in dem fensterlosen Gemeinschaftsraum Karten zu spielen, ließ sie nicht gelten. Meinte, das würde für eine »stimmungsvolle Atmosphäre« sorgen. Ich schaue finster zu ihr rüber, als sie einmal laut in die Hände klatscht. »Das Kartenspiel ist zu Ende.«

»Was du nicht sagst, Sherlock.« Queenie, die ich von den alten Ladys hier am liebsten mag, schmeißt ihre restlichen Karten auf den Tisch.

»Ich kann sowieso nicht pokern«, sagt Miss Sadie achselzuckend. Sie war früher Kindergärtnerin und das merkt man. Alles an ihr, von ihrem rosa Cardigan bis zu ihrer sanften Stimme, bringt mich dazu, Kinderreime aufsagen zu wollen.

Pearl, die so tut, als würde sie über den Dingen stehen, stößt ihre beste Freundin Birdie, die gerade erst eingezogen ist, mit dem Ellbogen an und sagt: »Hab dir ja gesagt, dass die Leute hier verrückt sind.« Darauf Birdie mit nervöser Miene: »Ja, aber das hält mich wenigstens davon ab, darüber nachzudenken, wie dunkel es hier drin in ein paar Stunden ist.«

Aida schüttelt den Kopf und rückt ihren Hijab zurecht, dann legt sie ihre Karten ebenfalls ab und wirft ihrem Mann Mordechai, der seine Kippa schief auf dem kahl werdenden Kopf sitzen hat, einen augenrollenden Blick zu. (Ich weiß immer noch nicht, wie die beiden sich gefunden haben.)

Grandpop Ike legt mir seufzend seine schwere Hand auf die Schulter. »Gut gemacht, Kleines«, sagt er und schaut auf das Brandloch im Teppich.

Aber ich schaue immer noch *sie* an.

»Gott sei Dank, dass du da bist, Joss«, höre ich Mimi sagen, als sie zu dem Mädchen in der Tür rübergeht. »Das wird eine lange Nacht und Mordechai hat schon jetzt fast die ganze Bude hier abgefackelt. Wäre Nella nicht da gewesen ...«

Das ist also Joss. Dann muss ihr Hund der berühmte ...

»Ziggy!«, ruft Mordechai. Er rollt seinen Rollstuhl durchs Zimmer, und als er sich vorbeugt, um den Hund hinterm Ohr zu kraulen, sagt Joss: »Ach, heute erinnern Sie sich also an Ziggy, hm? Und was ist mit mir? Wissen Sie auch, wer ich bin, Mr M?«

»Natürlich. Du bist Jocelyn Williams«, sagt Mordechai, ohne zu zögern, und ich grinse überrascht. Sein Gedächtnis lässt ihn in letzter Zeit gern mal im Stich. »Oder wie sagt ihr jungen Leute heute?«, schiebt er hinterher. »*Na logo?*«

Joss lacht und umarmt dann Mimi und erzählt ihr, dass sie so schnell gekommen ist, wie sie konnte. Es ist, als hätten sämtliche Bewohner des Althea House die tödliche Gefahr vergessen, in der sie bis vor wenigen Minuten noch schwebten, weil Joss und Ziggy jetzt hier sind und das alles ist, was zählt. Ziggy wackelt immer noch wie verrückt mit seinem Hinterteil und leckt Mordechai das Gesicht ab. Ich habe Mr M noch nie so glücklich gesehen. Selbst Aida, die sonst eine richtige Meckerziege ist, lächelt und reibt Ziggy den Bauch, als er sich auf den Rücken wirft.

Joss kommt zu mir rüber und streckt mir ihre klirrende Hand entgegen. Ich schaue ihr zuerst auf die Armreifen und dann in die Augen. Sie sind so dunkelbraun, dass sie schwarz wirken, und ihr Blick fühlt sich genauso intensiv an wie die Farbe. »Hey. Du musst Ikes Enkelin sein. Er redet ständig von dir. Ich bin Joss, und sag's nicht weiter, aber …« Sie beugt sich zu mir und flüstert: »Deinen Groß-vater mag ich am liebsten.«

Pop, der jedes Wort gehört hat, wackelt mit den Brauen. »Gleichfalls, junge Dame.«

Ich denke daran, was Grandpop Ike alles über Jocelyn erzählt hat, das Mädchen, das jeden Dienstagnachmittag mit ihrem Therapiehund ins Althea House kommt. Wie hübsch und toll und blitzgescheit sie wäre. Dass ihr Hund die rein-ste Seele auf Erden hätte. Dass sie im Doppelpack fast zu gut wären, um wahr zu sein. Dass ich hin und weg von ihr sein würde, sollte ich sie je kennenlernen. »Ich glaube, Joss mag auch Frauen, Spatz«, hat er letzte Woche zwinkernd zu mir gesagt; der Zuckerguss auf der »Sie ist perfekt für dich«-Torte, an der er backt, seit ich mich zu Beginn der Sommerferien vor ihm geoutet habe. Ich hatte noch nie eine Freundin, und alle scheinen sich mordsmäßig dafür ins Zeug zu legen, daran was zu ändern, bevor ich aufs College gehe.

Deswegen habe ich es immer vermieden, ihn dienstags zu besuchen – ich hatte keine Lust, Joss und Ziggy zu be-gegnen, dem Power-Duo, von dem er überzeugt ist, dass ich ihm verfallen würde.

Aber jetzt sind sie hier, obwohl heute Freitag ist. Und ich bin hier. Ich kann mich nicht mehr vor ihrer Existenz

verstecken, auch nicht in der sich immer tiefer herabsen-
kenden Dunkelheit.

Während ich nach ihrer Hand greife, rufe ich mir in Erinnerung, dass ich es mir nicht leisten kann, mich schon
wieder in ein perfektes Mädchen zu verlieben. Wenn jemand zu gut um wahr zu sein scheint, dann stimmt das in
der Regel auch, und wenn ich überhaupt irgendwas von
Bree gelernt habe, dann das.

»Hey«, sage ich und versuche jeden Gedanken an Bree
weit, weit wegzuschieben. »Süßer Hund.«

»Ja, oder?« Joss schaut kurz über die Schulter zu ihm.
»Zig ist der Beste.« Dann schaut sie auf das Brandloch im
Teppich und verzieht das Gesicht. »Und wie genau ist das
hier passiert?«

Althea House ist nicht nur ein Name, sondern wirklich ein
Haus: ein einhundert Jahre altes, efeubewachsenes Brownstone auf der Upper West Side, in dem Marie-Jeanne Beauvais und Althea Walker zusammen gelebt haben, nachdem
ihre Kinder groß und ihre Ehemänner gestorben waren. Sie
sind bis zum buchstäblichen Ende beste Freundinnen gewesen, und nach Altheas plötzlichem Tod vor zehn Jahren
machte Marie-Jeanne aus ihrem Haus ein Seniorenheim
und benannte es nach ihrer Freundin, in der Hoffnung,
dass es auch anderen Menschen in ihrem späteren Leben
so viel Freude spenden würde, wie es bei ihnen der Fall
gewesen war.

Marie-Jeanne ist für alle die Madame von Althea House,
trotzdem bekommen wir sie im Gegensatz zu ihrer Enkelin
Lana, die hier regelmäßig ein und aus geht, nur selten zu
Gesicht.

Die beiden oberen Stockwerke beherbergen zwölf Bewohnerinnen und Bewohner und sind aufgeteilt in sieben Räume (vier Doppel-, drei Einzelzimmer) und das Dachgeschossapartment, in dem Marie-Jeanne lebt. Im Erdgeschoss gibt es einen großzügigen Wohn- und Essbereich, den Gemeinschaftsraum und eine große, helle Küche. Im Kellergeschoss sind der Aufenthaltsraum für das Pflegepersonal, die Waschküche und die Krankenstation untergebracht. Althea House ist den ganzen Sommer über mein Refugium gewesen, der einzige Ort, an dem ich mich abgesehen von der Arbeit und von zu Hause aufgehalten habe. Grandpop Ike mag es hier auch, und seit Granny Zora im Januar gestorben ist, gab es nicht viel, was er gemocht hat, das will also etwas heißen.

Ich lasse mich auf die große L-förmige Couch fallen und inspiziere die Gummisohle meines Docs. Sie scheint nirgends angeschmolzen zu sein und das allein grenzt schon an ein kleines Wunder.

»Als das Licht ausging und alle total panisch wurden, dachte Mimi, dass es gut wäre, einen Teil des Programms durchzuziehen, das sie für den Abend geplant hatte«, erzähle ich Joss. »Du weißt schon, damit alle was zu tun haben und abgelenkt sind und wir den Blackout heil überstehen. Und um deine Frage zu beantworten, was passiert ist – wir haben Poker gespielt. Dabei ging es ziemlich schnell heiß her und ...« Pop kichert leise, und ich verdrehe die Augen und gebe ihm einen Klaps auf den Arm. »Das sollte kein Wortspiel sein. Jedenfalls hat Mr M angefangen, sich aufzuregen, als er dreimal hintereinander aussteigen musste.«

»Er hat seine Karten auf den Tisch geworfen«, sagt Pearl, und Birdie nickt.

»Wie ein kleiner Junge, der einen Wutanfall kriegt«, sagt Queenie vom anderen Ende der Couch, während sie prüfend ihre manikürten Nägel betrachtet.

»Wir hätten alle *sterben* können«, ergänzt Mr Alec Montgomery-Allen dramatisch und lässt einen Moment sein Strickzeug – das aussieht, als sollte es mal eine Decke werden – zu dem hellen Wollknäuel in seinem Schoß sinken. Sein Ehemann Todd (der andere Mr Montgomery-Allen) nickt und zieht seinen (von Alec gestrickten) Pullover fester um die Schultern, obwohl es hier drin von Sekunde zu Sekunde wärmer wird, weil mit dem Strom auch die Klimaanlage ausgefallen ist. Hoffentlich schrumpft mein Afro in der feuchten Luft nicht in sich zusammen.

»Eine der Karten hat eine Kerzenflamme gestreift, Feuer gefangen und ist auf den Teppich geflogen«, erzähle ich weiter. »Mr M hat dann versucht, das Feuer auszublasen. Keine Ahnung, wahrscheinlich dachte er, er könnte es genauso auspusten, wie man eine Kerze auspustet oder so.«

»Nur dass der Fußboden keine gottverdammte Geburtstagstorte ist«, sagt Queenie und lockert ihren silbernen Afro auf. Er ist fast genauso groß wie meiner.

Ich schnaube.

»Richtig«, nickt Mr Todd Montgomery-Allen. »Das ist er ganz gewiss nicht.«

»Ich hätt's nicht anders gemacht, mein Lieber«, flüstert Birdie Mordechai zu und tätschelt sein Knie.

»Das *klitzekleine* Feuer ist ein winziges bisschen größer geworden«, sagt Pop, als würden wir alle maßlos übertreiben. Und vielleicht tun wir das auch, aber hey, wir reden hier von einem echten *Feuer*. »Und da hat Nella-Bär das

Ruder in die Hand genommen.« Er drückt meine Schulter, als wäre er stolz auf mich.

Sadie nickt zustimmend und flüstert: »Mimi hat gerade eine Nachricht in ihr Handy getippt und erst mitgekriegt, was los ist, als ich zu schreien anfing. Kannst du dir das vorstellen?«

Joss presst die Lippen zusammen, ich glaube, um nicht zu lachen, aber dann schüttelt sie ernst den Kopf, und ihr Blick sagt, dass sie sich das absolut vorstellen kann. Mimi würde alles für die Bewohner hier tun, aber die Frau chattet mehr am Handy als ich mit Bree. (Also *viel*.)

»Jedenfalls hab ich das Feuer ausgetreten«, erzähle ich weiter, »mittlerweile haben alle panisch geschrien, nicht mehr nur Miss Sadie, und genau in dem Moment bist du reingekommen.«

»Wow.« Joss richtet ihre dunklen Augen wieder auf mich. »Klingt, als hättest du die Lage gerettet.«

Ich glaube nicht, dass das, was ich getan habe, was Besonderes war. Wahrscheinlich weil es sonst eigentlich immer umgekehrt ist und ich diejenige bin, die gerettet werden muss. Aber als sie mich jetzt so anschaut, wie sie mich anschaut, als wäre ich eine Art Heldin, komme ich mir tatsächlich ein bisschen wie eine vor.

Einen Moment später ziehen alle ins Wohnzimmer um, wo wir zum Glück noch keine Kerzen brauchen. Die Montgomery-Allens widmen sich wieder ihrem Strickzeug, Queenie packt ihre Lesebrille und einen zerfledderten Liebesroman aus, Miss Sadie fängt an, mit Mimi zu schwatzen, und der Rest, inklusive Aida und Mordechai, drängt sich um Ziggy.

Joss holt eine Tüte mit Hundeleckerlis aus ihrer pinkfarbenen Bauchtasche und gibt sie Grandpop Ike. Dann geht sie ohne ein weiteres Wort zum Klavier vor dem Erkerfenster, wo die Sonne dem Wohnzimmer noch so viel Licht spendet, dass man jede einzelne der winzigen Locken sehen kann, die sich um ihre Schläfen kringeln. Ich strenge mich wahnsinnig an, nicht zu starren. Und als sie ein modernes, popmäßiges Stück zu spielen anfängt, denke ich: *Wer zum Henker* ist *dieses Mädchen?*

Grandpop Ike macht keine Anstalten, mit den Leckerlis zu Ziggy rüberzugehen, obwohl der Hund sie schon entdeckt hat und vorfreudig mit dem Schwanz auf den Boden *klopf-klopf-klopft.* Pop schaut zu, wie ich sie anschaue.

Ich verschränke die Arme vor der Brust und reiße den Blick von ihr los. »Was?«, raune ich.

»Hab dir ja gesagt, dass du sie mögen wirst«, sagt er und schiebt, bevor er auf Ziggy zusteuert, wie beiläufig hinterher: »Singen kann sie übrigens auch.«

Und ich weiß nicht, wie ich einen ganzen Abend mit einem Mädchen wie Jocelyn Williams überstehen soll.

Mein Handy summt wieder. Noch eine Nachricht von Bree. Als würde sie spüren, dass außer ihr noch jemand anderes mein Interesse geweckt hat.

Ich hab von dem Blackout gehört.

Alles okay bei dir?

Das Mädchen, mit der ich eine Pseudo-Freundschaft-Plus geführt habe (oder wie auch immer man das nennen will, wenn man ständig davon geträumt hat, eine Person, mit der man viel Zeit verbracht hat, zu küssen, ohne dass es im echten Leben je dazu gekommen ist), ist den Sommer über in Haiti, wo sie in einem Kinderkrankenhaus arbeitet, in dem Stromausfälle zur Tagesordnung gehören, und *sie* macht sich Sorgen um *mich.* Wenn ich eine Heldin bin, dann ist sie praktisch Wonder Woman. Das Verrückte ist, dass sie tatsächlich was von einer Latina Gal Gadot hat (dunklere Haut und lockigere Haare, aber genauso umwerfend).

Alles okay.

Ich schicke die Nachricht schnell ab und muss meinen Daumen danach zwingen, nicht höher zu scrollen, um mich nicht darin zu verlieren, was wir uns *früher* alles geschrieben haben. (Wie besessen immer und immer wieder alte Nachrichten zu lesen ist noch so ein Laster von mir.)

Und mir hat noch jemand geschrieben: mein Cousin Twig.

TWIG: **Hey Kusinsky, wann bist du wieder in Brooklyn?**

NELLA: **Hey zurück, Twiggylein.**

TWIG: **Yo, wehe, du nennst mich so vor andern Leuten.**

NELLA: **Lol. Keine Ahnung. So um 9 vielleicht? Kann aber auch sein, dass ich's wegen dem Stromausfall gar nicht schaffe.**

TWIG: **Du MUSST! Die Blockparty wird krass abgehen. Wenn überall die Lichter aus sind, kann man sowieso nix anderes machen. Und sei eine liebe Kusine und besorg noch eine Ladung Pappbecher, ja?**

Ich stecke mein Handy wieder weg und schiebe die Hände in die Taschen. Mein Cousin Twig ist noch so jemand, der viel Zeit und Mühe in mein Liebesleben investiert. Er schleift mich ständig auf irgendwelche Partys, vor denen ich mich lieber drücken würde, und er war es auch, der mir auf einer davon Bree vorgestellt hat (»Ich kenne da diese Chick, die steht glaub ich auch auf Chicks!«). Deswegen hab ich es noch nicht übers Herz gebracht, ihm zu erzählen, was zwischen mir und Bree passiert ist. Oder besser gesagt, nicht passiert ist. Er und alle anderen aus unserem Block gehen bestimmt davon aus, dass ich mit ihr auf die Party komme, weil wir in den letzten Monaten unzertrennlich waren. Sie wissen nicht, was wirklich bei uns Sache ist, beziehungsweise bei *ihr*. Ich wusste es bis vor Kurzem selbst nicht. Ich reibe mir stöhnend mit den Händen übers Gesicht, aber das kriegt niemand mit.

»Ich hab Zora bei genau so was kennengelernt«, höre ich Pop in dem Moment sagen, in dem Joss' Finger auf dem Klavier innehalten. Die Costas, die nicht mit dem Rest von uns im Erdgeschoss waren, kommen die lange Treppe herunter. Joss dreht sich um, sieht sie und lächelt.

»Maria! Santiago! Schön, dass ihr euch zu uns gesellt«, ruft sie strahlend.

»Als wir oben das Klavier gehört haben, dachten wir, dass du vielleicht hier bist«, sagt Maria, und ich spüre, wie mir die Kinnlade runterfällt. Ich habe die Costas den ganzen Sommer über nur ein einziges Mal gesehen, weil sie sich die meiste Zeit in ihrem Zimmer einigeln, Telenovelas schauen und wie frisch verliebte Teenager rumturteln. Und Marie-Jeanne habe ich noch nie gesehen. Ich bin noch nicht mal sicher, ob es sie tatsächlich gibt.

»Bei genau *was*?« Joss sieht Pop an. Irgendwie schafft sie es, allen gleichzeitig zuzuhören.

»Er meint den Stromausfall 1977«, sage ich.

»So ist es, Nella-Bär, so ist es. 1977 war das. Ich werde es nie vergessen.«

Pop hat diesen entrückten Ausdruck in den Augen, den er immer hat, wenn er von Granny spricht. In meiner Brust wird es eng, weil sie mir noch mehr fehlt, wenn er von ihr spricht, aber es macht ihn so glücklich, dass ich ihn nie bitte, es nicht zu tun.

»Hey«, sagt Joss, »hören Sie jetzt bloß nicht auf zu erzählen. Ich muss unbedingt wissen, wie die Geschichte weitergeht.« Sie klappt den Deckel des Klaviers runter und stützt ihre Ellbogen darauf. Ihre dicken Braids fallen hinter ihre hochgezogenen Schultern.

Pop grinst. »Sie ist mir sofort aufgefallen. Noch am selben Tag, an dem sie eingezogen ist. Es war ihr Lächeln. Sie hatte die tiefsten Grübchen, die ich je bei einer Frau gesehen hatte. Aber sie hat noch nicht mal gewusst, dass ich überhaupt existierte«, beginnt er, und alle, sogar Ziggy, scheinen zuzuhören. Der Hund rollt sich zu Pops Füßen zusammen und legt seinen schweren Kopf auf die Spitze von Aidas orthopädischem Turnschuh. Queenie klappt ihr Buch zu und Alec und Todd lassen ihr Strickzeug sinken. Pearl und Birdie schmunzeln. Mimi legt sogar ihr Handy hin.

»Ich war Hausmeister in ihrem Gebäude. Und ich hab versucht, den Mietern klarzumachen, dass sie in ihren Wohnungen bleiben sollen, weil auf den Straßen alle komplett durchdrehten. Es wurden Läden geplündert und Feuer gelegt. Überall Chaos. Aber sie war fest entschlossen, den ganzen Weg durch die Stadt zu laufen, um bei ihrer Mama nach dem Rechten zu schauen.«

Ich lächle. Ich liebe die Geschichte, obwohl ich sie mittlerweile in- und auswendig kenne, und seit wir Granny Z vor ein paar Monaten verloren haben, liebe ich sie sogar noch mehr. Ich schlage die Beine auf der Couch unter und drehe mich so, dass ich Pop anschauen kann, während er diesen Teil erzählt. So war sie, meine Großmutter – für die Menschen, die sie liebte, hat sie alles getan.

»Dieses Mädchen. Ein Sturkopf vor dem Herrn, auch damals schon. Sie wollte einfach nicht auf mich hören. Subway und Busse fuhren nicht mehr und zu Fuß dauerte die Strecke gut und gern eine halbe Stunde. Wir haben fast eine verdammte Dreiviertelstunde hin und her diskutiert. Aber weil ich schon seit Monaten verschossen in sie war, hab ich am Ende nachgegeben. Wenn sie das unbedingt tun müsste, sagte ich zu ihr, dann würde ich mit ihr gehen. Da hat sie übers ganze Gesicht gestrahlt, und ich hab nichts anderes mehr gesehen als ihre tümpeltiefen Grübchen und gewusst, dass ich, egal was passieren würde, die richtige Entscheidung getroffen hatte.«

»Okay«, unterbricht Joss ihn, »jetzt muss ich erst recht wissen, wie die Geschichte ausgeht, aber bevor Sie weitererzählen – haben Sie ein Foto von ihr?« Sie schaut sich um und sagt: »Ich bin ja wohl nicht die Einzige, die diese Grübchen sehen will!«

»Oh, wir wissen, wie sie aussieht«, sagt Todd. Und alle im Raum nicken.

Grandpop Ike verpasst keine Gelegenheit, den Leuten sein Lieblingsfoto von Granny zu zeigen. Hier haben es auf jeden Fall schon alle gesehen, und es überrascht mich wirklich, dass Joss nicht dazugehört. Sadie hat nach diesem Foto sogar ein Porträt von Granny Zora gemalt und es Pop zum Geburtstag geschenkt. Es hängt in seinem Zimmer.

Grandpop Ike lächelt. Er greift in seine Tasche und zieht sein Portemonnaie heraus. Aber als er das Fach zurückklappt, hinter dem normalerweise das abgegriffene Foto meiner Granny steckt, stutzt er.

»Hm.« Pop leert zuerst seinen Geldbeutel und dann den Rest seiner Taschen. Zusammengefaltete Rezepte, Kreditkarten, ein paar zerknitterte Geldscheine und eine Handvoll Münzen landen klimpernd auf dem kleinen Beistelltisch neben ihm.

»Alles in Ordnung?«, fragt Queenie. Aber Pop antwortet nicht, sondern schaut noch einen Moment stirnrunzelnd auf das Tischchen, bevor er suchend den Blick umherwandern lässt und wieder »Hm« macht.

Er geht zur Garderobe neben der Tür und dreht die Taschen seiner Jacke nach außen. Sie sind leer und Pop sieht allmählich gestresst aus.

»Ähm, Mimi? Haben Sie zufällig irgendwo das Foto von meiner Zora gesehen?«

Mimi schüttelt den Kopf. »Ich glaube nicht«, sagt sie.

Pop geht zur Couch und hebt die Kissen hoch, bittet mich und Queenie sogar, aufzustehen, damit er unter den Polstern nachschauen kann, auf denen wir gesessen haben.

»Ich habe keine Ahnung, wo es sein könnte«, sagt er. »Nella, du weißt, wie sehr mir dieses Foto am Herzen liegt.«

Ich nicke und denke an den Tag, an dem wir Grannys Diagnose bekommen haben. Der Tag, an dem er das Foto in sein Portemonnaie steckte und alles anfing, anders zu werden.

»Keine Sorge, Pop«, sage ich. »Es muss hier irgendwo sein. Du hast seit mindestens drei Tagen das Haus nicht mehr verlassen, oder?«

Er nickt, lässt aber weiter nervös den Blick durch den

Raum wandern, als wäre das Foto direkt vor seiner Nase und er würde es bloß nicht sehen.

»Wir suchen danach, sobald wir wieder Strom haben und Licht machen können«, verspreche ich. »Wir werden es finden.«

Aber er schüttelt den Kopf. »Nein, Kleines, du verstehst nicht. Ich trage dieses Foto seit dem Tag, an dem ich aus unserer Wohnung ausgezogen bin, ständig bei mir. Ich brauche es *sofort* zurück.«

Pop ist in der Regel ein besonnener Mensch. Außer wenn es um Granny Zora geht. Nach ihrem Tod ist er in ein tiefes Loch gefallen. Deswegen fand Mom, dass es gut für ihn wäre, hierherzuziehen, statt weiter in dem Apartment zu bleiben, in dem er vierzig Jahre mit Granny gelebt hat. Es war ein Kampf, ihn aus ihrer Zweizimmerwohnung ohne Aufzug in Harlem zu kriegen, aber hier hat Pop Freunde, die sozusagen mit zur Ausstattung gehören, braucht keine Rechnungen zu bezahlen, und Mom und ich müssen uns keine Sorgen machen, dass er nichts isst oder den ganzen Tag alleine rumsitzt.

Pop läuft zur Treppe und stolpert über die erste Stufe, wahrscheinlich weil es im Flur dunkler als sonst ist.

»Pop!« Ich haste zu ihm, greife nach seinem Arm und ziehe ihn hoch, auch wenn er sich mit einer Hand abfangen konnte und nicht gestürzt ist. »Ich suche danach, okay? Du bleibst schön hier und entspannst dich. Nicht dass du dir noch die Hüfte oder so was brichst, alter Mann.«

Er verzieht die Lippen zu einem kleinen Lächeln, aber es reicht nicht bis zu seinen Augen. Vielleicht weil der Stromausfall ihn so sehr an den Sommer erinnert, in dem er Granny kennengelernt hat.

Ich bringe ihn zur Couch zurück. Sadie legt ihm eine Hand auf die Schulter, und Aida reicht ihm die Tüte mit Ziggys Leckerlis, die er fallen gelassen hat, als er anfing, in seinem Portemonnaie nach dem Foto zu suchen.

»Ziggy.« Joss, die sofort vom Klavier aufgesprungen ist, als Pop stolperte, geht zur Couch und zeigt auf ihn. »Schoß«, sagt sie, worauf Ziggy zu Pop tapst, ihm die Vorderläufe auf den Schoß legt und seinen Kopf darauf bettet. Es ist mit Abstand das Niedlichste, was ich je gesehen habe. Pop tätschelt Ziggy den Kopf, dann sagt Joss »Runter« und Ziggy lässt die Pfoten wieder auf den Boden fallen. Pop hält ihm ein Leckerli hin, und als Ziggy es nimmt, verteilt er ein bisschen Sabber auf Pops Fingern.

»Braver Junge«, sagt Pop, aber er klingt traurig.

»Ich werde es finden«, sage ich. »Im Ernst, mach dir keine Sorgen. Warum erzählst du nicht solange die Geschichte zu Ende? Es liegt bestimmt irgendwo in deinem Zimmer. Bin gleich wieder da.« Ich mache mich auf den Weg zur Treppe.

»Joss, würde es dir was ausmachen, ihr zu helfen?«, sagt Grandpop.

»Natürlich nicht«, sagt Joss. Als sie mir folgt, trabt Ziggy hinter ihr her. »Nein, Zigs, ich komme gleich wieder. Du bleibst solange hier, okay? Ike, können Sie ihm noch ein Leckerli geben?«

Pop nickt, und Ziggy kehrt um, als die anderen Bewohner ihn rufen. »Also, wo war ich?«, höre ich Pop sagen.

»Sie erzählten gerade, wie Sie darauf bestanden haben, Zora zu ihrer Mama zu begleiten«, sagt Mimi, und ich sehe, wie Pops Lächeln zurückkehrt, auch wenn es eindeutig etwas blasser ist als vorhin.

Ich sehe Joss an. Sie lächelt ebenfalls. Ich fühle mich zappelig, weil sie so hübsch ist, aber ich möchte sie trotzdem kennenlernen.

Ich hole tief Luft und lächle zurück. Dann kehren wir dem sonnenhellen Raum den Rücken und treten in die Dunkelheit.

Ihre Armreifen klingen wie tausend Glöckchen.

Ich schalte meine Handytaschenlampe ein, damit ich in dem dunklen Treppenaufgang schauen kann, ob das Foto vielleicht irgendwo auf einer der Stufen liegt. Ohne mich zu Joss umzudrehen, weiß ich dank ihrer Armreifen, dass sie direkt hinter mir ist.

»Pops Zimmer ist am Ende des Gangs«, sage ich, als wir oben angekommen sind. »Ich wette, dass ihm das Foto da irgendwo aus dem Portemonnaie gefallen ist. Kann nicht lange dauern, bis wir es gefunden haben.«

»Alles gut«, sagt sie. »Ich helfe dir gern beim Suchen.«

Ich drücke die Tür zu Pops Zimmer auf und ziehe beim Reingehen an meinem Jeansrock, weil meine Minis immer nach oben rutschen, wenn ich Treppen hochsteige. Im Zimmer ist es nicht viel heller als auf dem Gang. Das einzige Fenster im Raum zeigt auf die Backsteinwand des gegenüberliegenden Hauses und lässt lange Schatten hereinfallen.

Ich lege mein Handy auf Pops Schreibtisch und Joss legt ihres auf seine Kommode. Das weiße Licht der beiden Taschenlampen verteilt sich im dämmrigen Raum. Über der Armlehne von Pops verstellbarem Fernsehsessel hängt ein Pulli, das Bett ist ungemacht, aber ansonsten ist es aufgeräumt. In der Mitte des Raums ist eine Decke auf dem

Boden ausgebreitet, auf der Schälchen aus feinem Porzellan stehen, die mit Crackern und Chips gefüllt sind, eine Teekanne und zwei Tassen, in denen noch ein letzter Rest Tee ist.

»Was hat es damit auf sich?«, fragt Joss, und ich werde rot.

»Oh, ähm ...« Dieses Mädchen ist süß. Ich bin schräg. Eigentlich hatte ich gehofft, den Freak in mir noch ein bisschen länger vor ihr verstecken zu können. »Wir machen manchmal kleine Snackautomaten-Teeparty-Picknicks«, sage ich verlegen.

»Snackautomaten ... Teeparty ... Picknicks? Aber im Althea House gibt es keinen Snackautomaten, oder?«, sagt Joss.

Ich winde mich innerlich. »Nein«, sage ich, während ich die Decken auf Pops Bett zur Seite schiebe, als würde ich nach dem Foto suchen, dabei versuche ich in Wirklichkeit vor allem, *sie* nicht anzuschauen. »Ich bringe die Sachen von dem Automaten in dem YMCA mit, wo ich als Bademeisterin arbeite.«

»Echt?« Joss klingt, als würde sie lächeln, aber ich drehe mich nicht um, um zu schauen, ob es stimmt. »Warum?«

»Es ist bescheuert«, sage ich.

Joss tippt mir auf die Schulter, weshalb ich mich jetzt doch umdrehen muss. Sie lächelt leicht, und sie ist so schön, dass auch die Schatten auf ihrem Gesicht nichts daran ändern können. Und sie runzelt leicht die Stirn, als wäre sie verwirrt.

»Nella.«

Das ist das erste Mal, dass sie meinen Namen sagt, und die Art, wie er bei ihr klingt, sorgt dafür, dass mir noch heißer wird. Meine Wangen glühen, und ich bin dankbar, dass meine Haut so dunkel ist. Ich glaube nicht, dass sie was merkt.

»Ist bloß so ein Ritual. Das haben wir immer mit Granny Zora gemacht, als sie im Krankenhaus war. Als ... es auf das Ende zuging.«

Joss sieht mich weiter fragend an, so als würde sie es immer noch nicht ganz verstehen, also rede ich weiter.

»Sie hat es geliebt, Teepartys zu geben und Picknicks zu veranstalten. Raus konnte sie zu dem Zeitpunkt nicht mehr, und zum Tee hatte sie nicht mehr eingeladen, seit sie krank geworden war. Irgendwann kam mir dann diese Idee. Ich habe ihr Lieblingsporzellan aus der Wohnung geholt und Pop und meine Mom gebeten, so viel Knabberzeug aus dem Snackautomaten zu kaufen, wie sie tragen konnten. Danach haben wir die ganzen Sachen auf ihrem Krankenhausbett ausgebreitet und diese Mischung aus Teeparty und Picknick veranstaltet. Es hat sie so glücklich gemacht und uns hat es auch aufgemuntert. Und wenn ich jetzt manchmal traurig bin, sagt Pop, dass ich was zur ›Stärkung‹ mitbringen soll.« Ich zeige auf den Boden.

Joss lächelt. »Oh Mann«, sagt sie. »Das ist echt schön.«

Ich erröte noch heftiger.

Einen Moment später fängt sie an, auf dem Boden rumzukriechen und das Porzellangeschirr und die Decke vorsichtig zur Seite zu schieben. Mir wird klar, dass sie nach dem Foto sucht, und ich erinnere mich wieder daran, dass das der eigentliche Grund ist, warum wir hier sind. Ich ziehe Schubladen auf und hebe Pullis und Socken, Hosen und T-Shirts an. Aber nirgends eine Spur von dem Foto.

»Meine Nan ist vor ein paar Jahren gestorben«, sagt Joss leise. »Sie hat Showhunde trainiert. Hast du bestimmt schon mal gesehen, oder? Diese Frauen, die mit ihren Hunden über einen blauen Teppich laufen und sie Kunststücke vorführen lassen?«

Ich nicke lächelnd. »Gibt nicht viele People of Color, die das machen«, sage ich.

»Ich *weiß*«, sagt Joss. »Aber sie war richtig gut. Jeder Hund, den sie trainiert hat, hat irgendwann einen Preis gewonnen. Als sie älter wurde, hat sie angefangen, Therapiehunde auszubilden. Das war körperlich weniger anstrengend und sie konnte trotzdem weiter den ganzen Tag mit Tieren zusammen sein.«

»Hat sie auch Ziggy ausgebildet?«, frage ich.

Joss schüttelt den Kopf und schiebt ihre Brille höher. »Das war ich, aber sie hat mir alles beigebracht, was ich weiß.«

»Wie lange hat das gedauert?« Ich ziehe die letzte Schublade in Pops Kommode auf und durchsuche ihren Inhalt.

»Ein paar Monate. Ich hab Zigs zu mir geholt, als er ungefähr ein Jahr war. Ein kleiner wilder Racker, aber unglaublich lieb und süß. Nach allem, was ich von meiner Nan gelernt hatte, wusste ich, dass er genau das richtige Naturell für einen Therapiehund hat. Ich hab gar nicht verstanden, warum ihn vor mir noch niemand haben wollte.«

»Viele Leute haben Angst vor Pitbulls«, sage ich. »Im Netz kursiert eine Menge dummes Zeug über sie.«

»Ich weiß. Das macht mich so sauer. Wusstest du, dass von allen Züchtungen Pitbulls am häufigsten eingeschläfert werden? Und dass schwarze Hunde am seltensten adoptiert werden, ganz egal aus welcher Züchtung sie stammen?«

Ich schiebe die Schublade zu und drehe mich zu ihr um.
»Echt? Krass. Das kann man ja fast schon ... Rassismus
gegen Hunde nennen.«

Joss nickt. »Genau das *ist* es. Jedenfalls hat Ziggy das
Training von Anfang an Spaß gemacht. Er ist sehr lernwil-
lig. Sehr sanftmütig. Sehr umgänglich mit Leuten, die er
noch nicht kennt. Zuerst waren wir auf Kinderstationen in
Krankenhäusern, dann sind wir irgendwann in Altenheime
gegangen. Einmal im Monat mache ich mit ihm auch Hos-
pizbesuche. Öfter packe ich das mental leider nicht.«

Joss steht auf, hebt auf Pops Nachttisch einen Stapel Bücher hoch und blättert dann jedes von ihnen kurz durch.
Darauf wäre ich nicht gekommen. Fotos eignen sich perfekt als Lesezeichen.

»Ist sie das?«, sagt Joss, und ich denke eine Sekunde
lang, dass sie das Foto gefunden hat. Aber als ich hoch-
schaue, sehe ich, dass sie auf Sadies Porträt von Granny
Zora zeigt, das neben der Tür hängt. Ich lächle wehmütig.

»Ja«, sage ich.

Genau wie auf dem Foto trägt Granny auf dem Porträt
ihre langen grauen Haare geglättet, aber sie fallen ihr in
dichten Wellen über die Schultern, weil sie sie vor dem
Schlafengehen immer hochgesteckt hat. Sie hat ein sma-
ragdgrünes Kleid an und sitzt an ihrem Küchentisch, einen
Ellbogen aufgestützt und eine Zigarette zwischen den Fingern. Der Lungenkrebs, der sie uns genommen hat, kam
nicht von ungefähr. Sie sieht wunderschön und unerschüt-
terlich aus und hat viel zu viel Ähnlichkeit mit meiner
Mom. Ich drehe mich weg.

Wenn ich mir ein Foto von ihr zu lange anschaue, steigt
manchmal Panik in mir hoch, weil mir in solchen Momen-

ten klar wird, dass Mom eines Tages auch nicht mehr da sein wird.

»Sie ist umwerfend«, sagt Joss, und die Tatsache, dass sie im Präsens von ihr spricht, beruhigt meinen Herzschlag und meinen Atem.

»Ja«, sage ich wieder. »Das ist sie.«

»Du siehst aus wie sie«, sagt Joss. Und ich blinzle ein paarmal zu schnell.

»Findest du?«, frage ich.

»Total«, antwortet sie. Dabei schaut sie nicht mehr mich an, sondern guckt unter Pops Bett. Trotzdem klingt ihre Stimme so laut und klar wie ihre klingelnden Armreifen, als sie hinterherschiebt: »Du bist auch umwerfend.«

Ich würde ihr gern sagen, dass ich genau dasselbe von ihr denke, seit ich sie vorhin zum ersten Mal gesehen habe, aber ich habe meine Stimme verloren.

Also sage ich nichts.

Wir suchen noch eine Zeit lang weiter. Ich leuchte mit meiner Taschenlampe unter die Kommode und in den Schrank, und Joss nimmt die Kissen von Pops Sessel, um die Rückenlehne und die Seiten zu checken. Aber das Foto bleibt wie vom Erdboden verschluckt.

»Ist Ike noch irgendwo anders im Haus gewesen? Ich meine, außer im Badezimmer und so. Oh, was ist mit Queenies Zimmer?«

»Stimmt.« Ich schaue zu Pops Saxofon rüber, das auf dem Boden in seinem Koffer liegt. »Sie machen oft zusammen Musik.«

»Ich weiß«, sagt Joss grinsend. Ich würde sie gern fragen, *woher* sie das weiß, tue es aber nicht.

Eine Minute später sind wir wieder auf dem Gang und steuern in die entgegengesetzte Richtung des Flurs.

»Warum bist du traurig gewesen?«, fragt Joss, als wir am Badezimmer vorbeikommen. Ich stecke den Kopf rein und lasse den Blick über den Fliesenboden wandern. Nichts.

»Hm?«, sage ich.

»Du meintest, dass Ike zu dir gesagt hat, du sollst was zur ›Stärkung‹ mitbringen, weil du traurig warst. Deswegen habt ihr das Picknick gemacht, oder?«

»Ach so«, sage ich.

»Warum bist du traurig gewesen?«

Ich lockere mit den Fingern meinen Afro auf.

»Ehrlich gesagt hänge ich schon seit dem letzten Schultag ziemlich durch. Meine Freundin ist den Sommer über in Haiti, hat mir aber erst einen Tag, bevor sie geflogen ist, davon erzählt.«

»Oh Mann«, sagt Joss. »Fernbeziehungen sind hart.«

»Was?«, sage ich, bevor mir mein Fehler klar wird. »Sorry. *Eine* Freundin.«

»Oh.«

»Also um genau zu sein ... bin ich ganz schön heftig in sie verliebt gewesen. Und als sie mir gesagt hat, dass sie weggeht, hatte es was von ›Du bist so schrecklich bedürftig. Ich fliege in ein anderes Land, um vor dir zu fliehen. Bye‹.«

»Autsch«, sagt Joss. Sie sieht aus, als wäre ihr unbehaglich zumute, und ich habe Angst, zu viel gesagt zu haben.

»Ich meine, auch wenn das jetzt viel zu vereinfacht ist, aber am Ende waren wir einfach zu verschieden, verstehst du?« Ich ziehe wieder an meinem Rock – eine blöde Angewohnheit, die ich nicht auf meine Liste mit Lastern gesetzt habe, weil Pop nicht müde wird, mich darauf hinzuweisen, dass ich mir bloß längere Röcke zulegen müsste, um das Problem zu lösen.

»Verschieden kann ein totaler Killer sein.« Joss greift nach der Klinke von Queenies Zimmertür.

Es fühlt sich irgendwie falsch an, Queenies Zimmer ohne ihre Erlaubnis zu betreten. Ich gehe den Flur zurück und rufe die Treppe runter: »Queenie, ist es in Ordnung, wenn wir einen kurzen Blick in Ihr Zimmer werfen? Vielleicht hat Pop das Foto dort verloren.«

»Tut euch keinen Zwang an, Herzchen«, ruft sie zurück. »Aber Pfoten weg von der obersten Kommodenschublade.«

Joss kichert. »Ich wette, da hat sie Pornos drin«, raunt sie mir zu, und eine Sekunde später schreit Aida: »Da bewahrt sie ihre alten *Playgirl*-Ausgaben auf!« Joss und ich schauen uns an und prusten los.

»Halt die Klappe«, höre ich Queenie noch sagen, bevor wir in ihr Zimmer gehen, und obwohl wir Aidas Antwort nicht mehr mitbekommen, bin ich mir sicher, dass die beiden sich noch eine Weile weiterkabbeln werden.

Ich schaue mich in Queenies Zimmer um, betrachte die auf dem Boden liegenden gemusterten Sitzkissen und zarten Vorhänge, die Patchwork-Decke auf dem Bett und die Stapel mit Büchern über Astrologie, Edelsteine und Tarot. »Sieht aus wie in einem Inneneinrichtungsmagazin für Hippies. Nur dass es hier nicht so Weißes-Boho-Mädchen-Chic-mäßig ist, sondern viel echter.«

»Oh mein Gott.« Joss nickt. »Das bringt es *perfekt* auf den Punkt.«

Wir suchen mit unseren Taschenlampen den Boden ab und schauen dann hinter Queenies Schlagzeug nach. Die alte Dame und mein Grandpa jammen regelmäßig zusammen und haben auch schon darüber geredet, eine Band zu gründen. Ich glaube allerdings nicht, dass daraus wirklich was wird.

»Ich begleite sie manchmal auf dem Klavier«, sagt Joss, nachdem wir eine Weile schweigend Queenies Zimmer abgesucht haben. »Ich bringe dann immer mein Keyboard mit, damit Queenie ihre Drums nicht nach unten schleppen muss. Und ich hab ihnen gesagt, dass wir eine Band gründen und Gigs in dem kleinen Soul-Food-Restaurant an der Ecke spielen sollten. Die haben manchmal Live-Musik-Abende.«

»Verstehe. Deswegen hast du gewusst, dass Pop das Foto auch hier verloren haben könnte. Und die Idee mit der Band haben sie von dir.« Ich stupse sie mit dem Ellbogen an und sie lacht.

»Schuldig«, sagt sie, und dann tritt ein Ausdruck auf ihr Gesicht, den ich nicht richtig deuten kann. »Verschieden *kann* ein totaler Killer sein«, wiederholt sie, was sie im Flur gesagt hat, als ich ihr von Bree erzählt habe. »Aber ich glaube, wenn man will, dass es funktioniert, und beide bereit sind, es zu versuchen, kann man eigentlich so gut wie alle Probleme lösen. Ich meine, schau dir Ike und Queenie an. Die beiden sind das totale Gegenteil voneinander – dein Grandpa ist rational und gradlinig und Queenies Zimmer ist voller ...« Joss nimmt einen großen Rosenquarz von einem kleinen Regal und zieht vielsagend die Brauen hoch. »Trotzdem gibt es auf musikalischer Ebene diese Chemie zwischen ihnen, die so stark ist, dass sie unbedingt zusammen spielen wollen. Sie liegen sich ständig in den Haaren, sorgen aber dafür, dass es funktioniert.«

Ich zucke mit den Achseln. »Schätze, das stimmt. Bei Aida und Mordy ist es auch so.«

»Genau. Ich will damit sagen«, fährt Joss fort, »dass es meistens nicht daran liegt, dass man zu verschieden ist, wenn eine Beziehung nicht funktioniert. Es geht eher darum, was man wirklich will. Und wie sehr man es will. Und weißt du was? Wenn dich jemand nicht will«, sie deutet mit dem Rosenquarz auf mich, als hätte ich etwas an mir, das genauso kostbar und auf eine unvollkommene Art schön ist, »dann verpasst er was.«

Ich schlucke schwer und gehe zu Queenies Kommode. »Du ... bist süß«, sage ich.

Der Teil der Bree-Geschichte, den ich Joss nicht erzählt habe? Ein paar Tage, bevor sie das Land verlassen hat, habe ich neben ihr an einem Zaun gelehnt, ihre Hand gehalten, ihr eine Locke hinters Ohr gestrichen und geflüstert: »Ich weiß nicht, ob du das weißt, aber ich glaube, ich liebe dich.«

Sie hat meine Hand losgelassen und einen Schritt zurückgemacht. Sie sagte: »Aber Nella ... du weißt schon, dass ich straight bin, oder?«, und ich spürte, wie sich mein Brustkorb zuzog.

»Aber wir machen so viel zusammen und halten uns an der Hand«, sagte ich. »Wir gehen zusammen ins Kino und holen uns spätabends noch ein Eis.«

»Ja«, sagte Bree. »Aber das mache ich mit allen meinen Freunden.«

»Aber ... Twig hat schon öfter gesehen, wie du auf Partys Mädchen geküsst hast. Nur deswegen hat er dich mir vorgestellt.«

Bree biss sich auf die Unterlippe. »Oh. Shit. Na ja, das mache ich bloß, wenn ich betrunken bin.«

Ich habe ihr nicht abgekauft, dass sie straight ist. Aber was viel schwerer gewogen hat als meine Schwierigkeit damit, als was sie sich bezeichnet, war meine Scham: Ich dachte, ich wäre mit einer Person zusammen, die nicht dachte, dass wir zusammen sind.

Drei Tage später erzählte sie mir, dass sie gehen würde. Einfach so. Der Demütigung musste ich noch ein gebrochenes Herz hinzufügen – ich war von jemandem verlassen worden, den ich nie auch nur geküsst hatte.

Deswegen sammle ich Joss' Komplimente auf, als wären es glänzende Pennys, die man auf der Straße findet: Sie sind hübsch, und es ist schön, sie zu haben, aber sie sind eigentlich wertlos. Warum sollte ich etwas darauf geben, wenn mich ein supersüßes Mädchen, das mich gerade erst kennengelernt hat, gut findet, solange mich jemand, mit dem ich monatelang Zeit verbracht habe, so leicht fallen lassen kann, wie es Bree gemacht hat?

Joss spürt es.

»Du glaubst mir nicht?«, fragt sie.

Ich zucke mit den Achseln. »Es ist leichter, was Negatives zu glauben als was Positives.«

Sie sieht einen Moment nachdenklich aus, dann sagt sie: »Ich versuche einfach, so gut ich kann, nur Dinge zu sagen, die ich wirklich so meine. Die Person, mit der ich zusammen war, war non-binär, deswegen nicht wundern, wenn ich jetzt gendere. My Ex ist auch total anders gewesen als ich – mochte lieber Metal als Pop. Hat mehr Schwarz als Rosa getragen. Mochte Katzen ... *Katzen!,* Nella ... lieber als Hunde. They Bitch hat auch was verpasst.«

Ich lache. Obwohl ich sie erst seit einer Stunde kenne (wenn ich die ganzen Geschichten nicht mitzähle, die Pop mir über sie erzählt hat), fällt es mir schwer, mir Joss mit so jemandem vorzustellen.

Sie greift nach einem von Queenies Lippenstiften und spricht weiter. »They hieß Taylor. Alle haben them Tay-Tay genannt. Tay war meine erste Beziehung, ich werde them also wahrscheinlich für immer lieben. Aber während ich Tay so wollte, wie they war, wollte Tay jemanden, mit dem they mehr gemeinsam hat. Und man kann eine Person nicht dazu zwingen, einen auch zu wollen.«

Das weiß ich nur allzu gut.

Joss beugt sich vor, schaut in Queenies Spiegel und trägt den Lippenstift auf, ein dunkles Purpur.

»Sie hat mich die Farbe schon mal ausprobieren lassen«, sagt Joss' Spiegelbild, als ich ihr einen Blick zuwerfe. »Ich schwöre. Sonst würde ich nie einfach so ihren Lippenstift benutzen.«

Und zu der Tatsache, dass Joss sehr süß, sehr selbstbewusst und sehr nett ist, kommt jetzt noch hinzu, dass ihr Mund sehr *ablenkend* ist.

Ich drehe mich weg und rufe mir in Erinnerung, dass ich nicht hier bin, um Joss' Lippen anzustarren, sondern um ein Foto aufzuspüren. Ich suche den Boden und Queenies Bett ab, ihr Regal mit den vielen Büchern und Steinen und ihren Nachttisch. Darauf steht ein Glas mit Butterscotch-Candys und ich greife hinein und nehme mir ein paar. So großzügig, wie Queenie mit ihrem Lippenstift ist, ist sie es auch mit diesen Karamellbonbons, deshalb weiß ich, dass sie nichts dagegen hätte.

Ich werfe Joss eines zu und setze mich auf Queenies Bett.

»Ich bin verrückt nach den Dingern.« Sie setzt sich auf eines der Bodenkissen, wickelt das Bonbon aus und steckt es sich in ihren perfekten purpurnen Mund. Dann nimmt sie ein Buch von einem der Stapel in ihrer Nähe und fragt mich nach meinem Sternzeichen.

»Fische«, sage ich, und weil sie sich ihrer so sicher zu sein scheint, so ganz sie selbst, ohne sich dafür rechtfertigen zu müssen, schiebe ich hinterher: »Wusstest du schon vorher, ich meine vor Taylor, dass du queer bist?«

»Nein«, antwortet sie, ohne zu zögern. Dann richtet sie den Taschenlampenstrahl ihres Handys auf die Seite, die sie aufgeschlagen hat, und liest mir aus dem schweren Buch mein Horoskop vor. Es handelt irgendwie von Ehrgeiz und Veränderung und davon, sich in schwierigen Zeiten auf nahestehende Menschen zu verlassen, aber ich bin nicht wirklich bei der Sache. Ich betrachte Joss.

Als sie schließlich den Blick wieder hebt und mich ansieht, lächle ich. »Wann ist es dir klar geworden?«

»Tay-Tay und ich haben uns kennengelernt, als wir zwölf waren. Aber richtig was miteinander zu tun hatten wir erst in der Highschool. Ich habe immer so eine ... Hitze ... gespürt, wenn wir zusammen waren. Wir sind wie Magneten gewesen. Wir konnten unsere Hände nicht voneinander lassen. Haben oft unsere kleinen Finger ineinandergehakt und mit den Haaren der anderen gespielt und gekuschelt, wenn wir einen Film geschaut haben, und sind beste Freundinnen gewesen. Ich hab mir nicht viele Gedanken darüber gemacht. Letztes Jahr hat Tay sich dann eines Abends vor mir geoutet und gesagt, dass they non-binär und queer ist und mich mag. Tay schien sich über das alles so klar und sicher zu sein. Ich konnte spüren, wie viel they über das, was they sagte, nachgedacht hatte. Und they konnte spüren, dass ich noch viele Fragen hatte. Ich sagte Tay, dass ich mir über meine Identität noch nicht sicher sei, worauf they total enttäuscht gewirkt hat. Also sagte ich, ›Ich kann dir nicht sagen, welches Kästchen ich einmal ankreuze, aber ich weiß, dass ich dich auch mag‹.«

Ich nicke. »Bei mir war es ganz ähnlich. Bei uns an der Schule gab es einen Jungen, Tristán, er war superbeliebt und hat mir in der Neunten einen Liebesbrief geschrieben. Als ich ihn meiner besten Freundin gezeigt habe, hat sie gelacht und meinte, ›Worauf wartest du noch? Schnapp ihn dir‹. Sie hat nicht verstanden, warum ich noch nicht mal mit ihm reden wollte. Aber ich hab mich nicht für ihn interessiert, weil ich in *sie* verliebt war. Um es kurz zu machen: Sie hat meine Gefühle nicht erwidert. Sie fing an, komisch zu werden. Ich fing an zu klammern. Unsere Freundschaft ging in die Brüche.«

»Das ist ätzend«, sagt Joss, und wir schweigen eine Weile. Schließlich rutsche ich vom Bett runter, setze mich auf das Kissen neben Joss und nehme ihr das Astrologie-Buch aus der Hand. Sie richtet ihre Handytaschenlampe auf die Seiten, damit ich ihr Horoskop suchen kann. Sie ist Stier, und in ihrem Sternzeichen geht es vor allem um Möglichkeiten und darum, für alles offen zu sein, was das Universum einem schickt. Ihre Augen funkeln ein bisschen im dämmrigen Licht.

»Ich glaube nicht, dass das Foto hier ist«, sage ich, obwohl ein Teil von mir gern noch länger hier neben ihr sitzen würde.

»Nein«, sagt sie, rührt sich aber auch nicht vom Fleck.

»Vielleicht brauchen wir Hilfe«, sagt Joss ein paar Minuten später. Sie steht auf und streckt mir ihre Hand hin. Ich greife danach und spüre ihre zarte Haut unter meinen Fingern. Sie zieht mich hoch, lässt aber nicht sofort wieder los, und der scharfe Gegensatz des kalten Metalls ihrer Ringe zu ihrer warmen Handfläche fühlt sich toll an. Wir gehen zur Tür, und Joss' Armreifen klirren, als sie sie öffnet.

»Hilfe?«, frage ich, während ich ihr den Flur entlang folge.

Sie springt die Treppe runter und geht ins Wohnzimmer zurück, wo Mimi und die ganzen alten Leutchen hoffnungsvoll zu uns hochschauen.

»Tut mir leid, Pop. Bis jetzt haben wir noch kein Glück gehabt«, sage ich, und Grandpop Ike sagt: »Hm, Shit.«

»Aber ich hab eine Idee«, sagt Joss. »Könnte ich kurz Ihr Portemonnaie haben, Ike?«

»Ähm, sicher.« Er zieht es aus seiner Hosentasche und Joss ruft Ziggy zu sich. Sie hält ihm das Portemonnaie hin und Ziggy beschnüffelt es pflichtbewusst.

»Ich weiß nicht, ob es funktioniert«, sagt Joss, »aber eigentlich müsste das Foto den Ledergeruch vom Portemonnaie angenommen haben, wenn es die ganze Zeit dort drin war, oder? Vielleicht kann Ziggy es darüber aufspüren.«

Ich muss mir auf die Unterlippe beißen, um mein Lächeln im Zaum zu halten. Sie ist einfach unglaublich.

»Das ist brillant«, sagt Birdie.

»Genial«, brummt Mordechai zustimmend.

»Dieses Mädchen könnte Verbrechen bekämpfen«, sagt Mimi, ohne von ihrem Handy aufzuschauen.

Die Costas und Montgomery-Allens lachen.

»Nicht ohne meinen treuen Begleiter hier. Na los, Ziggy, such«, sagt Joss und schaut dann zu mir rüber. Ich starre mal wieder. »Was?«, fragt sie.

Ich schüttle den Kopf. »Nur ... du«, sage ich und mache mich daran, Ziggy zu folgen. Als ich ihre Armreifen nicht höre, drehe ich mich noch mal um. Joss hat sich nicht von der Stelle gerührt. »Nur ich *was*?«, sagt sie grinsend.

»Oh mein Gott.« Ich presse mir eine Hand auf den Mund, als mir klar wird, was mir gerade rausgerutscht ist. Aber dann treffen sich unsere Blicke, und ich beschließe, dazu zu stehen. »Komm«, sage ich und greife wieder nach ihrer Hand, weil es sich so normal angefühlt hat, als ich es vorhin in Queenies Zimmer gemacht habe. So natürlich.

Wir laufen Ziggy hinterher, der den langen Flur Richtung Küche trabt. Entlang der Wand leuchten batteriebetriebene Teelichter, damit die Bewohner den Weg zur Toilette finden. Aber in der Küche gibt es so viele Fenster, dass es dort noch hell genug ist.

Ziggy läuft zu der Glasschiebetür auf halber Treppe, durch die man auf einen kleinen Balkon auf der Rückseite des Hauses gelangt. Er stupst die untere Ecke der Tür an und hinterlässt einen kleinen herzförmigen Schnauzenabdruck auf der Scheibe.

»Ich glaube eher nicht, dass er uns zum Foto führen will«, sage ich und schiebe die Tür auf. Ziggy springt sofort nach draußen und schnüffelt kurz hier und da, dann hebt er sein Bein und pinkelt durch das Geländer einen perfekt geschwungenen goldenen Strahl seitlich den Balkon hinunter.

»Ziggy, nein!«, ruft Joss, aber da ist es schon zu spät, und ich fange an zu lachen.

»Nicht dass dort unten gerade jemand langläuft?« Ich spähe vorsichtig über das Geländer auf die Straße runter. Wir haben Glück – das einzige, was auf dem Beton unten zu sehen ist, ist eine Spritzpfütze auf dem Asphalt.

»Braver Junge.« Ich tätschle Ziggys Kopf und streichle seine samtweichen Ohren. Seine rosa Zunge hängt raus, und er sieht aus, als würde er lächeln.

Joss sagt: »Das ist definitiv nicht brav gewesen!«

»Wenigstens hat er nicht auf den Balkon gepinkelt.« Ich setze mich in einen der Lehnstühle aus Holz, und Ziggy stupst mit der Schnauze meine Hand an, bis ich ihn weiterstreichle.

»Die machen's richtig.« Joss setzt sich in den Lehnstuhl mir gegenüber und schaut zu dem Gebäude auf der anderen Straßenseite rüber. Die Bewohner haben einen Grill rausgestellt und aus einem Bluetooth-Lautsprecher schallt Musik. Zwei ältere Männer tanzen zusammen und ihre Freunde klatschen dazu.

Es ist seltsam, bei Tageslicht draußen zu sitzen und zu wissen, dass es nur noch ein paar Stunden hell ist. Ich frage mich, was wir tun und wie sich alle fühlen, wenn die Sonne untergegangen ist.

»Schon komisch, wenn man so darüber nachdenkt, wie sehr wir daran gewöhnt sind, immer alles sehen zu können. Das muss ziemlich unheimlich gewesen sein, als meine Großeltern den ganzen Weg im Dunkeln zu Fuß gelaufen sind. Zumal es damals Plünderungen und Vandalismus und alles Mögliche gab.«

»Hey!«, ruft Joss plötzlich. »Ich hab den Rest der Geschichte ja noch gar nicht gehört.« Sie schiebt ihre Brille hoch und streckt die Hand nach Ziggy aus. Er kommt sofort zu ihr und klettert auf ihren Schoß. Es ist zum Totlachen und Dahinschmelzen, wie er sich mit seinem großen, massigen Hundekörper an sie presst. »Wie ging's weiter?«

Ich fühle mich auf einmal allein, wie sie sich so zu zweit einen Stuhl teilen und ich drei kurze (aber unendlich weit weg scheinende) Schritte von ihnen entfernt sitze. Ich schaue wieder auf die andere Straßenseite.

»Sie sind von ihrem Wohnhaus am Morningside Park den ganzen Weg zu meiner Urgroßmutter gelaufen, die in East Harlem auf der 116./Ecke Second Avenue gewohnt hat. Und wieder zurück.«

»Krass«, sagt Joss. Ich schaue nicht zu ihr, aber ich kann ihre Armreifen und Ziggys Hecheln hören. Ich spiele mit meinem Anhänger, ein roségoldenes Medaillon, das Bree mir zum Geburtstag geschenkt hat und das meine Einsamkeit noch verstärkt, die Entfernung zu Joss noch vergrößert. Ich lasse die Hand sinken und spreche weiter.

»Total. Aber sie haben sich die ganze Zeit unterhalten. Sie hat erzählt, wie es war, in Harlem aufzuwachsen, weil Pop gerade erst nach New York gezogen war. Er hat erzählt, wie es war, in Charlotte, North Carolina, aufzuwachsen, und wie froh er wäre, jetzt hier zu sein. Als sie am Apollo Theater vorbeikamen, erzählte Granny ihm davon, wie ihre Mutter sie zum ersten Mal zu einer *Amateur Night Show* mitgenommen und danach eine Runde Erdbeermilchshakes spendiert hat. Wie traurig sie wäre, dass dort keine Liveshows mehr stattfanden und jetzt nur noch Filme gezeigt wurden. Da hat er zu ihr gesagt, dass sie ihm hoffentlich erlaubt, sie auszuführen, sollte das Apollo je wieder eine *Amateur Night* veranstalten.«

»Er musste sein Glück versuchen«, sagt Joss mit klingelnden Armreifen.

»Absolut. Und als sie an einem Eiswagen vorbeikamen, hat er ihr eine Eistüte mit Erdbeereis und Schokostreuseln gekauft und so was gesagt wie: *Die Milchshakes sind wohl leider schon aus gewesen.* Ich weiß, dass Granny das total gefallen hat«, sage ich lächelnd. »Und mit dem Eis muss Pop ihr Herz erobert haben, weil Granny Z ein paar Blocks weiter nach seiner Hand gegriffen und sie den ganzen restlichen Weg nicht wieder losgelassen hat. Als sie bei meiner Urgroßmutter ankamen, kannten sie gegenseitig ihren zweiten Vornamen, ihre Hoffnungen, ihre Träume – und wussten, wie Pop es ausdrückt, dass ihre ›Hände wie maßgeschneidert füreinander waren‹.«

Joss seufzt zufrieden. »Wie heißt du mit zweitem Vornamen?«, fragt sie.

»Rose«, sage ich. »Und du?«

»Mae«, sagt Joss und erzählt dann: »Meine Großeltern haben sich bei einem Baseballspiel kennengelernt. Grandpa war einer der Spieler und Nan hat seinen Foul Ball gefangen. Nach dem Spiel hat sie ihn gebeten, ihn zu signieren, und er hat seine Telefonnummer draufgeschrieben.«

Ich grinse. »Was ist mit deinen Eltern?«, frage ich.

»Sie haben sich auf dem College kennengelernt. Sie war eine Delta, er ein Q. Sie sind sich bei einer Step Show der Studentenverbindung begegnet und schwören, dass es Schicksal war. Und deine?«

»High-School-Sweethearts. Sie haben sich scheiden lassen, als ich zehn war, sind aber immer noch befreundet. Manchmal ist es komisch. Aber schön.« Ich lächle, als ich daran denke, wie sie mit mir zur Pride Parade mitgekommen sind, beide in T-Shirts und Shorts in Regenbogenfarben. Total peinlich und gleichzeitig total süß. »Sie sind toll.«

»Aaahhh«, stöhnt Joss. »Hoffentlich erlebe ich so was auch mal. So verflucht romantisch.«

Und ich finde, hier mit ihr zu sitzen und sich gegenseitig Liebesgeschichten zu erzählen, ist ziemlich romantisch. Ich will es gerade laut sagen, als mein Handy vibriert. Ich hole es raus und sehe, dass es wieder eine Nachricht von Bree ist.

Immer noch kein Strom? Wo bist du?

»Oh Mann, Zigs, du drückst mir auf die Blase.« Joss schiebt Ziggy vorsichtig von ihrem Schoß. »Bin gleich zurück, Nella.«

»Okay«, sage ich und frage mich, ob sie wirklich auf Toilette muss oder ob sie Brees Namen auf dem Display gesehen hat.

Obwohl ich weiß, dass ich es nicht tun sollte, scrolle ich in unserem Chatverlauf nach oben, bis ich zu den guten Nachrichten komme. Zu den kitschigen, süßen, die wir uns geschickt haben, bevor sie mich abgewiesen hat und abgereist ist.

NELLA: Ich vermisse dein Gesicht.

BREE: Nicht so sehr, wie ich deins vermisse.

NELLA: Du hast die besten Haare auf der Welt.

BREE: Dein Afro ist auch ziemlich gut.

NELLA: Du verstehst mich einfach. Wie kommt das, dass du mich einfach verstehst?

BREE: Keine Ahnung, mein Liebling.

NELLA: Warum sind wir uns nicht schon viel früher begegnet?

Wohl eher: Warum bin ich so lange so ahnungslos gewesen?

Meine Brust wird von etwas zusammengezurrt, das sich nach Sehnsucht, nach Schmerz anfühlt. Ich scrolle wieder nach unten und antworte ihr.

NELLA: **Immer noch kein Strom, aber es ist noch hell draußen. Ich bin bei Pop. Mir geht's gut, keine Sorge.**

BREE: **Ruf mich an. Ich muss deine Stimme hören, um zu wissen, dass du okay bist.**

NELLA: **Nein.**

BREE: **Warum nicht?**

NELLA: **Weil du mir mein scheiß Herz gebrochen hast.**

Ich höre, wie die Balkontür aufgeschoben wird, und stecke mein Handy wieder weg.

»Ich hab das Portemonnaie von Ike geholt«, sagt Joss. »Lass es uns noch mal versuchen.«

Sie hält Ziggy das Portemonnaie hin, damit er es beschnüffeln kann, und der Hund und ich geben gleichzeitig Schniefgeräusche von uns. Verdammt.

»Hey ...« Joss legt mir eine Hand auf die Schulter, beugt sich zu mir und sieht mich an. »Weinst du?«

»Nur ein bisschen«, sage ich.

»Was? Warum? Was ist passiert?«

»Es ist bescheuert.« Ich reibe mir mit dem Unterarm über die Augen.

»Tränen sind nie bescheuert«, sagt Joss.

»Es ist bloß wegen meiner bescheuerten Ex. Oder was auch immer zum Henker sie ist. Wenn wir uns gesehen haben, hatte ich immer das Gefühl, dass sie mich mag.

Also mich wirklich *richtig* mag. Es ist so peinlich, aber ich dachte echt, wir sind *zusammen*. Dabei ist sie nur nett gewesen. Sie wollte die ganze Zeit bloß mit mir befreundet sein, während ich total davon überzeugt war, dass mehr zwischen uns ist. Und jetzt kann ich mich noch nicht mal mehr darüber freuen, dass sie nach mir hört. Weil ich mir wie ein ahnungsloses kleines Kind vorkomme, um das sie sich kümmern muss. Das macht mich irre, aber sie fehlt mir so schrecklich, dass ich es nicht schaffe, ihr zu sagen, dass sie mich in Ruhe lassen soll. *Fuck*.«

Joss kniet sich vor mich und reibt mir mit den Daumen über die Wangen. Dabei sticht sie mir mit dem einen ein bisschen ins Auge. »Aua«, sage ich und muss dann lachen.

»Oh nein, sorry«, sagt sie. »Brauchst du vielleicht eine Umarmung?« Ich nicke und greife nach ihren Händen, sodass wir uns zusammen aufrichten können.

Wir umarmen uns. Es ist schön. Sie ist weich und riecht süß und frisch, wie frisch gebackenes Brot oder Donuts. Wir sind gleich groß, und ich habe das Gefühl, zu ihr zu passen.

»Und jetzt lass uns dieses Foto finden.«

Ziggy ist ein Hund mit einer Mission. Er läuft in die Küche zurück und klebt von da an praktisch mit der Schnauze am Boden. Vor der Kellertür bleibt er stehen, und kaum haben wir sie aufgemacht, rast er die Treppe runter, als wäre er zum Aufspüren und Retten von vermissten Fotos geboren.

»Die Waschküche«, sage ich. »Warum haben wir nicht daran gedacht, in der Waschküche zu suchen?« Falls das Foto aus Pops Geldbeutel gerutscht und in seiner Hosentasche stecken geblieben ist, würde die Person, die die

Wäsche gemacht hat, es wahrscheinlich gefunden haben, bevor sie die Hose in die Trommel gestopft hat.

»Ziggy ist ein verdammtes Genie«, sagt Joss.

Am Fuß der Treppe ist eine batteriebetriebene LED-Laterne, die vermutlich Mimi dort deponiert hat, für den Fall, dass sie hier unten irgendwas holen muss. Ich nehme sie und schalte sie ein, und wir steuern zu dritt auf die Waschküche zu, davon überzeugt, kurz vor der Auflösung unseres Rätsels zu stehen.

Ich stelle die Laterne auf die Waschmaschine, und wir benutzen wieder unsere Handytaschenlampen, um die Regale und den Boden abzusuchen. Auf den Regalbrettern neben Waschmaschine und Trockner stehen kleine Gläser, in denen Murmeln, Kleingeld, Schlüssel, Rezepte, Stifte und Knöpfe sind. Aber weit und breit keine Spur von einem Foto.

»Ach Mann«, stöhne ich. »Wo könnte es denn noch sein? So viele Möglichkeiten gibt es hier im Haus ja nicht und Pop geht kaum irgendwo anders hin. Das kann doch nicht so schwer sein.«

Joss sucht weiter. Ihre Armreifen machen Musik und Ziggy folgt ihr von einer Ecke des Raums in die andere. Sie fährt sich mit der Zunge über die Lippen, die immer noch purpurrot sind. Das hatte ich ganz vergessen, weil ich mich auf dem Balkon so angestrengt habe, sie nicht anzustarren, und es auch danach vermieden habe, sie anzuschauen.

»Du musst das nicht machen«, sage ich. In meinem Kopf ist plötzlich der Gedanke, dass sie mir nur hilft, weil ich ihr leidtue. Ich denke daran, was ich ihr alles erzählt habe, und komme mir wie die letzte Loserin vor. *Meine Granny ist gestorben. Meine beste Freundin hat meine Gefühle nicht*

erwidert. Ich bin von einer Person abserviert worden, mit
der ich noch nicht mal offiziell zusammen war. Und dann
habe ich auch noch losgeheult. Jesus.

»Es macht mir wirklich nichts aus, Nella.« Sie entdeckt
einen Korb mit sauberer Wäsche und fängt an, jedes einzelne Kleidungsstück herauszunehmen und aufzufalten.

»Joss, hör auf.«

Sie hält inne und sieht mich an. Ihr Mund ist so purpurrot.

»Es ist okay«, sage ich. »Du musst mir nicht helfen.«

»Ich würde dir nicht helfen, wenn ich dir nicht helfen
wollte.«

Ich zucke innerlich zusammen.

»Okay. Aber genau das ist das Problem. Ich glaube nämlich, dass ich irgendwas ausstrahle, das andere dazu bringt,
mir helfen zu wollen. Weil sie mich bemitleidenswert oder
so finden. Ich meine, ich dachte zwei Monate lang, ich
wäre mit einem Mädchen zusammen, und selbst meine Familie versucht ständig, mir mit meinem Liebesleben zu helfen. Das heißt, alle wollen mir helfen und sich um mich
kümmern oder was auch immer, aber diese Bedürftigkeit
führt irgendwann dazu, dass sie mich nicht mehr um sich
haben wollen.«

»Man muss sich nicht um dich kümmern, Nella. Du bist
kein hilfloses kleines Kind.«

»Ich weiß.«

»Wirklich?«, fragt Joss und klingt irgendwie angepisst.
»Ich helfe dir nicht, weil ich dich bemitleidenswert finde.
Und damit das klar ist – du bist nicht bemitleidenswert. Du
bist empfindsam. Du bist zart. Du bist verletzlich und lie-
benswürdig.«

Meine Augen fangen an zu brennen und ich blinzle.

»Ich helfe dir, weil ich eine Ausrede gebraucht habe, um mit dir zu reden, um dich kennenzulernen, um dir im Dunkeln durch dieses Haus zu folgen. Du bist ... ziemlich unglaublich. Genau wie Ike gesagt hat. Aber solange du das nicht selbst checkst, ist es egal, was ich oder sonst irgendjemand denkt.«

Ich weiß nicht, was ich sagen soll, also sage ich eine ewige Minute lang gar nichts.

»Wahrscheinlich hat dir dieses Mädchen etwas vorgemacht, ob absichtlich oder nicht, weil du so viel Herzenswärme hast und so sanftmütig und so toll bist. Wahrscheinlich wird ihr erst jetzt klar, dass sie einen Fehler gemacht hat. Du bist wie der Rosenquarz in Queenies Zimmer: Deine Energie besteht ganz aus Liebe.«

Ich schlucke schwer.

»Ich weiß nicht«, sage ich und spreche dann schneller, als ich es eigentlich will. »Wenn hier jemand unglaublich ist, dann du. Du hast deinen Hund dazu ausgebildet, anderen Menschen zu helfen. Du arbeitest ehrenamtlich in Kinderkrankenhäusern und Tierheimen und Seniorenheimen und Hospizen. Du spielst Klavier, als hättest du eine Musikhochschule besucht, und Pop hat mir erzählt, dass du auch noch singen kannst! Und ich meine, *schau* dich nur an. Du bist ... ein *einziges* Kunstwerk.«

Den letzten Teil wollte ich nicht laut aussprechen. Aber er ist wahr. Ich habe sie lange genug angestarrt, um es zu wissen. Ich zerre an meinem Rock.

Joss kommt auf mich zu, und ich weiche zurück, bis ich den Trockner im Rücken spüre. »Okay«, sagt sie und senkt die Stimme auf eine Art, dass mir warm wird. »Und *du* hast dir etwas einfallen lassen, um deine sterbende Großmutter glücklich zu machen. *Du* warst mutig genug, deiner Freundin zu sagen, dass du sie liebst, und du hast darum gekämpft, mit ihr befreundet zu bleiben, obwohl sie dich nicht auf die gleiche Art zurückgeliebt hat. Du bist immer noch nett zu dem Mädchen, das dir das Herz gebrochen hat. Ich hab gesehen, wie du ihr geschrieben hast. Und du hast praktisch mit bloßen Füßen ein verdammtes Feuer gelöscht! Also hör auf, von anderen Leuten als Kunstwerk zu reden, weil ...« Joss macht einen Schritt zurück und sieht mich von oben bis unten an. »*Herrgott noch mal,* Mädchen.«

»Oh«, sage ich. »Aber ...«

»Nichts aber, Nella Rose Jackson.«

Weil wir so dicht voreinander stehen, fällt mir erneut auf, dass wir gleich groß sind. Und dass ihr Brillengestell roségold ist, genau wie mein Anhänger.

Wir passen zueinander.

Ihre Augen dagegen haben dieselbe Farbe wie der Raum, in dem wir uns befinden – die Farbe eines Raums im Dämmerlicht –, aber sie leuchten, und in der Mitte schimmern sie leicht golden, so wie die Laterne neben uns. Ich kann hier drin sogar erkennen, dass ihre Haut ein kleines bisschen heller ist als meine, ungefähr so wie die Schale einer Haselnuss oder die Papiertücher in den Toiletten der alten Kinos Downtown. Ich berühre einen ihrer Braids. Er fühlt sich weich und fest an, wie alles andere an ihr.

»Okay, Jocelyn Mae Williams«, sage ich, und sie lächelt. »Okay. Ich hab's kapiert. Aber die Sache ist die ...«

»Du hast Angst«, sagt sie. Ich nicke und denke an Bree. Denke an die Liebe und daran, wie es sich anfühlt, sie zu verlieren. Denke daran, wie weh es tun kann.

»Ich kann mutig genug für uns beide sein, wenn du willst«, sagt sie. »Denn irgendwas an der ganzen Sache hier, an uns, fühlt sich besonders an.«

Ich habe Bree nie geküsst, ich hatte zu viel Angst. Und es fühlt sich bedrohlich und viel zu früh an, jemand Neues in mein schiffbrüchiges Herz zu lassen. Aber auf einmal komme ich zu dem Schluss, dass man nicht mutig sein kann, wenn man nicht zumindest ein bisschen Angst hat.

Ich lasse den Blick über Joss' dunkle Lippen, ihre dunklen Haare, ihre dunklen Augen gleiten. Und bevor sie noch irgendetwas sagen kann, schlucke ich meine Angst herunter und schließe den Abstand zwischen uns.

Unser Kuss ist langsam und warm. Er ist schwer und süß, wie das Butterscotch-Candy von Queenie, aber unter dem sirupartigen Geschmack liegt etwas, von dem ich weiß, dass es Joss' Essenz ist. Ich will mehr davon. Ich küsse sie intensiver und frage mich, warum wir so viel Zeit damit verschwendet haben, uns jeweils auf der gegenüberliegenden Seite eines Raums aufzuhalten, warum wir so viel Zeit mit Reden verschwendet haben, statt das hier zu tun.

Als wir uns voneinander lösen, sagt Joss: »Wir werden an deinem Pessimismus arbeiten müssen. Hast du nicht auch das Gefühl, dass das hier funktionieren könnte? Dass es vielleicht gar nicht in einer Katastrophe endet? Was, wenn wir rausfinden, dass wir zusammenpassen, so wie deine Großeltern und ihre Hände? Was, wenn du mit deiner Sanftmut und deinem leicht zu verletzenden Herzen, mit deinen hübschen Augen und *super*kurzen Röcken genau das bist, worauf ich gewartet habe?«

Ich werde rot.

Ich weiß nicht. Ich kann es nicht wissen. Aber ich glaube, ich würde es gern rausfinden.

Ich beuge mich zu ihr und küsse sie wieder.

Als wir uns das zweite Mal voneinander lösen, bin ich es, die spricht.

»Ich weine viel«, warne ich sie.

Sie lacht. »Ich glaube, damit kann ich umgehen.«

»Ich schreibe Bree ständig Nachrichten«, sage ich.

»Vielleicht solltest du aufhören, ihr zu schreiben, und anfangen, mir zu schreiben.«

»Ich wollte dir nicht begegnen. Ich wusste, dass dann das hier passieren würde.«

»Ich hab darauf gewartet, dir zu begegnen, seit Ike das erste Mal deinen Namen ausgesprochen hat«, sagt Joss, und wir küssen uns wieder.

Ich lege meine Hand auf ihre nackte Taille, die ich immer wieder angestarrt habe, seit sie im Althea House aufgetaucht ist. Ich danke dem Universum und dem aktuellen Trend und Gott selbst für dieses bauchfreie Top und den Zugang, den es mir schenkt. Ich bin unendlich dankbar für welche Körperlotion auch immer sie benutzt, weil ihre Haut seidenweich ist. Und dann spüre ich ihre Hände auf meinen Schenkeln, und mit einem Schlag ist es egal, wie oft ich an dem Jeansding um meine Hüfte zerren musste, weil ich *so* froh bin, dass ich keinen längeren Rock anhabe.

Ich will sie bis zum nächsten Morgen küssen und berühren, aber es dauert nur so lange, bis Ziggy sich zwischen uns schiebt.

»Nicht jetzt, Zigs«, sagt Joss an meinen Lippen und tut alles, damit der Kuss kein drittes Mal unterbrochen wird, aber als ich die Augen öffne, sehe ich Pop in der Tür zur Waschküche stehen.

»Pop!« Ich ziehe Joss neben mich.

»Wir ... lassen uns Pizzas kommen«, sagt Pop grinsend. »Wollte wissen, ob ihr zwei auch was wollt.«

»Oh, ja, klar«, sagen Joss und ich gleichzeitig.

»Du hast da was«, sagt Pop zu mir und tippt sich mit dem Finger auf den Mund.

Der Lippenstift. Er ist wahrscheinlich überall.

Ich vergrabe den Kopf in den Händen und Pop und Joss lachen. Dann wischt Joss mir mit dem Daumen die Lippenstiftflecken aus dem Gesicht.

»Hast du mein Portemonnaie noch, junge Dame?«, sagt Grandpop Ike, und Joss holt es aus ihrer Tasche und gibt es ihm. Pop klappt es auf, und ich rechne damit, dass er seine Kreditkarte oder ein paar Geldscheine für die Pizza rauszieht, aber er holt etwas Kleines, Rechteckiges heraus, das aussieht wie ...

»Das Foto?«, sagt Joss.

»Wo hast du es gefunden?«, frage ich und kapiere es erst, als Pop mir einen Blick zuwirft.

»Es ist ... nie weg gewesen, oder?«, fragt Joss.

Pop zuckt mit den Achseln. »Du warst so traurig, Nella-Bär. Und du hast so viel Zeit hier verbracht, seit Bree gefahren ist. Ich hab mir einfach gewünscht, dass du ein nettes Mädchen in deinem Alter kennenlernst. Ich wollte, dass du eine Freundin findest. Ich hätte zwar nicht gedacht, dass die Dinge sich so *schnell* entwickeln, aber ich hab auch nichts dagegen.« Sein Lächeln wird breiter.

Ich gehe zu ihm rüber und knuffe ihn in den Arm. »Ich *fasse* es nicht«, sage ich. Aber irgendwie tu ich's doch.

Ziggy schaut von Pop zu mir und von mir zu Joss und wackelt begeistert mit dem Hinterteil.

»Danke.« Ich reibe Pop über die Stelle am Arm, in die ich ihn geboxt habe, und umarme ihn.

»Also, was für eine Pizza wollt ihr?«, fragt er auf dem Weg zurück zur Treppe. Ich gehe zum Trockner und schnappe mir die Laterne. Joss' Hand schnappe ich mir auch. Und vielleicht bin ich von dem Kuss und der Dunkelheit wie auf Droge, aber ich glaube irgendwas an uns ... passt.

»Ich nehme eine Hawaii, und Ziggy mag alles«, sagt Joss.

»Für mich eine Salami«, sage ich. »Aber du schmeckst besser«, flüstere ich Joss ins Ohr.

Mein Handy vibriert, und als ich es raushole, sehe ich, dass es noch mal eine Nachricht von Twig ist.

TWIG: **Bringst du die Becher jetzt mit oder was????**

NELLA: **Ja klar. Gott. Entspann dich, Twiggy.**

TWIG: **Ey, was hab ich gesagt, wenn du mich so nennst?!!**

Lächelnd stecke ich das Handy wieder in die Tasche. »Ich hab keine Ahnung, wie wir da hinkommen, aber hast du Lust, später zu der Blockparty von meinem Cousin in Brooklyn mitzukommen?«

Sie grinst. »Musst du das überhaupt fragen? Vielleicht können wir zu Fuß gehen, so wie deine Großeltern damals. Und uns unterwegs ein Erdbeereis kaufen?«

Ich beuge mich strahlend zu ihr und küsse sie auf die Wange.

Als wir nach oben kommen, tuscheln die Bewohner untereinander.

Die Montgomery-Allens schauen uns grinsend an.

Birdie und Pearl ziehen die Brauen hoch und tauschen einen Blick.

Miss Sadie murmelt Mimi etwas zu, das wie »junge Liebe« klingt.

Queenie mustert unsere geröteten Gesichter und sagt: »*Mhmmmm.*«

Aida und Mordechai zanken sich und bemerken uns gar nicht.

In der Mitte der Couch sitzt eine schöne ältere Frau in einem pelzbesetzten Morgenrock und mit einem Glas Wein in der Hand, die ich noch nie gesehen habe.

»Na, da haben sich aber zwei gefunden«, sagt sie.

»Madame Marie!«, ruft Joss, und ich sage: »Madame Marie? *Marie* wie in Marie-Jeanne Beauvais?«

»Genau die, Herzchen.« Sie mustert uns mit zusammengekniffenen Augen, nippt an ihrem Wein und krault Ziggys Fell, als wäre er eine Katze. »Ihr seht genau wie mein Sohn damals aus, als ich ihn dabei erwischt habe, wie er einen Jungen küsst.«

Ich senke den Blick und spüre, wie Joss' Finger, die mit meinen verschränkt sind, erstarren.

»Oh, ich hab damit nicht das geringste Problem. Liebe ist Liebe. Das lernt ihr besser heute als morgen.«

Ich werde knallrot. Joss lacht laut.

Ich atme aus und schaue Joss an. »Sollen wir uns vielleicht einfach jetzt schon zu Fuß nach Brooklyn aufmachen?«

Marie-Jeanne hört es. »Zu Fuß? Den ganzen Weg bis

nach Brooklyn? Kommt nicht infrage, meine Schätzelchen. Nicht solange ich hier noch das Sagen habe. Ich wollte sowieso gleich zu meinem Sohn und meinem Schwiegersohn nach Bed-Stuy aufbrechen. Meine Enkeltochter und ich müssen morgen pünktlich unseren Flug von JFK kriegen. Kann ich euch mitnehmen?«

Joss schaut zu Ziggy. »Wenn Sie nichts dagegen haben, dass Zigs mitkommt?«

»Deine Freunde sind meine Freunde, Herzchen«, antwortet Marie-Jeanne.

Joss nickt, bedankt sich und grinst breit.

»Bestellen wir jetzt endlich Pizza oder was?«, ruft Mordy.

Und als Joss meine Hand drückt, drücke ich zurück.

DER LANGE WEG
TIFFANY D. JACKSON

Dritter Akt

Columbus Circle, 19:02 Uhr

Wir laufen weiter. Den Broadway runter, am Lincoln Center vorbei zur 59. Straße und dann zum Columbus Circle. Seit der 72. Straße stehen die Autos und Taxis Stoßstange an Stoßstange. Nichts geht mehr. Der Columbus Circle sieht aus wie ein gigantischer Parkplatz. Ohne Strom bricht in dieser Stadt alles zusammen. Der Eingang zur U-Bahn-Station auf der 59. Straße ist mit Flatterband abgeriegelt. Anscheinend fahren die Bahnen immer noch nicht.

»Aber bis wir in Downtown sind, fährt die U-Bahn wieder«, sage ich erschrocken. »Oder?«

Kareem zuckt nur mit den Schultern, ohne in meine Richtung zu schauen. »Vielleicht.«

»Aber … die sind doch bestimmt schon dabei, das zu reparieren.« Die Bahnen *müssen* wieder fahren. Anders geht es nicht.

»Na klar.« Er lacht und schiebt sich durch einen Pulk

von Menschen, die an der Ecke stehen. »Träum weiter. In dieser Stadt wird nichts schnell repariert.«

»Mann! Ich hab diese Stadt echt so was von satt! Kaum ist es hier mal ein bisschen heißer als normal, klappt gar nichts mehr.«

»Glaubst du echt, dass du New York kein bisschen vermissen wirst?«

Ich schnaube. »Was soll ich hier denn vermissen?« Nichts. Nicht, wenn Atlanta und Hollywood mich rufen.

Kareem öffnet den Mund, dann schließt er ihn wieder und schaut auf sein Handy, während ich mir das Gesicht fächle. Es kommt mir vor, als wären wir schon seit Stunden unterwegs.

»Hey, können wir vielleicht mal Pause machen?«

»Wir sind noch nicht mal in Midtown! Schwächelst du etwa schon?«

»Es ist brütend heiß, Kareem!« Mir läuft der Schweiß den Rücken runter. »Du kannst ja weitergehen, wenn du willst. Aber ich bin müde und hab Durst und brauche eine verdammte Pause!«

Kareem prustet genervt und schiebt die Hände in die Taschen. Aber er weiß, dass man mir besser nicht widerspricht, wenn ich drüber bin. Wir gehen auf eine eben frei gewordene Bank in der Nähe des Parkeingangs zu. An der Ecke stehen ein paar Straßenverkäufer. Einer verkauft Hotdogs, der nächste geröstete Nüsse und ein dritter Handyzubehör. Kareem betrachtet die Stände, als wir daran vorbeilaufen. »Vielleicht sollte ich so eine vorgeladene Powerbank für mein Handy kaufen.«

»Ts! Und dein ganzes Geld dafür verballern? Kannst es wohl gar nicht erwarten, mich stehen zu lassen, was?«

Er wirft die Hände in die Luft. »Yo, Tammi, es geht nicht immer nur um dich! Ich hab im Gegensatz zu dir heute noch was vor!«

»Mir egal! Mach, was du willst! Es ist dein Geld. Ich setz mich schon mal auf die Bank.«

Ich warte nicht auf seine Antwort, sondern stürme auf die Bank zu. Mein Kleid könnte ich glatt auswringen, so nass geschwitzt ist es. Ich schlinge meine Braids auf dem Kopf zu einem Knoten zusammen und werfe einen Blick auf mein Handy. Noch 65 Prozent Akku. Kareems letzter Anruf hat ganz schön viel Strom gekostet. Und wenn es leer ist? Dann bin ich für ihn nicht mehr viel wert. Vielleicht lässt er mich dann sogar einfach stehen, weil er schnell zu Twigs Party will. Zu seiner Imani. Und dann bin ich ganz allein. Ohne Handy, ohne Geld und ohne jede Möglichkeit, nach Hause zu kommen, falls die Bahnen bis dahin immer noch nicht fahren.

Ich senke den Kopf und hole ein paarmal tief Luft.

Alles gut. Dir geht's gut. Alles ist gut!

»Hier.« Kareem hält mir eine eisgekühlte Flasche Wasser hin.

Ich hebe den Kopf und funkle ihn wütend an.

»Du hast doch gesagt, dass du Durst hast, oder?«, sagt er. »Ist kein schickes Hipster-Elektrolyt-Wasser, aber ein Besseres gab's nicht, und es hat drei Dollar gekostet, weil wir am Park sind, wo sie Touripreise verlangen. Also beschwer dich nicht.«

Ich will sein Wasser nicht. Ich will nicht, dass er denkt, ich würde ihn brauchen … egal wofür. Andererseits brauche ich meine fünf Dollar, weil ich mit der Bahn nach Hause fahren will, sobald wir durch Manhattan sind. Bis dahin muss der Strom wieder da sein. Muss einfach. Und wenn ich jetzt kein Wasser in meinen Körper schütte, kriege ich einen Hitzschlag und werde ohnmächtig.

»Danke«, murmle ich und greife nach der Flasche.

»Du, äh … du kriegst jetzt aber nicht gerade eine … Panikattacke, oder?«

Meine Wangen brennen. Ich drehe mich weg, um das Wasser zu trinken.

»Quatsch«, murmle ich. »Mir ist bloß heiß, das ist alles.«

Aber das ist gelogen. Seit vorhin das Licht ausgegangen ist, hat sich in meinem Brustkorb dieses Zittern aufgebaut, das jeden Moment auszubrechen droht, aber ich will ihm nichts sagen. Schäme mich, ihm zu gestehen, dass ich ihn brauche und dass …

Nein!

Nein, ich brauche Kareem nicht.

In den letzten vier Monaten bin ich bestens allein zurechtgekommen, ohne seine Hilfe.

Kareem sieht zwar nicht aus, als würde er mir glauben, hakt aber auch nicht nach. Er lässt sich neben mich fallen, trinkt sein Wasser und sieht sich um, während mir Tausende von Fragen auf der Zunge liegen. An welcher Uni will er studieren? Wen versucht er eigentlich die ganze Zeit anzurufen?

Hey, warte mal!

Ich krame betont gleichgültig in meiner Tasche, hole mein Handy raus und öffne die Anrufliste. Schon klar, dass das scheiße ist. Das ist seine Privatsache und geht mich nichts an, aber ich muss es einfach wissen. Sonst macht mich das verrückt.

Es ist eine 718-Nummer. Festnetz. Vielleicht Imani zu Hause. Wer sollte es sonst sein?

»Irgendwie krass, oder?« Kareem beobachtet einen alten Mann, der mitten auf der Straße steht und den Verkehr zu regeln versucht, obwohl er eindeutig kein Polizist ist, sondern seiner Uniform nach ein Comcast-Mitarbeiter, der normalerweise Kabelanschlüsse verlegt. »Wir erleben hier voll den historischen Moment. Ich meine, ernsthaft jetzt, von dem Tag heute werden wir später mal unseren Kindern erzählen!«

»Du tust so, als wäre das hier der Zweite Weltkrieg.« Ich lache. »Es ist bloß ein Stromausfall.«

»Ja, aber man weiß doch, dass bei Stromausfällen sofort das totale Chaos ausbricht.« Kareem schaut auf sein Handy. Hat er nicht vorhin behauptet, dass es leer ist? »Denk mal an den großen Blackout in den Siebzigern.«

Den haben wir in der Schule besprochen. Der Stromausfall damals hat fünfundzwanzig Stunden gedauert, aber das hat gereicht, um einen entfesselten Mob durch die Straßen ziehen zu lassen und die gesamte Stadt unsicher zu machen. Wenn Kareem daran denkt, ist klar, warum er unbedingt vor Einbruch der Dunkelheit in Brooklyn sein will.

»Ja, ich weiß.«

»Was, wenn …«, Kareem grinst, »so was diesmal wieder passiert?«

»Die haben damals ganze Häuserblocks angezündet! Läden geplündert! Die Bronx stand in Flammen!«

Kareem lacht. »Und durch die Plünderungen ist dann der Hip-Hop entstanden.«

Ich presse die Lippen aufeinander und sehe ihn mit einer hochgezogenen Augenbraue an.

»Yo, ich mein das ernst!« Er lacht wieder. »Anscheinend war ich der Einzige, der wirklich aufgepasst hat, als du uns damals *gezwungen* hast, diesen Dokumentarfilm anzuschauen.«

»Sei froh, dass ich dafür gesorgt habe, dass dein Gehirn nicht einrostet. Wenn du studierst, wirst du mir noch mal dankbar sein für die Filme, die du durch mich gesehen hast. Außerdem ertrage ich eben nur eine bestimme Anzahl von Animes, danach muss ich was Vernünftiges schauen. Filme wie die, die ich später mal drehe. Filme, die auf Festivals Preise gewinnen und über die Artikel geschrieben werden.«

Kareem verdreht die Augen. »Mir ging es darum, dass die Jungs bei dem Blackout damals Plattenspieler geklaut haben. Ohne die hätte es die ganzen Partys nicht gegeben und dann gäbe es heute keinen Hip-Hop. Ich meine ... hey, vielleicht passiert heute Nacht ja auch noch irgendwas Gutes. Die Art von Magie, die nur im Dunkeln entstehen kann.«

Wir sehen uns an, und in mir drängt mich alles, mich an ihn zu schmiegen. Nur einen Moment lang. Nur um mich kurz sicher zu fühlen ... aber ich kämpfe dagegen an. Mein Gesicht brennt.

»Oh Mann, der Stromausfall damals hat über vierundzwanzig Stunden gedauert«, sage ich und schaue auf meine Handyuhr.

»Entspann dich. Selbst wenn er so lange dauert, sind wir dann längst wieder zu Hause.« Er steht auf.

Das ist ja genau das, was mir Sorgen macht.

Kareem wirft zum millionsten Mal einen Blick auf sein Handy und runzelt die Stirn.

»Hey, warum starrst du die ganze Zeit auf dein Handy?«, frage ich. »Ich dachte, der Akku wäre leer. Deswegen wolltest du doch meins, oder?«

Er stöhnt. »Ich hab noch zwei Prozent. Was guckst du mir die ganze Zeit über die Schulter?«

»Ich suche nach einem Funken Ehrlichkeit, das ist alles.«

Seine Augen werden schmal. »Ehrlichkeit? Willst du mir sagen, ich wäre nicht ehrlich zu dir?«

Ich zucke mit den Schultern. »Das hast jetzt du gesagt, nicht ich.«

»Hey, ich hab dich nie angelogen. Kein einziges Mal!«

»Doch, wegen der Party.«

»Meinst du das ernst? Geht es darum? Immer noch?«

»Ich meine ja nur ... Falls du die ganze Zeit versuchst, *sie* anzurufen, du weißt schon, die, mit der du in der Sekunde zusammengekommen bist, in der es zwischen uns aus war, dann ... dann sag's mir einfach!«

Kareem hebt entnervt die Hände. »Weißt du was? *Fuck it.* Ich hab keinen Bock, mich von dir als Lügner und Betrüger bezeichnen zu lassen. Aber wenn du es unbedingt wissen musst, bitte!« Er holt tief Luft. »Ich versuche G-Ma im Pflegeheim zu erreichen. Und? Glücklich?«

»G-Ma?«

»Ja. Sie fürchtet sich im Dunkeln. Seit dem ...«

»Blackout damals«, beende ich seinen Satz und schließe die Augen. Scheiße. Natürlich!

»Ja, genau! Und Mom muss bei den Zwillingen bleiben, also gibt es außer mir niemanden, der nach ihr schauen kann. Sie ist ganz allein, und ich möchte nicht, dass sie denkt, wir hätten sie vergessen. Deswegen will ich auch möglichst schnell nach Hause. Ich würde gern vor der Party noch bei ihr vorbeigehen.«

Seine Großmutter hat den Blackout von '77 miterlebt. Deshalb hat er sich damals auch so für das Thema interessiert.

Verdammt, er ist doch der, der immer alles vergisst. Nicht ich. Als wir klein waren, hat seine Grandma nach der Schule immer auf uns aufgepasst. Sie fand es nicht gut, wenn wir allein waren, noch nicht mal für ein paar Stunden. Wenn wir mit den Hausaufgaben fertig waren, hat sie sich immer Spiele für uns ausgedacht, damit wir nicht die ganze Zeit vor dem Fernseher hockten. Und abends, wenn meine Mom von ihrer Schicht wieder zu Hause war, hat G-Ma mir nie erlaubt, alleine nach Hause zu gehen, obwohl wir nur vier Häuser weiter gewohnt haben. Sie hat darauf bestanden, mich zu bringen, und Kareem und ich mussten uns an den Händen halten, damit wir nicht verloren gingen.

Sie hat gerade bestimmt totale Angst ...

»Okay ... Warte kurz.« Ich ziehe mein Handy raus und gehe ein paar Schritte zur Seite. »Hey, Mom.«

»Hey, Kleines. Wie hältst du dich?«

»Ich bin ... okay. Hör zu, kannst du mir, äh, einen Gefallen tun? Könntest du in dem Pflegeheim vorbeischauen, in dem G-Ma wohnt? Kareem macht sich Sorgen um sie, weil sie sich im Dunkeln fürchtet.«

»Oh. Okay. Ich versuche, bei ihr vorbeizuschauen, und melde mich, sobald ich weiß, wie es ihr geht.« Ich lege auf und drehe mich wieder zu Kareem, der seine Fingerknöchel knetet.

»Meine Mutter schaut nach ihr.«

Er sieht mich mit offenem Mund an. »Wie jetzt? Im Ernst? Das hast du sie echt gefragt und das macht sie?«

»Klar. Warum denn nicht?«

»Weil wir nicht mehr ... zusammen sind.«

Ich zucke mit den Schultern. »Nur weil wir nicht zusammen sind, bedeutet das nicht, dass ich nicht weiß, wie wichtig dir G-Ma ist.«

Er nickt, aber seine Miene ist undurchschaubar. »Okay ... äh ... danke?«

»Kein Problem.«

Wir sehen uns ein paar Herzschläge lang an, bis er wegschaut und sich räuspert.

»Äh. Also ... ich schlage vor, wir gehen den Broadway entlang.«

»Über den Times Square, wo sich jetzt hundertpro Millionen von Leuten drängeln?« Ich stöhne. »Ich finde, wir sollten zur 11. rüber und von dort aus dann runter.«

»Mitten durchs Niemandsland? Im Blackout, wo die Laternen alle aus sind und es total dunkel ist? Vergiss es. Uns zieht heute keiner ab.«

Ich beiße mir auf die Lippen. »Aber ...«

»Wie wäre es, wenn du mir mal vertraust? Ausnahmsweise?«

»Was soll das heißen? Ich hab dir immer vertraut.«

Er geht kopfschüttelnd weiter, ohne noch was zu sagen. Ich folge ihm.

Als wir den Time Square erreichen, herrscht dort, genau wie ich es vorhergesagt habe, ein Massenandrang wie an Silvester, wenn hier um Mitternacht der Ball heruntergelassen wird. Statt ihre Handys wie sonst auf die riesigen flimmernden Leuchtreklamen zu richten, stehen die Leute da und fotografieren einen seltenen Anblick: Am Times Square sind die Lichter ausgegangen.

»Whoa!« Kareem lacht ungläubig, als wir uns durch das Gedrängel quetschen. »So hab ich den Times Square noch nie gesehen. Schau dir die Monitore an! Alle schwarz. Das ist echt so was von crazy!«

Ich versuche mich auf meinen Atem zu konzentrieren, während ich ihm hinterhergehe, mich an spitzen Ellbogen vorbeischiebe, an Kinderwagen und diesen roten Metall-Klappstühlen, die die Stadtverwaltung am Times Square für Touristen aufstellt. Jetzt sind die Leute auf die Stühle geklettert, um Fotos zu schießen.

Kareem bleibt in der Nähe der gläsernen Tribüne beim Ticketverkaufskiosk stehen, die normalerweise rot leuchtet. Am Valentinstag ist er mal mit mir hierhergefahren, weil er wusste, dass ich davon geträumt habe, von einem Straßenkünstler gemalt zu werden. Er hatte mir sogar Rosen gekauft. Ob er das noch weiß ...?

Bestimmt nicht. Er vergisst immer alles.

»Wollen wir weitergehen?«, frage ich, weil ich aus dem Getümmel rauswill.

Zu viele Leute, zu wenig Sauerstoff.

Kareem sieht grinsend an den Wolkenkratzern empor. »Weißt du was? Genau das ist dein Problem. Du kannst nicht im Augenblick leben.«

»Was? Kann ich doch!«

»Seit ich dich kenne – seit der ersten Klasse –, hast du dir immer Sorgen gemacht, was als Nächstes passiert«, sagt er, den Blick weiter nach oben gerichtet. »Du hast dich noch vor dem Frühstück gefragt, was es wohl zum Mittagessen gibt. In der Middleschool ging es die ganze Zeit darum, auf welche Highschool wir gehen sollen, und auf der Highschool hast du dir überlegt, auf welche Uni wir sollen. Du kannst nie das genießen, was direkt vor deiner Nase liegt.«

Er schaut lächelnd zu mir herunter. Mit genau dem Lächeln, bei dessen Anblick ich früher dahingeschmolzen bin. Jetzt tut es weh. Weil es mir nicht mehr gehört.

»Du bist derjenige, der hier rumstresst, weil er rechtzeitig auf der Party sein will«, zische ich.

»Hallo? Das hier ist ein historischer Moment. Geschichte live. So was passiert einem nur einmal im Leben, und du nimmst dir noch nicht mal eine Sekunde Zeit, um einfach mal. *Nach. Oben. Zu. Schauen.*«

Er legt den Zeigefinger unter mein Kinn und hebt mein Gesicht an. Wir werden vom Schatten der Wolkenkratzerschlucht verschluckt und über uns spannt sich nichts als der dunkelblaue Abendhimmel. An jedem anderen Tag fühlt man sich hier wie in einer gigantischen Glühbirne. Aber heute Abend sind die Leuchttafeln schwarz, nicht das kleinste Licht leuchtet, und ich bilde mir ein, beinahe spüren zu können, wie sich die Erde langsam dreht. Es ist, als stünden wir in der Mitte des Universums, ohne zu wissen, was passieren wird.

»Wow«, flüstere ich.

»Sag ich doch! Irre, oder?«

Ich spüre, wie ein breites Lächeln meine Mundwinkel auseinanderzieht, und dann müssen wir beide laut lachen.

»Mann, ich versteh echt nicht, warum du früher von hier weggehst und warum du überhaupt so weit weg studieren musst. Es gibt keinen besseren Ort auf der Welt als diese Stadt. Du weißt doch genau, dass du das alles hier vermissen wirst.«

Mein Lächeln erlischt. »Aber mich wird hier niemand vermissen.«

»Wer hat dir denn die Lüge erzählt?«

Ich schaue ihn blinzelnd an. »Was?«

Das Scheinwerferlicht der vorbeifahrenden Autos huscht über sein Gesicht. Er sagt nichts, seine Miene ist reglos. Nur seine Lippen ... seine Lippen rufen mich, aber ich widerstehe. Kopf und Herz spielen Tauziehen, weil ich ihn zwar küssen will, es aber nicht mehr darf, denn er gehört nun mal nicht mehr zu mir.

»Ich ... ich muss pinkeln«, platze ich heraus.

»Oaaah! Kannst du es nicht noch ein bisschen aushalten, Girl?«

»Äh ... *Boy*? Wir sind erst in Midtown und müssen noch kilometerweit gehen! Wie soll ich das denn bitte schaffen?«

»Verdammt«, stöhnt er. »Kannst du dich nicht vielleicht in einer dunklen Gasse irgendwo hinhocken oder so?«

Und – zack – ist er wieder ein Arschloch.

»Auf der 42. gibt es ein McDonald's«, sage ich. »Lass uns da hingehen.«

»Okay, aber können wir uns vielleicht beeilen? Es ist schon nach sieben. Ich hab Twig gesagt, dass ich um neun da bin, und wir sind noch nicht mal bei der Brücke.«

Ich kriege keine Luft, als hätte er mir mit diesem einen Satz einen Hieb in den Magen verpasst.

Alles gut. Die Bahnen fahren bestimmt wieder, bis wir zur Brücke kommen. Flipp jetzt bloß nicht aus.

»Du bist der, der hier rumtrödelt und sich dunkle Reklametafeln anschaut«, fauche ich, wirble herum und stoße dabei gegen einen Mann, der sich auf einen der roten Stühle gestellt hat.

»Hey!«, brüllt er, als er das Gleichgewicht verliert und mich im Fallen beinahe mit sich gerissen hätte, wenn Kareem mich nicht im letzten Moment auffangen würde.

»Whoa … Alles okay?«

Er hat beide Arme um meine Taille geschlungen und hält mich so, dass meine Beine in der Luft baumeln und mir ein bisschen schwindelig wird.

»Äh, ja, Alles okay«, stammle ich und winde mich, damit er mich absetzt. *Wir sind nicht mehr zusammen,* sage ich mir wieder und versuche, nicht darüber nachzudenken, wie verdammt gut es sich anfühlt, in seinen Armen zu liegen.

»Hey!«, höre ich die angepisste Stimme des Mannes. »Mein Handy ist kaputt!«

Er kniet am Boden und zeigt uns das zersplitterte Display. Shit!

»Oh. Entschuldigung! Ich hab nicht gesehen, dass Sie …«

»Bist du blind, oder was? Gott, echt! Wie blöd kann man sein!«

»Hey, hören Sie auf, so mit ihr zu reden«, sagt Kareem. »Das war ein Versehen, kein Grund, gleich so aggro zu werden!«

Der Mann richtet sich auf und klopft sich die Hose ab. »Also was ist jetzt? Bezahlst du mir das kaputte Display oder macht das deine kleine Freundin?«

Kareem schiebt sich vor mich. »Ich zahle keinen Cent, Mann. Und sie auch nicht.«

»Das sehe ich aber anders. Einer von euch muss zahlen. Ihr könnt nicht das Eigentum von anderen Leuten beschädigen und dann einfach abhauen.«

Kareem stöhnt. »Oh Mann, Sie können nur ein Touri sein.«

»Und außerdem war es keine Absicht«, zische ich und drehe mich zu Kareem. »Lass uns gehen, der Typ spinnt.«

»Alles klar, dann ruf ich die Polizei.«

»Das ist jetzt nicht Ihr Ernst«, sagt Kareem. »Wir haben hier einen echten Katastrophenfall. Glauben Sie mir, die haben gerade Wichtigeres zu tun.«

Um uns herum hat sich schon ein kleiner Kreis von Leuten gebildet, die Handys gezückt und bereit, alles zu filmen. Noch bevor der Strom wieder da ist, wird das Video von uns auf sämtlichen Kanälen zu sehen sein. Was ist, wenn unsere Unis das mitkriegen und uns rausschmeißen, bevor wir unser Studium überhaupt angefangen haben?

»Kareem, lass uns gehen«, bitte ich und ziehe ihn am Arm.

»Ihr geht nirgendwohin!«, bellt der Mann und macht einen Schritt auf uns zu.

»Oder was!«, brüllt Kareem ihm ins Gesicht. »Willst du uns aufhalten?«

Der Mann sieht aus, als würde er sich das tatsächlich überlegen, und ich sehe Kareem an, dass er nicht vorhat, klein beizugeben. Ich kenne die Szene. Hab sie schon oft genug gesehen. Also tue ich, was ich schon in der Middleschool gemacht habe, wenn Kareem mit den Arschlöchern aus der Nachbarschaft aneinandergeraten ist – ich greife mit beiden Händen nach seiner Hand und ziehe ihn zu mir.

»Kareem«, sage ich sanft. »Bitte. Lass uns gehen, ja?«

Er blinzelt, schaut von dem Mann zu mir, und in dem Moment sind wir auf einmal wieder *wir*. Ein Blick, der mehr sagt als alle Worte. Und auch wenn es meinem sowieso schon total verwirrten Herz gegenüber unfair ist, ist das der einzige Weg, wie ich seine Aufmerksamkeit auf mich lenken kann.

Kareem nickt zögernd und drückt meine Hand. Der Mann brüllt uns noch irgendwas hinterher, als wir uns umdrehen und durch das Gewühl davongehen. Wir bleiben erst an der Ecke 42. Straße und Broadway stehen, wo wir feststellen, dass das McDonald's geschlossen ist.

»Scheiße«, fluche ich.

Kareem sieht nach unten, lässt meine Hand los und räuspert sich.

»In der großen Bibliothek auf der Fifth gibt es sicher ein Klo«, sagt er.

»Meinst du, die hat noch auf?«

»Die würden doch die Bibliothek nicht schließen, oder? Das ist bestimmt gegen das Gesetz oder so was.«

»Okay. Lass es uns versuchen.«

»Moment!« Er deutet auf ein Klappschild, das an der Ecke steht. »*Free Ice Cream*« steht darauf und ein fetter Pfeil. Er grinst.

»Kareem, nicht ...«

Aber es ist zu spät. Er ist schon um die Ecke gelaufen und in dem Eis-Shop verschwunden, in dem sich jede Menge Leute drängen. Ich warte draußen, an einen Laternenpfahl gelehnt. Obwohl es früher Abend ist, hat sich die Luft kein bisschen abgekühlt und in den Straßen sind Millionen Menschen unterwegs. Ein Wunder, dass wir nicht alle längst mit Kreislaufkollaps umgekippt sind.

Wie wäre es, wenn du mir mal vertraust? Ausnahmsweise?

Ich kriege die Sätze nicht aus dem Kopf. Warum hat er

das gesagt? Warum glaubt er, ich hätte ihm nicht vertraut? Und wenn ich es nicht getan habe, dann ja wohl absolut zu Recht. Was passiert ist, ist der ultimative Beweis dafür, dass ich ihm nicht trauen kann.

»Bitte schön!« Kareem kommt mit zwei Bechern zurück. »Cake Batter mit Graham Crackers und Erdbeere für die alte Lady. Happy ... *Vorgeburtstag?*«

»Wow. Danke«, sage ich. »Das hast du also nicht vergessen?«

»Natürlich nicht.«

Wir hetzen die 42. Straße East entlang an Läden, Restaurants und am Bryant Park vorbei. Als wir endlich an der New York Public Library angekommen sind, ist mein Eis beinahe zum Milkshake geworden.

»Komm, wir essen es, bevor es ganz schmilzt ... so lange halte ich es noch aus«, sage ich.

»Alles klar.« Kareem nickt erleichtert.

Wir setzen uns auf die Betonstufen zwischen die beiden riesigen Löwenstatuen und schauen auf den kriechenden Verkehr auf der Fifth Avenue hinunter. Sieht aus, als wären die einzigen Lichter, die in der Stadt noch funktionieren, die von Autos, Lieferwagen und Taxis.

»Müssten wir nicht vorher was essen? Also, was *Richtiges?*«

Ich mache lachend den Deckel von meinem Becher ab. »G-Ma würde uns killen, wenn sie wüsste, dass wir den Nachtisch vor unserem Gemüse essen.«

»Du hast gehört, was ich gesagt hab. Das ist ein historischer Moment, da können wir es ruhig mal umgedreht machen«, sagt er und stößt seinen Löffel ins Eis. »Mhmm! Sogar halb geschmolzen hammergut!«

Ich ziehe den Löffel aus dem Mund und genieße die eisige Kühle und die perfekte Kombi aus Toppings, die wir eines Sommers mal zusammen entdeckt haben. Ich frage mich, ob er diese Mischung auch mit Imani isst. Und auch die anderen Sachen mit ihr macht, die wir zusammen gemacht haben.

»Mein Vater heiratet.«

Mir fällt fast der Löffel aus der Hand. »Wie jetzt? Echt?«

»Ja.« Kareem schüttelt seufzend den Kopf, lächelt dann aber. »Soll eine von diesen Romantikhochzeiten werden, am Strand oder an irgendeiner special Location, wo die Gäste dann alle extra hinreisen müssen. Er hat mich gefragt, ob ich Trauzeuge sein will. Komisch – hat deine Mom dir das nicht erzählt? Ich weiß, dass meine es ihr gesagt hat.«

Mom hat sich anscheinend wirklich streng an meine Kein-Wort-über-Kareem-Regel gehalten, aber in dem Fall hätte sie echt mal eine Ausnahme machen können!

»Und wie nimmt deine Mutter es auf?«, frage ich.

»Sie ist ... sauer. Oder okay, sie *war* sauer. Dann fertig. Bei der Abschlussfeier hat sie kein Wort mit ihm geredet. Aber ich verstehe sie.«

»Und ... wie fühlst du dich?«

Er schnieft und reibt sich den Nacken. »Na ja, am Anfang hab ich gedacht ... Toll, echt, ziehst aus, fühlst dich, als hätte dir jemand eine neue Batterie eingesetzt, und steckst die ganze frische Energie in den falschen Menschen. Ich hätte mir einfach gewünscht, er hätte es mit Mom versucht, *richtig* versucht, meine ich. Nicht nur für sie, sondern auch für mich und die Zwillinge. Das hab ich ihm auch genau so gesagt, weil ... hey, was hab ich zu verlieren? Er kann mich ja schlecht aus dem Haus werfen, in dem er gar nicht mehr wohnt.«

»Wow«, sage ich. Eigentlich ist es überhaupt nicht Kareems Art, so offen seine Meinung zu sagen. »Und wie hat er reagiert?«

»Na ja ...« Er holt tief Luft. »Dass Menschen sich eben manchmal auseinanderentwickeln, hat er gesagt. Dass sie sich verändern und dass man da nichts tun kann. Dagegen anzukämpfen wäre wie ein Kampf gegen sich selbst. Und dass einem nichts anderes übrig bleibt, als es zu akzeptieren und denjenigen trotzdem weiter zu lieben. Und wenn man das nicht schafft, muss man den Menschen loslassen, weil man sonst daran kaputtgeht. Ich glaub, ich versteh schon, was er meint. Jedenfalls finde ich es gut, dass wir jetzt miteinander reden. Also so richtig offen. Er gibt mir auch Tipps für ... verschiedene Sachen. Und seine Neue ist echt in Ordnung. Sie verreisen viel, machen kitschige Selfies, trainieren zusammen ... die beiden kommen mir vor wie beste Freunde. Ich freu mich für ihn, echt. Es ist nur ... Na ja, wäre cool gewesen, wenn er schon früher so mit mir geredet hätte, vor vier Jahren, als er abgehauen ist.«

Kareem lacht. Es tut gut, ihn so ... entspannt zu sehen. Er und sein Dad waren seit der Middleschool, als die Streitereien zu Hause losgingen, nicht mehr wirklich eng miteinander. Ich versuche, das nagende Gefühl in meinem Magen zu ignorieren, die Verbitterung.

Ich wäre so gern an seiner Seite gewesen, während das alles passiert ist. Stattdessen war Imani da. Warum ist das eigentlich alles so gekommen ...?

»Hast du das vorhin ernst gemeint?«, frage ich. »Also, dass ... dass *ich* mit dir Schluss gemacht hätte?«

Kareem zieht langsam den Löffel aus dem Mund.

»Hast du doch auch, oder?«, sagt er leise. »Deine Nachricht war ziemlich eindeutig.«

»Aber ich dachte ... ach egal.«

Er zieht eine Braue hoch. »Nein, sag es.«

»Ich hab gedacht, dass du ... mit mir Schluss gemacht hast.«

»Was?«, ruft er. »Wie denn? Wann denn? Ich hab doch gar nichts gesagt.«

»Das ist es ja. Du hast auf meine Nachricht nie geantwortet. Ich hab gesehen, dass du sie gelesen hattest, und danach war Funkstille.«

»Aber *du* hast nicht mehr mit mir gesprochen.«

»Stimmt!« Ich ramme den Löffel in meinen Eisbecher. »Weil du zu der Party gegangen bist. Ohne es mir zu sagen.«

»Yo, ich hab so lange darauf gewartet, dass die mich mal fragen. Ich hab gedacht, das würdest du verstehen.«

Ich schüttle den Kopf. »Du hast doch nur auf eine Gelegenheit gewartet. Das war doch immer dein Traum, auf die ganzen Partys zu gehen.«

»Klar! Weil Musik mein Ding ist! Es ist doch nicht meine Schuld, dass du dich nicht wohlfühlst, wenn zu viele Leute auf einem Haufen sind.«

»Ich hab dir aber gesagt, dass ich das mit dem Mädchen nicht gut finde.«

»Und ich hab dir gesagt, dass du dir wegen ihr keine Sorgen machen musst. Dass ich mit *dir* zusammen bin! Ich meine ... *war*.«

Ich hole tief Luft. Bei dem Wort »war« hat sich alles in mir schmerzhaft zusammengezogen.

Kareem steht auf und beginnt auf der Stufe unter mir hin und her zu gehen.

»Weißt du überhaupt, was du da geschrieben hast?«, sagt er. »War es das wert, mich so zu beschimpfen, bloß weil ich auf eine Party gegangen bin? Das war mein erster bezahlter DJ-Gig! Ich hab gedacht, du würdest dich für mich freuen. Vor allem, weil wir immer alles gemacht haben, was du machen wolltest. Und dann nennst du mich einen beschissenen Lügner und Betrüger, obwohl ich dich nie betrogen oder angelogen habe! Nie! Das mit ihr ist erst hinterher passiert, als du mich abserviert hast!«

»Zum letzten Mal. Ich hab dich nicht abserviert!«

»Du hast auf einmal nicht mehr mit mir geredet! Was hast du denn erwartet? Was hätte ich denn tun sollen?«

»Du hättest verflucht noch mal zu mir rüberkommen und an meine Tür klopfen können, so wie du es in all den Jahren, die wir uns schon kennen, eine Million Mal gemacht hast. Du hättest mit mir *reden* können. Das wäre dein Job gewesen als mein Freund!«

Er bleibt stehen, beugt sich zu mir vor und sieht mich mit bohrendem Blick an.

»Mein einziger Job war, dich zu lieben, Tammi. Willst du etwa behaupten, dass ich das nicht getan habe? Und wenn du hier schon von Jobs redest – was wäre denn deiner gewesen?«

Mein Herz schlägt mir bis zum Hals. Ich will nicht hören, was er sagt. Ich will dieses Gespräch nicht. Ich will mit ihm nicht über Liebe reden und auch sonst über nichts. Es ist vorbei! Es gibt kein *er und ich*, kein *wir*, nur noch ein *er* und ... *sie*.

»Wir ... wir sollten jetzt weitergehen«, sage ich. »Du musst ja heute auch noch auf die Party, oder?«

Kareem öffnet gerade den Mund, als ein Obdachloser an uns vorbei die Treppe raufsprintet. Wir schauen zu, wie er an der Tür rüttelt. Abgeschlossen.

»Shit«, sagen wir beide gleichzeitig.

Ich stöhne. »Und jetzt? Ich hocke mich zum Pinkeln garantiert nicht in eine dunkle Ecke!«

Kareem schiebt nachdenklich die Unterlippe vor, als sein Blick auf meine Füße fällt.

»Echt ey, du und deine verdammten Schnürsenkel!«

Ich gucke an mir runter. Ich bin so daran gewöhnt, dass sie immer wieder aufgehen, dass ich gar nicht mitgekriegt habe, dass es schon wieder passiert ist.

Kareem kniet sich vor mich und macht sich mit fliegenden Fingern daran, sie neu zu binden.

»Warum kaufst du dir überhaupt Sneakers, wenn du sie nicht ordentlich binden kannst?« Er schnaubt. »Mann, was hast du eigentlich die ganzen Monate ohne mich gemacht? Du bist wahrscheinlich nur noch über deine eigenen Füße gestolpert – ein Wunder, dass du dir nichts gebrochen hast.«

Er ist fertig mit dem linken Schuh und macht sich an den rechten. Ich bewege den Fuß und mein Gelenk fühlt sich total sicher und schön verpackt an. Wahrscheinlich zum ersten Mal seit Monaten.

»Danke«, sage ich leise.

Kareem erstarrt für einen Moment, als würde das irgendetwas in ihm auslösen. Dann taut er langsam auf, seine Schultern entspannen sich, er lässt die Hände sanft von meinen Schnürsenkeln zu meiner rechten Wade hochwandern, den Blick weiter auf meinen Schuh gerichtet. Er drückt seine Stirn an die nackte Haut meines Knies und holt tief Luft.

Ich starre auf ihn hinunter, mein Herz hämmert. Alles in mir drängt mich, aufzuspringen und vor der Berührung wegzurennen, und sehnt sich zugleich so sehr danach, hier mit ihm in der Dunkelheit sitzen zu bleiben ... für immer.

Er dreht den Kopf und legt seine Wange an meinen Schenkel.

»Was ist mit uns passiert?«, flüstert er.

Und zum allerersten Mal bin ich mir nicht mehr sicher, ob ich es weiß.

ALL DIE GROSSEN
LIEBESGESCHICHTEN …
UND STAUB
DHONIELLE CLAYTON

New York Public Library, 20:03 Uhr

Es gibt Geschichten, die erzählt man am besten, wenn es
dunkel ist. Nicht nur Schauermärchen, in denen jemand
durch einen Wald gejagt wird. Oder Krimis, in denen eine
Gruppe Verdächtiger in einem alten Herrenhaus festsitzt.
Nein, auch Liebesgeschichten können leuchten, wenn das
Licht ausgeht.*

Ich schleiche am Eingang von Astor Hall vorbei, dem
Hauptfoyer der Bibliothek. Die Straße ist voll mit Menschen, auf deren Gesichtern ein panischer Ausdruck liegt;
wahrscheinlich weil bald die Sonne untergeht und alle sich
fragen, wie dunkel es dann in der Stadt sein wird. Aber ich

---

* Die Wahrheit: In meinem Leben gab es bis jetzt noch keine Liebesgeschichte. Nur eine Person von fünfhundertzweiundsechzig findet die
Liebe. Angeblich. Das habe ich gestern gelesen und meinem Scrapbook
über Beziehungen hinzugefügt. Ich schneide Artikel über besondere
Dating-Storys und über Hochzeiten aus der Zeitung aus. Aber ich
glaube, dass man die Liebe genauso selten findet wie zwei identische
Schneeflocken.

kann es kaum erwarten, dass es so weit ist. Neben einem
der beiden Löwen, die die breiten Stufen zum Eingang flan-
kieren, sitzen ein Mädchen und ein Junge, die immer wieder meinen Blick auf sich ziehen. Meine Großmutter hat
mich früher immer mit hierhergenommen, und wenn wir
an dem Löwenpaar – Patience und Fortitude – vorbeikamen, begrüßten wir sie beide und Gran flüsterte mir zu,
dass sie die Bücher der Bibliothek vor Schaden beschützen.
Und wenn ich dann zu meiner sehr selbstbewussten Großmutter hochschaute und sie fragte, warum irgendjemand
Büchern Schaden zufügen sollte, zwinkerte sie mir zu und
rief mir in Erinnerung, dass die Geschichten, die wir erzählen, gefährlich sein können.

Der Junge hat sich zu dem Mädchen vorgebeugt, das
ungefähr in meinem Alter ist. Ihre Braids sind so dick wie
die, die ich mir letzte Woche wieder rausgenommen habe,
und ihre Haut hat fast denselben Braunton wie meine. Ich
frage mich, ob sie auch genau wie ich Sommersprossen hat.
Sie sieht den Jungen irgendwie seltsam an, so als ob sie ihm
eine Frage stellen wollte, eine Frage wie die, die ich mit mir
herumtrage.

Ich würde gern wissen, ob die beiden schon eine gemeinsame Liebesgeschichte haben. Oder das Potenzial dazu.
Und ob ich eines Tages vielleicht auch eine haben werde.

»Beeil dich, bevor wir noch erwischt werden.« Mein
bester Freund Tristán winkt mich in Richtung der Kinder-
abteilung.

Während ich ihm folge, werden gerade die Außentüren
geschlossen, da die Bibliothek wegen des Stromausfalls
heute früher zumacht. Durch das Foyer hallt metallisches
Kreischen.

Wir laufen auf Zehenspitzen in den dunkler werdenden Raum.

»Gib einfach zu, dass du verloren hast, Lana. Ich hab jedenfalls nicht vor, hier zu übernachten und wegen unserer Wette Twigs Party zu verpassen.« Tristán stupst mich am Arm an. »Ich hab ihm versprochen, die Moderation zu übernehmen«, sagt er mit seiner Podcast-Stimme. »Und ich kann meinen Buddy auf keinen Fall hängen lassen.«

»Es könnte wie in *Merkwürdiges aus dem Frankweiler Geheimarchiv* von E. L. Konigsburg sein, nur dass es in einer Bibliothek spielt«, sage ich. »Eine Pyjamaparty.«

»Was?«

Er erinnert sich nicht mehr daran, wie oft wir früher mal bei ihm, mal bei mir übernachtet haben. Dass er seit dem Kindergarten schnarcht und im Schlaf redet. »Das haben wir in der Vierten bei Mr Ahmed gelesen.«

»Ich hab nicht so ein Elefantenhirn wie du.«

Ich winke ihm mit meinem aktuellen Scrapbook zu. »Wenn du mehr über dich selbst nachdenken und Dinge sogar aufschreiben würdest, hättest du vielleicht eins.«

»*Oder* wenn ich wie du mit einem begnadeten Gedächtnis auf die Welt gekommen wäre, Elefantita.« Er versucht, an dem Vintage-Tuch mit dem Elefanten-Print zu zupfen, das ich mir um meine Vierziger-Jahre-Pin-up-Frisur gebunden habe. Die Ränder sind verschwitzt, und als ich an den Haarklammern herumnestle, spüre ich, dass mein Pony angefangen hat, frizzy zu werden. Die perfekte Victory Roll, die auf eine Katastrophe zusteuert. Dieser Look wird es nicht bis zur Party schaffen. War keine gute Idee. Sommer ist der Tod für jedes Outfit. Ich streiche meinen

Playsuit vorne glatt. Aber heute Abend darf nichts schiefgehen. Alles muss perfekt sein.

Ich mache ein abschätziges Geräusch und tue so, als wäre ich genervt davon, dass er mich schon unser ganzes Leben kleines Elefantenmädchen nennt – nur wegen meinem legendären Gedächtnis, von dem Lehrerinnen und Bibliothekarinnen immer total hin und weg waren. Zu jedem Geburtstag oder Weihnachten habe ich irgendwas geschenkt bekommen, das mit Elefanten zu tun hat. Mein Zimmer ist voll davon. Kleine Erinnerungen von ihm, die überall sind und dafür sorgen, dass ich es nie vergessen werde. »Haben sie wirklich so ein gutes Gedächtnis?«

»Was?«

»Elefanten, haben sie wirklich so ein gutes Gedächtnis?«

»Das ist zumindest das, was alle sagen.«

»Wer sind *alle*?«

»Du bist komisch.«

Ich trete nach ihm. »Und du siehst komisch aus.«

»Hat sich bis jetzt noch keine der Ladys drüber beschwert.« Er schiebt mein Bein aus dem Weg. »Zu dürr! Versuch's gar nicht erst.«

Ich remple ihn im Vorbeigehen mit der Schulter an und steuere auf die Regalreihen zu. Er schaltet seine Handytaschenlampe ein. Seine Haut sieht in ihrem Lichtschein perfekt aus. Wir sind zwei Riesen, die sich zwischen den winzigen Stühlen und Tischen hindurchschlängeln. Der Geruch der Hitzewelle kriecht von draußen herein und vermischt sich mit dem der Bibliothek nach Papier, Druckerschwärze, Staub und Leim. Fast so, als könnten Bücher auch schwitzen. »Ich bin noch nicht fertig«, sage ich und biege in einen der Regalgänge.

»Gib's auf. Ich gewinne. Lass uns Schluss machen. Wir müssen nach Brooklyn. Twig wartet.« Er schaut mich finster über das Bücherregal hinweg an und in seine Mundwinkel nistet sich ein triumphierender Zug ein. »Du hast zu lange gebraucht.«

»Die Party fängt sowieso nicht vor zehn an. Wir haben noch massenhaft Zeit.« Ich fahre mit den Fingern über die bunten Buchrücken. »Du willst das Spiel vorzeitig abbrechen. Du hast Angst.« Ich werfe ihm einen genauso finsteren Blick zu.

»Die Zeit ist längst abgelaufen. Wir sind in *drei* Buchhandlungen gewesen und jetzt sind wir hier und riskieren, jeden Moment erwischt zu werden, und du hast immer noch nichts ausgesucht.« Er läuft hinter mir her. »Außerdem hast du kaum mit mir geredet.«[*]

»Ach, und was mache ich hier gerade? Vielleicht solltest du mal deine Ohren checken lassen.« Ich biege um die Ecke, schneide ihm den Weg ab und hole mit der Hand aus, um ihn gegen die Schulter zu schubsen. Er ist so viel größer als ich. Letzten Sommer hat er mir noch direkt ins Gesicht geschaut, immer ein herausforderndes Funkeln in den tiefbraunen Augen, und jetzt überragt er mich um einen ganzen Kopf.

»Du weißt, was ich meine«, sagt er.

»Ich hab keine Ahnung … klär mich auf.«

---

[*] Die Wahrheit: Ich muss dir etwas sagen. Und ich weiß nicht, wie, deshalb habe ich gelogen. Dad sagt, aus seiner Sicht als Therapeut gibt es drei Gründe, warum Menschen lügen: 1. Weil sie vor den negativen Folgen Angst haben, wenn sie die Wahrheit sagen. 2. Weil sie wollen, dass andere etwas über sie glauben, das nicht stimmt. 3. Weil sie die Gefühle eines anderen nicht verletzen wollen. Aber was, wenn die Gefühle, die verletzt werden könnten, die eigenen sind?

Er läuft um mich herum. »Irgendwas ist los. Spuck's aus.«

»Du bist paranoid.« Ich drehe mich von ihm weg.

Das Display meines Handys leuchtet auf. Noch eine Nachricht von meiner besten Freundin Grace. Sie will wissen, ob ich es ihm schon gesagt habe.

Ich kann nicht. Die Worte in mir sind komplett durcheinandergewürfelt.

»Hat es was damit zu tun, dass du den Sommer über weg bist? Alles wird noch da sein, wenn du zurückkommst.«* Er zieht ein paar Bücher aus dem Regal und stellt sein Handy so hin, dass er sie im Licht der Taschenlampe durchblättern kann. »Außerdem helfe ich dir und deinen Dads doch beim Umzug in dein krass nobles Columbia-Wohnheimzimmer, bevor ich nach Binghamton gehe. Also mach dich mal locker! Ich spür förmlich, wie du am Rad drehst.«

»Tu ich gar nicht«, lüge ich. »Du versuchst bloß, mich abzulenken. Falschspieler.«

»Von mir aus, dann gehen wir eben in die Wiederholung. Genau darauf legst du's doch an. Wir werden ja sehen, wer von uns beiden dann am lautesten heult. Gib einfach dem Blackout die Schuld, Lana.«

»Halt die Klappe. Du spielst schon jetzt die beleidigte Leberwurst. Du hast bloß Schiss, dass ich gewinne.«

»*Ich* gewinne normalerweise.«

---

* Die Wahrheit: Und was ist mit dir? Wirst du noch da sein? Oder findest du ein anderes Mädchen, das die Lücke füllt, die ich hinterlasse? Dein Gedächtnis ist so schlecht. Nicht so episodisch wie meins. Wirst du dich genauso an alles erinnern wie ich? Wirst du es genau wie ich immer wieder in Gedanken durchleben? Was passiert, wenn wir beide fort sind?

»Wenn es dir so viel Spaß macht, dich selbst zu belügen, bitte«, zische ich. »Mach ruhig weiter damit.«

»Hast du deine ganzen Versuche, mich zu schlagen, nicht langsam mal satt?«

Das ist unser Spiel. Wir haben ständig eine Wette am Laufen, wer von uns beiden in was auch immer besser ist.

Als er mit sechs mit seiner Familie in das Brownstone neben unserem gezogen ist, hat er bei uns an die Tür geklopft und gesagt: »Wetten, dass ich schneller Fahrrad fahren kann als du?«

Kein *Hallo* oder *Hi,* noch nicht mal ein *Hola.* Kein *Wir sind die neuen Nachbarn* oder *Wir sind gerade aus Miami hierhergezogen.* Stattdessen hat er mir den Tres-Leches-Kuchen, den seine Mutter gebacken hatte, in die Hand gedrückt und mich herausgefordert.

Mit elf wäre er fast im Kosciuszko-Schwimmbad ertrunken, nachdem er verkündet hatte, dass er am längsten die Luft anhalten kann.

Mit vierzehn konnte er sich nacheinander die gruseligsten Horrorfilme aller Zeiten reinziehen, hätte aber niemals zugegeben, dass er nur mit Licht schlafen kann.

Und heute, mit achtzehn, heißt die Challenge: Was ist das beste Buch, das jemals geschrieben wurde?

Aber wenn er verliert, dreht er es immer so hin, als hätte er doch gewonnen. Das macht ihm am meisten Spaß. Letztlich geht es immer um mehr als nur die Wette.

Tristán lebt für den verbalen Schlagabtausch.

Ich presse mir mein Scrapbook an die Brust. Die Seiten drohen aufzublättern; das ausgefranste Gummiband schafft es kaum, sie alle zusammenzuhalten.

»Hör auf zu bescheißen.« Der Lichtstrahl meiner Handy-

Taschenlampe streift über Tausende von Buchrücken, als ich auf den hinteren Teil des Raums zusteuere. Ich versuche, mich zu konzentrieren. Ich versuche, ihn nicht in meinen Kopf zu lassen. Ich versuche, mich nicht von dem Versprechen ablenken zu lassen, das ich mir selbst gegeben habe, nämlich ihm heute alles zu sagen.

»Wir müssen nach Brooklyn zurück. Twig schickt mir eine angepisste Nachricht nach der anderen.« Er hält mir sein Handy hin. Darauf sind jede Menge Benachrichtigungen zu sehen, ein paar von Twig und ein paar von irgendwelchen Mädchen, die ihm Herzen und lächelnde Emojis geschickt haben. »Er hat schon mehrmals geschrieben, dass er sich anscheinend nicht mehr auf mich verlassen kann.«

Zu Beginn der Sommerferien ist Tristán mit seinem Dad und seiner Schwester in die Bronx gezogen. Nach Mamis Tod letztes Jahr haben sie es nicht mehr geschafft, den Betrieb ihrer Minisupermärkte *und* den Familienalltag zu bewältigen, und sind deshalb in die Nähe ihrer Tanten und ihrer Großmutter gezogen, damit sie ihnen mit seiner kleinen Schwester Paloma helfen können. Jetzt treffen wir uns hier. Auf halbem Weg zwischen Bed-Stuy und Mott Haven. Aber in seinem alten Viertel vermissen ihn alle. Er gehört zu den Menschen, die eine klaffende Lücke hinterlassen, wenn sie gehen.

»Mein Mikro ist noch bei dir zu Hause, oder?«, fragt er.

»Zum hundertsten Mal: Ja.« Seine Podcast-Ausrüstung liegt noch genau dort, wo er sie zwischengelagert hat, nämlich unter meinem Bett. »Aber eine Wette ist eine Wette.«

Er lässt seine Handytaschenlampe über die Fototapete mit Aufnahmen von New York wandern.

»Denkst du *wirklich*, du könntest mit einem Kinderbuch gewinnen?« Er bindet seine Locken zu einem Pferdeschwanz. »Ist das deine Vorstellung vom besten Buch, das je geschrieben wurde?«

»Kinderbücher sind der Grund, warum du überhaupt gern liest.« Ich suche die Regale nach *Mufaro's Beautiful Daughters* von John Steptoe ab. Vielleicht entscheide ich mich aber auch für *Honey, I Love* von Eloise Greenfield oder *The People Could Fly* von Virginia Hamilton. Diese Wette ist wie für mich gemacht. Papa ist ein berühmter Autor, seine Bücher über Politik und das Zusammenleben verschiedener ethnischer Gruppen stehen im Schaufenster jeder Buchhandlung, Dad bildet sich ständig mit Büchern weiter, um als Therapeut seinen Klienten bei der Bewältigung ihrer Probleme zu helfen, und Gran hat mir an Sommerabenden wie heute immer Kinderbücher vorgelesen. Dazu haben wir es uns mit meinem jüngeren Bruder Langston in der Fensternische in meinem Zimmer gemütlich gemacht, und zwischendurch hat sie das Buch immer wieder sinken lassen und hat sich über den Lärm der Stadt beklagt und darüber, wie sehr sie die kleine Bibliothek aus ihrer Kindheit in Haiti vermissen würde.

Ich sollte mit Nachnamen eigentlich nicht Beauvais heißen, sondern eher *Livres* oder *Mots* oder was sich sonst noch mit *Büchern* oder *Worten* oder *Geschichten* übersetzen lässt.

Tristán hat keine Chance gegen mich. »Zeig mal ein bisschen Respekt.«

»Du wirst nicht gewinnen.« Er beißt sich auf die Unterlippe und drückt sich seinen Rucksack an die Brust, in dem er das Buch versteckt, das er ausgewählt hat. »Wir sollten in spätestens dreißig Minuten von hier verschwinden. Es fahren keine U-Bahnen und die Taxi-Apps sind völlig überlastet. Ich hab grade bei Ryde geschaut, und da dauert es im Moment achtundvierzig Minuten, bis ein Wagen da ist. Wir müssen also die Zeit im Auge behalten.«

»Wir verpassen die Party schon nicht. Entspann dich«, sage ich.

»Ich versuche bloß, dir klarzumachen, dass wir nicht auf den letzten Drücker losdürfen. Guck zwischendurch auf die Uhr, okay, Elefantita?«

»Ja-ha«, antworte ich, obwohl ich am liebsten sagen würde, dass es doch bloß eine Party ist.

»Wehe, wenn nicht. Ich hab keinen Bock, sie zu verpassen, nur weil du komisch drauf bist und so tust, als hättest du die Highschool seit Ewigkeiten hinter dir.«

»Blödmann. Ich mag dich noch nicht mal.«[*] Mein Herz zieht sich kurz flatternd zusammen. Ich bin extrem unlocker und kann irgendwie nichts dagegen tun. In meinem Kopf drängt sich so vieles. Erinnerungen. Die Sorge, was passiert, wenn wir den Sommer nicht zusammen sind. Die Angst, was nächstes Jahr passiert, wenn wir an zwei unterschiedlichen Orten studieren.

Das vernebelt mir das Gehirn. Ich kann mich nicht auf

---

[*] Die Wahrheit: Ich weiß nicht mehr, was ich fühle. Ich fülle meine Scrapbooks und Notizbücher mit meinen Gefühlen: verwirrende Wörter, die ich aus Magazinen ausschneide, Stempel, bunte Farbwirbel, mit denen ich die Seitenränder bemale. Das alles spiegelt mein Innenleben und seine Auswüchse wider. Papa sagt, Schriftsteller müssen ihre Gefühle rauslassen, um auf dem Papier die Wahrheit sagen zu können. Aber was passiert, wenn es nicht die leere Seite ist, der man sein Herz ausschüttet, sondern wenn man die Worte laut aussprechen muss?

unsere Wette konzentrieren, kann nicht darüber nachdenken, mit welchem Buch ich ihn schlagen könnte.

So habe ich mir diesen Abend nicht vorgestellt.

Ich dachte, danach würde es ein neues Scrapbook geben. Neue Erinnerungen. Neue unglaubliche Momente, die ich wieder und wieder in Gedanken durchspielen kann. Neue Bilder, die ich um meine Worte zeichnen und kleben kann.

Ich drücke mir das alte Scrapbook, dessen Umschlag sich in meinen schweißnassen Händen schon ganz rutschig anfühlt, fester an die Brust.

Gran hat gesagt, dass dieser Sommer neue Geschichten erschaffen wird. Abenteuer. Magie. Sogar Liebe. Dass die Stadt der Lichter mir etwas über mich selbst beibringen würde, mir außergewöhnliche erste Male schenken würde, mir helfen würde, eine Geschichte zu finden, die ich aufschreiben will. Dass Paris mir so viel geben würde, dass es für Hunderte Scrapbooks reicht. Dass sie dort etwas zu erledigen hätte und mir zeigen würde, wie man die Dinge, die man anfängt, zu Ende bringt.

Die vor mir liegende Reise ... dieser Sommer fühlt sich an, als würde er alles verändern.

Aber jetzt, in dieser dunklen Stadt, eingeschlossen in dieser dunklen Bibliothek, frage ich mich, was das für uns bedeuten wird.

»Wann genau müssen wir also los, Elefantita?«, fragt er.

Ich wiederhole eins zu eins, was er mir gesagt hat, *und* füge hinzu, wie lange wir, unter Einbeziehung des durch den Stromausfall verrücktspielenden Verkehrs, schätzungsweise brauchen werden, um vom Bryant Park nach Bed-Stuy zu kommen.

»Schön, dass wenigstens dein Superhirn noch tipptopp funktioniert«, knurrt er.

Ich schnaube. »Du bist bloß gestresst.«

»Ich versuche, *verantwortungsbewusst* zu sein.«

»Alles klar, Mr Verantwortungsbewusst.«

Ich kann sein Lächeln spüren.

»Was?«

»Ich glaube, ich weiß, was ich als Wettgewinn von dir will. Neue Kopfhörer, die besser mit meinem Mikro funktionieren.« Er stupst mich gegen die Schulter. »Ein würdiges Abschiedsgeschenk für unsere letzte Sommer-Wette«, schiebt er hinterher und versucht einen Blick auf die Bücher zu erhaschen, die ich aus den Regalen ziehe. »Wenn du mich schon allein hier hocken lässt.«

»Bist du sauer deswegen?«

»Mit wem soll ich mich streiten, wenn du weg bist?«

»Keisha.«

Er saugt Luft zwischen Lippen und Zähne. »Kelly.«

»Oh, Entschuldigung. Ich sollte echt langsam anfangen, mir die ganzen Namen richtig zu merken.«

»Ich rede seit letzter Woche nicht mehr mit ihr.«

»Nicht klug genug? Ach nein, warte, lass mich raten – Mundgeruch oder vorstehende Zähne?« Mein Puls rast. Es gibt immer ein Mädchen, das hinter Tristán Restrepo her ist. Sie kommen und gehen. Der klügste, der größte, der charmanteste Junge der Straße. Jedenfalls solange er neben uns gewohnt und jeden Morgen auf mich gewartet hat. Er war immer mein Nachbar, der ohne Punkt und Komma geredet hat – mein bester Freund. Aber ich weiß nicht, was wir sein werden, wenn sich unsere Wege jetzt trennen.

»Sie hat kein eigenes Leben. Wartet ständig drauf, dass

ich mich melde.« Er seufzt. »Aber noch mal zu unserer Wette ... für den unwahrscheinlichen Fall, dass du gewinnst – was willst du dann haben? Ich muss es besorgen, bevor dein Flieger morgen geht. Jetzt hat wegen dem Stromausfall wahrscheinlich alles zu.«

»Und wenn es was ist, das man nicht kaufen kann?« Ich flüstere fast.

»Was denn?«

»Das sage ich dir noch nicht.«[*]

Ich kann förmlich hören, wie es in seinem Kopf rattert, während er darüber nachdenkt, was ich wohl wollen könnte. Er bildet sich immer ein, er wüsste, was ich gleich sagen will.

»Einen Gutschein für das Spa, von dem du ständig redest? Um dir deinen Oberlippenbart waxen zu lassen.«

»Wenn ich einen Oberlippenbart habe, ist das mehr, als du von dir behaupten kannst.« Ich spitze die Lippen in seine Richtung und stelle die Bücher ins Regal zurück.

»Dann eben, um deine Brauen mal wieder in Form bringen zu lassen. Oder dir welche tätowieren zu lassen.«

»Was weißt du bitte über Augenbrauen-Tattoos?«

»Du kennst doch Magdalena Cruz, oder? Sie ist letztes Jahr in unserem Mathekurs gewesen. Sie hat sich welche machen lassen und es sieht scheiße aus.«

Ich schaue auf. »Woher weißt du das überhaupt?«

Er grinst. »Rate.«

---

[*] Die Wahrheit: Ich weiß nicht, ob ich die Worte schon laut aussprechen kann. Dabei gilt in unserer Familie der Grundsatz *Im Hause Beauvais-Simmons gibt es keine Gedankenleser.* Das heißt, wir platzen am Esstisch bei Maisbrot und Tchaka-Eintopf frei mit unseren Gefühlen und Gedanken heraus. Aber jetzt und hier schaffe ich es nicht.

Ich verdrehe die Augen.

»Das Mädchen, das ich gerade erst kennengelernt hab, ist halbe Guyanerin. Sie lässt sich die wöchentlich aufmalen. Augenbrauen, die taaaaaagelang halten.«

Mein Herz zieht sich zusammen. »Noch ein Mädchen. Klar.«

»Was kann ich dafür, wenn die Ladys auf mich fliegen. Ich bin eben heiß begehrt. Aber sie ist cool. Du wirst sie mögen. Sie ist mit der Cousine von Seymour befreundet, einem Kumpel von mir.«

»Ja, ja.«

»Was heißt hier *Ja, ja?*«

»Du bist ständig in irgendwen verknallt.«

»Ein großes Herz hat viel Liebe zu geben.« Er streckt mir die Zunge raus.

»Wenn ich weg bin, lernst du wahrscheinlich ein Mädchen kennen, für das du durchs Feuer gehen würdest. Du würdest alles geben, was du hast, um ein Mädchen glücklich zu machen.«

»Alles außer Mamis Foto.« Er zieht das Medaillon, das er an einer Kette um den Hals trägt, unter seinem Tanktop hervor, küsst es und bekreuzigt sich. »Du dagegen lässt dich nie auf jemanden ein.«[*] Er tätschelt seinen Rucksack, in dem sein Buch steckt. »Gib's einfach auf, Champ.« Er legt seine warmen Hände auf meine nackten Schultern.

---

[*] Die Wahrheit: Weil ich es nicht kann. Das war nicht immer so. Wie kann es einem so leichtfallen, jemanden zu mögen? Seinen Panzer zu öffnen und darauf zu vertrauen, dass das zarte Innere nicht verletzt wird? Ich frage mich, wie sich diese Art *echter* Liebe anfühlt. Wie es sich anfühlt, wenn eine andere Hand sich mit der eigenen verschränkt. Wenn sich andere Lippen auf die eigenen pressen. Wenn da jemand ist, der völlig mit einem verschmelzen möchte.

Die Berührung lässt mich erschauern, als wären es plötzlich andere Hände als die, die ich schon mein ganzes Leben kenne. Mit denen ich endlose Schere-Stein-Papier-Wettkämpfe ausgefochten habe. Die mich im Schwimmbecken untergetaucht haben. Die schweißnass wurden, wenn sie beim Horrorfilmschauen meine umklammert haben. Die ich gehalten habe, als ich Tag und Nacht mit ihm im Krankenhaus saß, während wir seiner Mutter beim Sterben zuschauen mussten.

Aber jetzt fühlt sich alles so anders an. Als ob es ein Davor und ein Danach geben wird, sobald ich *es* gesagt habe. Als ob es kein Zurück geben wird, wenn die Worte erst einmal draußen sind. Als ob das hier der Riss sein wird, der all unsere gemeinsamen Erinnerungen in zwei Hälften teilen wird – in das, was wir waren, und das, was wir sein werden.

Heute Abend fühlt es sich an, als würde zwischen uns eine neue Geschichte beginnen.

»Nicht so voreilig …« Ich ziehe ihn an seinem Shirt aus dem Raum. »Bestell uns bei Ryde ein Taxi, und bis es hier ist, bin ich so weit.«

»Wo willst du denn jetzt schon wieder hin?«, stöhnt er, als ich ihn in Richtung der Treppe zerre, die in den ersten Stock führt. »Ryde sagt, dass der Wagen in achtundzwanzig Minuten da ist.«

Wir schleichen uns durch das Dunkel. Das Geklimper meines Schmucks hallt durch die Stille. Vielleicht hätte ich mich heute Abend nicht so behängen sollen. Über uns wölben sich die weißen Marmorbögen der Astor Hall. An der hohen Decke tanzen unsere Taschenlampen-Lichtkreise, und es fühlt sich an, als wären wir in einer riesigen Höhle gefangen.

»Wunderschön, oder?« Ich schaue nach oben, obwohl ich das alles schon so oft gesehen habe. Aber so noch nie. Ich glaube, im Dunkeln gefällt es mir hier noch besser.

Ich denke an den Lärm, der durch die Halle dröhnt, wenn überall Leute herumlaufen. Die Stille ist schön.

Er schnaubt. »Du kriegst bald alle möglichen Arten von Marmor zu sehen. Und Bögen und das ganze andere Zeugs, was es in Europa so gibt.«

»Du hast einfach keinen Geschmack. Deswegen kannst du das hier nicht schätzen. Das konntest du noch nie.«

»Ich steh bloß nicht so wie du auf diese ganze Bildungs-bürger-Scheiße. Unsere Bibliothek in Bed-Stuy war dir nie gut genug. Immer hast du mich den ganzen Weg bis hierher schleppen müssen.«[*]

»Es gibt in der ganzen Stadt keinen Ort, den ich lieber mag. Das weißt du.«

»Ich weiß. Ich mach schließlich seit zwei Wochen nichts anderes, als mich hier mit dir zu treffen.«

Ich spare es mir, mich zu ihm umzudrehen und ihm einen finsteren Blick zuzuwerfen, bevor ich die Treppe hochsteige. Hier gibt es so unendlich viele Geschichten. Es hat sich immer angefühlt, als wären all die Wörter in all den Büchern irgendwie in das Messing und das Holz und den Marmor gesickert und hätten die Bibliothek zu einem ma-

---

[*] Die Wahrheit: Ich wollte einfach, dass wir unsere Abenteuer irgendwo erleben, wo wir niemandem begegnen, den wir kennen. In Brooklyn sind wir andere Menschen als in Manhattan oder der Bronx oder in Queens. Kann es sein, dass man an einem anderen Ort zu einem anderen Menschen wird? Dass man sich innerlich und äußerlich in eine andere Version von sich selbst verwandeln kann?

gischen Ort gemacht. Einem Ort, an den Menschen kommen, die Bücher lieben, einem Ort, an dem Geschichtenerzähler und Schriftsteller geboren werden, einem Ort, an dem nichts eine Bedeutung hat, außer *was wäre wenn* ...

»Hey! Halt ... STEHEN BLEIBEN!«, ertönt eine Stimme, die vom grellen Strahl einer Taschenlampe begleitet wird. »Was haben Sie hier zu suchen?«

Tristán hebt eine Hand, um sich vor dem blendenden Licht zu schützen. »Okay, okay.« Er zieht eine Grimasse und raunt mir zu: »Ich hab dir ja gesagt, dass so was passiert.«

»Die Bibliothek ist geschlossen. Was Sie hier machen, nennt man widerrechtliches Betreten«, sagt der rotgesichtige weiße Wachmann und zieht sein Handy raus, mit dem er ohne Zweifel das NYPD anrufen will.

Ich schiebe mich vor Tristán. »Tut mir leid, Sir. Ich hab meinen Rucksack im zweiten oder dritten Stock stehen lassen. So genau weiß ich es nicht mehr. Wir haben schon überall gesucht, ihn bis jetzt aber noch nicht gefunden.«

»Dann werden Sie morgen wiederkommen müssen, wenn die Bibliothek wieder geöffnet hat«, gibt er ungehalten zurück.

»Aber da sind mein Geld und meine Schlüssel drin«, lüge ich weiter. »Ohne meine Sachen komme ich mitten in dem Stromausfall nicht nach Hause.«

Er stemmt seufzend die Hände in die Hüften, als würden wir ihm den letzten Nerv rauben. »Ich werde ihn holen gehen.«

»Aber Sie wissen doch gar nicht, wonach Sie suchen müssen.«

»Dann sagen Sie mir, wie er aussieht.«

Ich rattere eine vage Beschreibung runter.

Er seufzt erneut. »Schätze, Sie haben recht, aber *er*«, sein Finger sticht in Tristáns Richtung, »bleibt hier.«

»Ich brauche ihn«, jammere ich.

Tristán unterdrückt ein Prusten und ich ramme ihm meinen Ellbogen in die Seite.

»Ich habe Angst vor Gespenstern«, schiebe ich mit weit aufgerissenen Augen hinterher, als wäre ich vollkommen hilflos und könnte mich unmöglich allein im Dunkeln zurechtfinden.

Ein Mann ohne Hosen rast an uns vorbei. »Was zur Hölle wird das?«, schreit der Wachmann und richtet seine Taschenlampe auf den Typen, bevor er ihm nachsetzt und uns stehen lässt.

Wir stürmen in die entgegengesetzte Richtung, ducken uns in die leere Gottesman Gallery und verstecken uns hinter den massiven Marmorsäulen.

»Du hast echt vor nichts Angst«,* sagt Tristán keuchend. »Wir wären fast verhaftet worden.«

»Hast du etwa Angst?« Ich gleite mit dem Rücken am kühlen Marmor hinunter und setze mich auf den Boden. »Mach deine Taschenlampen-App wieder an.«

Er hockt sich neben mich. »Ich hab keine Angst.«

---

* Die Wahrheit: Bis auf das, was passieren könnte, wenn ich dir sage, was ich dir sagen will. Ich habe einen ganzen Schrank voll mit geheimen Ängsten. Wenn man ihn aufmacht und die Kleider zur Seite schiebt, kommt eine kleine verborgene Tür zum Vorschein, die in einen kleinen verborgenen Raum führt. Den habe ich dir noch nie gezeigt, obwohl du schon tausendmal bei mir zu Hause warst. Ich sammle in meinem Scrapbook die ganzen Dinge, von denen ich nicht will, dass das Licht, das durch mein Zimmerfenster fällt, sie findet. Die ganzen Gefühle, aus denen ich nicht schlau werde.

»Ist doch nicht schlimm.« Ich zupfe an einer seiner seidigen Locken und er zuckt zusammen. »Kleiner Hasenfuß fürchtet sich immer noch im Dunkeln ...«

»Halt die Klappe.«

»Hast du noch dein Ninja-Turtles-Nachtlicht?« Ich ziehe meine Huarache-Sandalen aus und lasse Luft an meine verschwitzten Füße. Auf meinem kleinen Zeh hat sich eine Blase gebildet.

»Was soll die Frage? Donatello hat bei mir das beste Leben, das er sich nur wünschen kann.« Er zuckt erneut zusammen, als wir ein entferntes Geräusch hören. »Meinst du, dass es hier *wirklich* Gespenster gibt?«

»Wahrscheinlich. Wenn ich gestorben bin, will ich auch als Gespenst hier leben«, sage ich.

»Du hast mal gesagt, dass du mich heimsuchen wirst«, erinnert er mich. Als wir zwölf waren, hat Tristán mit mir gewettet, dass er mit einem Ouija-Brett, das wir in einem von diesen Botànica Santería Shops gefunden hatten, seine Großmutter kontaktieren könnte. Wir zündeten alle Kerzen auf dem Hausaltar seiner Mutter an, räucherten den Raum mit Salbei aus und besprühten uns mit Blütenwasser. Wir warteten fünf Stunden. Ich hatte ihm gleich gesagt, dass keiner auftauchen würde. Er verlor die Wette und musste eine Woche lang meine Mathehausaufgaben machen.

Aber in der Schule hat Tristán allen erzählt, dass uns an dem Tag stattdessen Biggie Smalls erschienen wäre.

Alle haben es ihm geglaubt. Das tun sie immer.

»Besser wir warten, bis wir uns sicher sind, dass er nicht zurückkommt«, sage ich.

»Dir tun bloß die Füße weh.«

Ich wedle mit einer Sandale vor seinem Gesicht hin und her.

»Und sie stinken.«

»Sie duften nach Rosen. Und diese Zehen – diese Zehen sind die besten Zehen ever. Schau dir nur mal diesen sensationell sexy großen Zeh hier an. Absolut makellos. Und das Pünktchenmuster auf meinem Nagellack – der Hit.« Ich versuche ihn mit meinem Fuß zu berühren und er zuckt zurück. »Du würdest mehr Mädchen kriegen, wenn du Füße mögen würdest.«

»Oder ich wäre so ein Creep wie diese Typen, die sich in vollen U-Bahnen an Frauen und Mädchen ranmachen«, sagt er.

Als wir alt genug waren, um nicht mehr von unseren Eltern in die Schule gebracht zu werden, sind Tristán und ich die Strecke jeden Tag mit der U-Bahn gefahren, und selbst als wir noch jünger waren, hat allein seine Präsenz dafür gesorgt, dass wir immer unbehelligt von Brooklyn zur Upper West Side gekommen sind.

Ich lege mich rücklings auf den Boden, und er streckt sich neben mir in die entgegensetzte Richtung aus, sodass unsere Köpfe auf gleicher Höhe sind. Eine seiner Locken berührt meine Wange. Ich streiche sie nicht weg. Langsam lasse ich das Licht meiner Handytaschenlampe über die Ausstellungsstücke in den Glasvitrinen wandern. Ein Plakat wirbt für *Die schönsten Liebesbriefe der Literatur*. Ich richte den Lichtstrahl auf ein paar an unsichtbaren Fäden von der Decke hängenden Plexiglasrahmen mit Textauszügen. »Weißt du noch, als du Nella in der Neunten mal einen Liebesbrief geschrieben hast?«

Ich kann sein Lächeln im Dunkeln spüren.

»Das war der beste Brief, den sie je bekommen hat«, sagt er.

»In deinen Träumen vielleicht.«

»Ich bin wortgewandt.«

In dem Punkt kann ich ihm nicht widersprechen. Sein Charme hat ihn oft genug vor dem Nachsitzen bewahrt oder aus einem B+ ein A- gemacht. Die Lehrer an der Stacey Abrams Preparatory School haben ihn geliebt. Ihm steht eine leuchtende Zukunft als Radiomoderator bevor.

Er beginnt einen der Briefe mit seiner »On air«-Stimme vorzulesen: »*Fast wünschte ich mir, wir wären Schmetterlinge und lebten nur drei Sommertage lang. Drei solcher Tage mit dir könnte ich mit mehr Entzücken füllen, als fünfzig gewöhnliche Jahre jemals fassen könnten.*« Er hat einen wunderschönen, satten Basston in der Stimme. Ich weiß noch, wie kieksig sie geklungen hat, als er ein kleiner Junge war. »Keats wusste Bescheid. Wahrscheinlich war Fanny deswegen so verrückt nach ihm.«

»Kann sein.«

»Tu nicht so abgeklärt. Du würdest dafür sterben, von irgendjemandem so einen Brief zu bekommen.«[*]

»Wenn du meinst. Gran hat im Mai einen Liebesbrief bekommen. Oder eher eine Liebes-Mail, und dann ist noch einer gekommen, der ganz altmodisch von Hand geschrieben war. Deswegen fliegen wir nach Paris.«

---

[*] Die Wahrheit: Ich würde dafür sterben, von *dir* so einen Brief zu bekommen. Er würde sich in mein Gehirn einprägen. Jedes einzelne Wort, die Art, wie die *e*s geschwungen sind oder die *l*s sich winden, würde sich in mein Gedächtnis brennen. Ich würde ihn für immer wiedergeben können.

Er dreht den Kopf, um mich anzusehen. »Davon erzählst du mir erst jetzt? Yo, das ist krass. Gran hat's immer noch drauf. Aber wen wundert's.«

»Sei still!« Ich schlage mit dem Handrücken gegen seinen Arm.

»Von wem hat sie ihn bekommen?«

»Von einem Mann, der wohl ihre erste große Liebe war. Das war noch in Haiti. Sie war damals achtzehn und dachte, sie würde ihn heiraten. Dann ist er wegen eines Jobs nach Paris gegangen und nie zurückgekehrt. Und jetzt besucht sie ihn, weil es einer der letzten Wünsche ihrer besten Freundin Althea gewesen ist, dass Gran ihn wiedersieht.«

»Okay, wow. Gran will's noch mal wissen. Granpapa ist schon so lange nicht mehr da. Jetzt ist auch noch ihre beste Freundin gegangen. Sie muss einsam sein.«

Ich kann immer noch das warmherzige braune Gesicht meines Großvaters vor mir sehen: die Fältchen um seine Augen, die wie tiefe Brunnen waren und in denen fast immer ein kleines Lächeln lag, der Duft nach Pfeifentabak, den die Brusttasche seines Hemds verströmte, die Art, wie seine Lippen sich bewegten, wenn er zwischen Französisch und Kreolisch hin und her wechselte. Es fühlt sich an, als hätten wir ihn erst gestern verloren.

Tristán spielt mit meinem Armband. »Alles okay?« Aus seiner Stimme klingt Sorge. Er hat mich jede Woche zu Granpapa begleitet, als seine Erinnerungen anfingen, ihm zu entgleiten und schließlich ganz abhandenzukommen, egal wie viele Scrapbooks Gran und ich für ihn gemacht haben.

Ich nicke.

»Aber stell dir mal vor, wir müssten jedes Mal, wenn wir jemanden kennenlernen wollten, einen Brief schreiben. Ich meine, wie konnte man da überhaupt anfangen, Gefühle für jemanden zu entwickeln oder sich zu verlieben?«

Ich verdrehe die Augen. »Es mussten eben richtig gute Liebesbriefe sein.«

»Bei Nella hat es nicht funktioniert«, sagt er.

»Weil Nella queer ist«, sage ich. »Du denkst immer, alle wollen was von dir.«

»Ist ja auch berechtigt«, sagt er großspurig.

»Ach ja?«, gebe ich spöttisch zurück. »Und warum, wenn ich fragen darf?«

»Ich sehe gut aus, ich bin klug und ich bin ein *Renaissancemensch*.«

Ich gebe Würggeräusche von mir. Ich war dabei, als er den Begriff vor drei Jahren gelernt hat. Seine Mutter hat in den Sommerferien damals alle Kunstmuseen der Stadt mit uns besucht. Das war kurz bevor ihre Krankheit richtig ausbrach. Sie wollte uns Kunstverständnis beibringen, damit Tristán vielleicht noch mehr aus seiner zeichnerischen Begabung macht. Wir sind durch sämtliche Räume gewandert, haben uns jedes Bild, jede Skizze, jede Skulptur angesehen und so viele verschiedene Kunst-Postkarten gesammelt, wie wir nur konnten. Tristán hat so viele Fragen gestellt, dass einer der Museumsführer ihn irgendwann gefragt hat, ob er vielleicht vorhätte, ein »Renaissancemensch« zu werden – so was wie ein Universalgenie, das sich auf allen möglichen Gebieten Wissen aneignet. Den restlichen Sommer hat er dann damit verbracht, genau das zu versuchen ... und mich auch dafür zu begeistern.

»Du weißt ja noch nicht mal, wie man *Renaissance* richtig schreibt«, sage ich.

»Selbstverständlich weiß ich das. Und außerdem liebe ich die Liebe, und ich bin Manns genug, dazu zu stehen.«*

Ich richte die Taschenlampe auf einen der anderen in der Luft schwebenden Liebesbriefe und denke daran, wie er nach dem Tod seiner Mutter gesagt hat, dass sein Herz für immer gebrochen sei. Ich dachte immer, er wäre deshalb nicht gern allein. Wenn er seinem Dad nicht gerade in einer ihrer *bodegas* geholfen hat und dort an der Kasse saß oder Waren einsortierte, hat er sich um seine kleine Schwester gekümmert oder bei mir auf der Couch gelegen ... oder war mit einem der vielen Mädchen zusammen, die er ständig am Start hatte.

Sein Handy plingt. »Unser Wagen ist in siebzehn Minuten hier, Elefantita. Wir beeilen uns lieber.«

Mich durchzuckt Panik.

»Vielleicht sollte ich dem Mädchen, das ich grade kennengelernt habe, einen Liebesbrief schreiben. Sie steht voll auf alte Schule. Noch schlimmer als Fatima damals.«

Ich beiße die Zähne aufeinander und verbiete meinem Magen, sich zu verkrampfen. »Fatima hat mich *gehasst*.«

»Sie hat alle gehasst, die näher an mir dran waren als sie.

---

* Die Wahrheit: Dir fällt es leicht zu lieben. Papa ist der Ansicht, dass es bei Menschen zwei emotionale Ausprägungen gibt – leicht und schwer. Dass die einen wie Wasser sind, das über Steine hinwegfließt, sich mühelos den Gegebenheiten anpasst, mal nach links, mal nach rechts ausweicht. Sie kämpfen nicht gegen den Strom an. Und dass die anderen wie Schlamm sind, der voller Ablagerungen und Mikroorganismen ist und zusätzliches Wasser braucht, um sich zu lösen und in Bewegung zu kommen.
Ich bin Schlamm.

Sie hätte sogar Paloma gehasst, wenn sie nicht meine neun-jährige Schwester gewesen wäre.«

»Die Bitch wäre am liebsten der Stoff gewesen, aus dem deine Boxershorts gemacht sind.«

»Ist da noch jemand?«, ertönt plötzlich eine Stimme vom Eingang der Gottesman Gallery.

Wir erstarren.

Ein Taschenlampenstrahl zuckt durch den Raum. »Die Bibliothek ist geschlossen.«

Wir warten, bis die Person weitergegangen ist, bevor wir uns aufsetzen.

Ich zwänge meine Füße in die Sandalen zurück.

»Du hast so gut wie verloren«, flüstert er. »Bereite dich schon mal drauf vor, deine Wettschulden zu bezahlen.«

Wir schleichen auf Zehenspitzen durch den dritten Stock, vorbei an Edward Lanings Wandgemälden »Die Geschichte des aufgezeichneten Wortes«. Wenn ich früher mit Gran hier vorbeigekommen bin, habe ich immer darauf gezeigt und sie mit Fragen über die Bilder gelöchert.

Ich ziehe ihn in den Rose Reading Room. Die Bogen-fenster lassen Zwielicht herein, in dem der Lesesaal seine Schätze enthüllen kann: lange Holztische mit Leselampen, gesäumt von endlosen Regalreihen, rot gefliese, von Mar-morstein eingefasste Böden, Kronleuchter. Mein Herz schlägt ein bisschen schneller, als wir den langen Mittel-gang hinuntergehen. Ich kann mich noch genau daran erinnern, wie ich als kleines Mädchen zum ersten Mal mitten in diesem Saal gestanden, mir mein Notizbuch und meinen Stift an die Brust gepresst und verkündet habe, dass ich einmal Schriftstellerin werden würde, dass eines Tages ein Buch von mir sein Leben hier verbringen würde.

Tristán beginnt, durch die Bücher in den Rollwagen zu stöbern, an denen wir vorbeikommen. »Langweilig …« Er hebt eines hoch. »Rassistisch.« Er deutet auf ein anderes. »Interessiert kein Schwein.« Er legt ein drittes auf den Stapel zurück.

»Ich wette, das Buch, das *du* ausgesucht hast, interessiert kein Schwein«, stichle ich.

»Tja, tut mir echt leid, dich enttäuschen zu müssen, aber es ist extrem witzig. Ein Buch ist nur dann wirklich gut, wenn es einen zum Lachen bringt. Das gehört zu seinem Job.«

»Oder zum Weinen.« Ich gehe zwischen den Tischen hindurch. Auf einem von ihnen liegt noch ein Stapel Bücher, den ich mir neugierig anschaue. Es ist alles dabei – Bücher, die wir in der Schule lesen mussten, Bücher, die Dad liebt, Liebesromane und schräge Fantasy. Ich frage mich, wonach die Person recherchiert hat und warum sie sie hier zurückgelassen hat. Sind sie vielleicht zu schwer gewesen, um sie im Dunkeln nach Hause zu tragen? Als ich ein paar von ihnen aufschlage, sehe ich, dass auf der Innenseite der Coverdeckel ein mit Bleistift geschriebener Name steht – Eden Shepard. *Warum hast du sie hier gelassen?*

»Oder zum Nachdenken.« Er hält mir eines der Bücher von dem Stapel hin. »Stehst du auf solche Männer?« Es ist ein Liebesroman, von dessen Cover mir ein weißer Mann mit nacktem Oberkörper entgegenstarrt.

Ich verdrehe die Augen und schiebe seine Hand weg.

Er macht schmatzende Kussgeräusche in meine Richtung. »Ziehst du dir in Paris einen weißen Typen wie den

hier an Land? Pierre? Gustave? Pepe? Vielleicht bekommst
du dann endlich mal deinen ersten Kuss.«

»Ich bin schon mal geküsst worden.«[*]

»Ich spreche von einem *echten* Kuss. Einem, der so gut
ist, dass es dich komplett wegbläst.« Er tut so, als würde er
ein Mädchen im Arm halten und es leidenschaftlich küssen. »Wenn du geküsst wirst, beklagst du dich danach immer. Diese Küsse zählen also nicht.«

»Französische Jungs haben einen gewissen Ruf. Sie sollen gute Lover sein. Und Französisch muss ich auch nicht
mehr lernen, das kann ich nämlich schon. So.«

»Pfff. Alle Welt weiß, dass Kolumbianer die besten sind.
Du auch.«

»Zoraida sagt, dass ihr alle Aufreißer seid, die jedem
Rock hinterherrennen.«

»Zoraida ist eine Haterin. Letztes Jahr hatte sie jede Woche einen neuen Typen am Start und hätte am Ende fast mit
zwei Jungs auf den Abschlussball gehen müssen.« Er wirft
das Buch auf den Tisch zurück. »Apropos – weißt du noch,
wie Chris ...«

»*Uah*, geht das wieder los.«

»Du hast dich ganze fünf Minuten mit ihm unterhalten ... und er hatte immer so Hosen an, die aussahen, als
wollte er für ein Hochwasser vorbereitet sein.«

»Und alle Mädchen, die du datest, sind Supermodels,
oder was?«

»Das hat nie jemand behauptet.« Er hält einen weiteren
Liebesroman aus dem Stapel hoch und versucht das Cover

---

[*] Die Wahrheit: Ich schaffe es nicht, bei der Sache zu bleiben, wenn ich
geküsst werde. Meine Gedanken schweifen immer woandershin. Zu
ihm.

nachzustellen, indem er sich an eines der Regale neben dem Tisch schmiegt, als würde er eine Frau umarmen. »Liebesromane können nicht zu den besten Büchern zählen, die je geschrieben wurden«, verkündet er.

»Sie gehören zufällig zu den am besten verkauften Büchern aller Zeiten, du Snob. Diese Autorinnen verdienen richtig viel Geld. Gran ist süchtig danach. Prolly liest zwei pro Woche. Was, wenn sich rausstellt, dass mein Buch ein Liebesroman ist?«

Er schnaubt. »Was weißt du schon von der Liebe? Du hast noch nie einen Freund gehabt* … oder eine Freundin oder was auch immer. Wie willst du dann darüber schreiben?«

»Was weißt du schon über mich?«, gebe ich gereizt zurück.

»Alles.«

»Du hast keine Ahnung.«

Er lacht. »Okay, Lana, noch fünfzehn Minuten. Willst du dieses Spielchen hier wirklich weiterspielen?«

Ich drehe mich weg. »Keine Zeit, ich hab zu tun.« Ich betrachte noch einmal den Stapel auf dem Tisch. »Und nur zu deiner Info: Ich hab eine lebhafte Fantasie. Die reicht locker, um einen Liebesroman zu schreiben.«

»Das sagst du immer. Nie gibst du jemandem eine Chance.«

»Warum sollte ich? Aber versuch ruhig weiter, den Kuppler zu spielen.« Ich schaue ihn nicht an.

»Wo wir's grade davon haben. Auf der Party heute Abend werden ein paar krasse Typen sein, die alle ein letz-

---

* Die bittere Wahrheit: Weil ich gewartet habe …

tes Mal ihr Glück bei dir versuchen, bevor wir alle weg sind. Glaub mir.«

»Von mir aus«, murmle ich, den Blick weiter auf die Bücher geheftet.

»Du hast Angst davor«, stichelt er.

»Hab ich *nicht*. Mir ist es nur zu laut.«

»Wie meinst du das?«

»Meine Dads. Die beiden sind so laut. Alles an ihrer Liebe ist so laut. Du weißt ja, wie dünn die Wände bei uns zu Hause sind.« Ich überlege, ob ich mein Scrapbook kurz zur Seite legen soll, drücke es dann aber doch weiter an mich, als könnte ich dadurch meinen Herzschlag beruhigen.

»Dein Papa und dein Dad können die Hände nicht voneinander lassen.«

»Horror«, stöhne ich.

»Oder wunderschön.«

»Langston findet es auch ätzend.«

»Er kommt jetzt in die Zwölfte, logisch findet er es ätzend.« Tristán hält ein anderes Buch hoch. »Die Liebesgeschichte von den beiden ist aber auch hammerromantisch. Haben sie sich nicht in einer Buchhandlung kennengelernt?«

Ich schiebe die legendäre Liebesgeschichte meiner beiden Väter beiseite. Wie sie sich in einem Buchladen begegnet sind, gemeinsam durch die Welt reisten und dank einer Leihmutter meinen Bruder und mich bekommen haben. Alles wie aus dem Bilderbuch. So was passiert normalen Menschen nicht. Mir am allerwenigsten. So eine Liebe gibt es nur einmal. Ich war in allen Buchhandlungen der Stadt, und da ist kein einziges Mal jemand aufgetaucht, der mich vom Gegenteil überzeugt hätte. »Mir sind andere Sachen einfach wichtiger.«

»Ausreden.«

»Nicht jeder braucht ständig jemanden um sich. Ich hab keine Angst davor, allein zu sein.« Kaum sind die Worte draußen, bereue ich sie. Ich spüre, wie er zusammenzuckt. »Das ist nicht das, was ich eigentlich meinte … ich …«

»Doch. Du hast es gesagt.«

Mein Puls rast.

»Du hältst mich für bedürftig.«

»Tu ich nicht. Du drehst mir das Wort im Mund rum.«

»Es ist nichts falsch daran, gern mit Leuten zusammen zu sein. Gern andere Leute kennenzulernen. Nicht jeder ist okay damit, allein zu sein. Und du verurteilst mich dafür.«

»Du unterstellst mir Dinge, die ich so nie gesagt hab.«

»Wenn du meinst.« Er mahlt mit dem Kiefer.

Shit. Ich wollte ihn nicht wütend machen. Ich hatte nicht vor, auf diesen Knopf zu drücken. Wollte ihm nicht das Gefühl geben, dass irgendwas mit ihm nicht stimmt. So ist das alles nicht geplant gewesen. So habe ich mir den Moment, in dem ich meinem besten Freund endlich die Wahrheit sage, nicht vorgestellt.

»Worum geht es dann?«, fragt er.[*]

Die Worte kommen nicht raus.

Er steuert auf die andere Seite des Raums zu. Mit hängenden Schultern und hektisch an seinen Haaren herumfummelnd, wie immer, wenn er angepisst ist.

Mach schon, Lana, denke ich. *Entscheide dich für irgendwas. Egal für was.*

---

[*] Die Wahrheit: Ich glaube, du *siehst* mich nicht.

Grace schickt noch eine Nachricht. Mir leuchtet dieselbe Frage wie vorhin entgegen.

Hast du's getan?

Ich gebe meinen Plan auf, die Wette mit einem Liebesroman zu gewinnen ... aber vielleicht ist eine gute Liebesgeschichte die einzige Möglichkeit, es ihm zu sagen. Ich gehe im Kopf alle Optionen durch, als würde ich einen dieser altmodischen Karteikästen durchblättern, in denen früher sämtliche Buchtitel archiviert waren und die hier bestimmt noch irgendwo lagern.

Der Strahl einer Taschenlampe wandert durch den Saal. Gefolgt vom Geräusch klirrender Schlüssel und schwer besohlter Schuhe.

Wir erstarren zu Salzsäulen.

»Ist da jemand?«, ruft eine Stimme. Der Wachmann von vorhin.

Ich halte die Luft an. Tristán gibt keinen Mucks von sich.

Wir warten, bis die Schritte verhallt sind. Ich schaue noch einmal zu dem Tisch mit den liegen gelassenen Büchern. Einer Eingebung folgend laufe ich zurück, suche den Stapel durch und finde *Beale Street Blues* von James Baldwin. Das Buch, das Dad eine der großen Schwarzen Liebesgeschichten nennt. Die bittersüße Erzählung von Fonny und Tish, Sandkastenfreunde, aus denen ein Liebespaar wird. Aber ihre Pläne, sich ein gemeinsames Leben aufzubauen, scheitern, als Fonny festgenommen und für ein Verbrechen angeklagt wird, das er nicht begangen hat.

Mein Herz zieht sich zusammen.

»Ich hab es«, rufe ich Tristán zu.

»Wurde auch langsam Zeit, Elefantita. Unser Ryde-Taxi ist in elf Minuten hier.«

Ich halte den Atem an, bis er sich umdreht und mich entdeckt. Winzige Strahlenkränze aus Mondlicht tanzen über Tische und den Boden. Es fühlt sich alles so bizarr an. Die Stadt, die so dunkel ist, so aus der Zeit gefallen wirkt. In den ersten paar Stunden kam es einem so vor, als wäre eine Decke über ihr ausgebreitet und um sie herum festgesteckt worden. Alles gedämpft und verlangsamt. Als hätte die Stadt eine neue Geschichte für sich selbst geschrieben. Als würde der Stift ausnahmsweise einmal für einen Moment abgesetzt werden, um nachzudenken.

Wir setzen uns in eine vom Eingang nicht einsehbare Ecke, die im Dunkeln liegt.

»Du zuerst«, sagt er. Seine angespannte Stimme verrät, dass er immer noch sauer ist.

»Nein«, sage ich. »Du darfst anfangen.«

»Lass es uns einfach so wie immer machen.«

Ich sitze da und trommle mit den Fingern auf den Buchdeckel, versuche diese Wette zu gewinnen, von der ich das Gefühl habe, dass sie die wichtigste von allen ist.

Tristán drückt seinen Rucksack an sich und wartet. »Vorhin hattest du noch so viel zu sagen und jetzt plötzlich nichts mehr.«

Ich hole tief Luft und gebe ihm das Buch. Er schaut sich das Cover an und dreht es dann um. »Papa hat mich darauf gebracht, es zu lesen«, sage ich leise.

»Aber ist die Geschichte nicht total traurig? Er kommt in den Knast oder so was, und sie müssen superlange warten, bis sie wieder zusammen sein können?« Tristán zieht verwirrt eine Braue hoch.

»Genau«, sage ich. »Ihre Geschichte ist so tragisch und gleichzeitig wunderschön. Die beiden werden getrennt, aber sie liebt ihn so sehr, dass sie weiter zu ihm steht. Ihn mit ihrer Liebe durch alles hindurchträgt.« Meine Stimme klingt zittrig. Meine Augen füllen sich mit Tränen. Ich rutsche ein Stück nach hinten und lehne mich in die Schatten, die uns umgeben, damit er es nicht sieht. Nehme mein Scrapbook, das ich neben mich gelegt hatte, und presse es an mich.

Er blättert an den Anfang des Buchs und liest den ersten Absatz laut, dann gibt er es mir, und ich lese den zweiten. Mein motorisches Langzeitgedächtnis, in dem abgespeichert ist, wie wir früher mit ineinander verkeilten braunen Beinen in meiner Fensternische saßen, aktiviert sich. Am Ende eines Satzes – *Ich kenne ihn schon mein ganzes Leben und werde ihn hoffentlich immer kennen* – halte ich inne und schaue ihn an.* Ich setze dazu an, es ihm zu sagen, aber die Worte bleiben mir im Hals stecken.

»Stimmt, es ist wirklich schön«, gibt er zu. »Jetzt kann ich mich auch wieder an die ganze Geschichte erinnern.« Er zieht den Reißverschluss seines Rucksacks auf. »Okay, bereit für dieses Meisterwerk hier ... für seine Genialität ... für das beste Buch bis in alle Ewigkeiten?«

»Ja, Tristán.« Ich schlucke den Kloß in meiner Kehle runter.

»Mach die Augen zu.«

»Was? Warum?«

»Mach's einfach. Komm schon.« Er streicht mir mit seiner großen warmen Hand über die Augen, damit ich sie

---

* Die Wahrheit: Hofft er auch, dass er mich immer kennen wird?

schließe. »Das braucht es für die richtige Stimmung. Ich werde es dir vorlesen. Seine Großartigkeit muss auf diese Weise erfahren werden.«

»Komm schon, Tristán. Du tust grade so, als ob du mit einer Stimme wie der von James Earl Jones oder Barry White gesegnet wärst.«

Er räuspert sich. »Wenn ich erst mal berühmt bin, wirst du diese Worte zurücknehmen müssen. Mein Podcast wird der meistgehörte auf der ganzen Welt sein. Du wirst schon sehen.«

»Wenn du das sagst.« Ich höre, wie er das Buch aufschlägt.

»*Jack. Jack. Jetzt kommt Jack.*«

Ich öffne ruckartig die Augen. »Im Ernst?«

Er grinst. »*Jetzt-kommt-Jack! Jetzt-kommt-Jack! Ich hasse dieses Jetzt-kommt-Jack. // Magst du grünes Ei mit Speck?*« Das orange-grüne Cover des Dr.-Seuss-Buchs verdeckt sein Gesicht.

Ich drücke es nach unten. »Was soll das?«

»Wie, was soll das? Für mich ist das das perfekte Buch.«

Ich spüre förmlich, wie mein Blick finster wird. »Aber warum?«

»Es ist witzig. Die Farben sind super. Die Worte sind einprägsam.« Er sticht mit einem Finger in die Luft. »Die Reime bleiben einem für immer im Kopf. Das ist der Test, den ein gutes Buch bestehen muss.«

»Tristán.«

»Was?«

»Echt jetzt?«

Er presst sich eine Hand auf die Brust. »*Echt!*«

»Die Bücher von Dr. Seuss sind rassistisch.« Ich verdrehe

die Augen. »Die Art, wie er People of Color und asiatisch-stämmige Menschen darstellt, ist richtig übel. Er hat versucht, es besser zu machen, aber ...«

»Fuck. Das wusste ich nicht«, sagt er ernst. »Und jetzt ist es zu spät, um noch ein anderes auszusuchen.« Er hält mir das Display seines Handys hin, auf dem die Ryde-App eine Grafik anzeigt, in der sich ein winziges Auto durch den Verkehr schlängelt, um uns abzuholen. »Tja, das heißt wohl, dass du gewonnen hast.«

»Du lässt mich einfach so gewinnen? So was machen wir sonst nicht.«

»Würde mir *nie* im Traum einfallen, aber ... gut ... du hast gewonnen.« Tristán hält *Beale Street Blues* hoch.

»Ohne Scheiß?«

»Yep. *Beale Street* ist eindeutig besser. Also, was möchtest du? Wie hoch ist die Siegesprämie? Was bin ich dir schuldig?«

»Du machst dich lustig.« Ich seufze tief.

»*Nein.* Komm schon. Was willst du?«

Ich versuche, nicht auf meiner Unterlippe herumzukauen, als ich den Mut zusammenkratze, es auszusprechen. Meine Wangen fangen unter seinem intensiven Blick an zu brennen. Ich drehe nicht den Kopf, um ihn anzusehen. Ich starre auf die Bücher, die in dem Regalfach hinter ihm stehen.

»Okay, es ist bestimmt irgendwas total Schräges, das mich mein letztes Hemd kosten wird.* Ich weiß es genau.

---

* Die Wahrheit: Manchen Mädchen ist es wichtig, dass er Geld für sie ausgibt. Sie sehen es als Beweis dafür, dass er ihnen *gehört*, dass er sie liebt. Aber er würde mir seinen letzten Dollar geben und ich würde das Geld trotzdem nicht wollen.

Das Ding ist nur, dass ich noch auf Kohle warte. Das Geld für die Nachhilfe bekomme ich erst am Donnerstag und ich muss noch die Miete für das Aufnahmestudio bezahlen …«

»Ich will nichts, das Geld kostet.« Ich flüstere fast.

»Was?« Er boxt mich in den Arm.

»Aua!« Ich reibe mir über die Stelle und werfe ihm einen bösen Blick zu.

»Was willst du?« Er zwingt mich, ihn anzuschauen.

Mein Körper ist zum Zerreißen angespannt. »Ich will eine Frage stellen.«

»Du verarschst mich.«

»Tu ich nicht.«

Er verengt die Augen. »Sorry, aber du hast gerade gewonnen … du hast mich haushoch geschlagen.« Eine seiner Locken fällt ihm ins Gesicht, und ich frage mich, wie lang sie wohl sind, wenn ich zurück bin, oder ob er sie sich abschneiden lässt und ein anderer Mensch ist, wenn ich aus Paris wiederkomme. »Jetzt gewinnst du einmal und willst nur eine Frage stellen.«

»Ja, genau.« Mein Herz hämmert gegen meine Rippen.

»Du bist komisch.«

»Bin ich nicht.« Mein Puls rast.

»Dann spuck's endlich aus. Unser Taxi ist gleich da und Twig bombardiert mich immer noch mit Nachrichten.«

»Schon gut, vergiss es.« Ich hab das Gefühl, mich übergeben zu müssen. Das war keine gute Idee.

Er legt mir eine Hand auf meine nackte Schulter.* »Was ist los?«

---

* Die Wahrheit: Jetzt fühlt sich alles anders an. Sogar die Berührung deiner vertrauten Hände.

Meine Augen brennen. Ich schüttle den Kopf und schiebe das Angstknäuel weg, versuche Platz für meine Gefühle zu machen. »Könntest du ...«

Sein Handy plingt ohne Pause. Mein Blick zuckt zu der Flut von Nachrichten. Er runzelt die Stirn. »Könnte ich was?«

»Könntest du mich jemals so lieben, wie du sie liebst?«

Er legt verwirrt den Kopf schräg. »Wer ist *sie*?«

Ich drücke mein Scrapbook an mich. »Die ganzen Mädchen, mit denen du immer redest.«

»Du bist meine beste Freundin«, sagt er.

»Ich weiß, du magst ... liebst mich. Aber ... so wie ...?«

Seine Augen weiten sich – der Ausdruck darin ist eine Mischung aus Verblüffung und ich weiß nicht was ... »Oh«, ist alles, was er rausbringt.

»Egal. Vergiss, was ich gesagt hab.«

»So was kann man nicht einfach so wieder vergessen, Lana.«

»Alles cool ... wirklich.« Ich drehe mich von ihm weg.

Er greift nach meiner Hand. »Lana ...«

Seine Stimme klingt ernst. Keine Spur mehr von einem Lachen darin.

»Ich hab keine Lust mehr auf dieses Spiel.« Ich kämpfe die Tränen zurück und will nur noch von hier weg.

Er zieht mich näher. »Du kannst nicht so was raushauen und dich dann aus dem Staub machen.«

»Du hast keine solchen Gefühle für mich ... das ist okay. Lass mich gehen. Vergiss alles, was ich gesagt habe. Ich muss sowieso nach Hause und packen. Wir sehen uns, wenn ich wieder da bin ...«

»Warum küsst du mich dann nicht?«, fragt er.

Die Frage entzündet ein Funken sprühendes Feuerwerk zwischen uns.

»Was?« Ich versuche, in seinem Blick zu lesen, ob er es ernst meint oder einfach nur nett sein will. Als ich mich wieder umdrehe und aufstehen will, zieht er mich zurück.

»Warte … Sag, was du zu sagen hast.«

»Ich hab Angst.« Meine Stimme bricht.

»Vor was?«

»Vor allem«, flüstere ich.

Er nimmt mir das Scrapbook aus der Hand.

»Nicht …« Aber ich hindere ihn nicht daran, das Gummiband abzuziehen, hindere die Seiten nicht daran, sich aufzublättern, ihren Inhalt … *mich* preiszugeben. Die Seiten sind voll mit uns und all den Sachen, die wir diesen Sommer gemacht haben. Kinokarten, Flyer von Takeaways, Fotoautomaten-Streifen, Listen mit Dingen, die wir vor meiner Abreise noch unbedingt tun wollten, Transkripte von seinem Podcast.[*]

Er öffnet mehrmals den Mund und schließt ihn wieder. Tristán Restrepo, der nie um Worte verlegen ist, der Tausende von Zuhörern hat, der seine Gefühle immer offen zeigt, hat es die Sprache verschlagen. »Das ist total schön, Lana«, sagt er schließlich, hebt den Kopf und sieht mich an. Seine braunen Augen schimmern.

Ich schaffe es nicht, seinem Blick standzuhalten.

»Du erinnerst dich an alles.« Seine Handfläche findet meine Wange. »Elefantita.«

---

[*] Die Wahrheit: Alles, was wir zusammen machen, ist eine Erinnerung, die ich nie vergessen will. Jeder Witz, jede Berührung, jede Erfahrung. Meine Notizbücher quellen über. Können all das nicht fassen, was er ist … was ich bin … was wir zusammen sind.

Mein Magen zieht sich zusammen.

»Ich fand es immer schon genial, wie dein Gehirn funktioniert. Weißt du noch, wie wir in der Fünften Schneekugeln gemacht haben?«

Ich nicke und habe Angst, dass ich mich übergeben muss, wenn ich zu sprechen anfange. So kann man jemandem nicht sagen, dass man ihn liebt.

Er betrachtet lächelnd unsere Fotos. Der Schwung seiner Lippen im Mondlicht ist wunderschön.

Ich hole tief Luft und straffe die Schultern. Tu's endlich. Bring es hinter dich. Du kannst nicht nach Paris, ohne es ihm zu sagen. »Könntest du mich *so* lieben? Oder mich *auf diese Art* mögen?«

Sein Handy verkündet die kurz bevorstehende Ankunft unseres Ryde-Taxis.

Das alles läuft nicht so, wie ich es geplant habe. Nicht so, wie ich es in meinem Scrapbook dokumentieren und festhalten wollte. Nicht so, wie ich es mit Grace besprochen habe. Ich wollte auf diesen Abend zurückschauen und mich daran erinnern können, wie mutig ich gewesen bin, wie fest und selbstbewusst meine Stimme geklungen hat, wie ich mehr wie er und weniger wie ich gewesen bin, als ich meine Gedanken und Gefühle zum Ausdruck gebracht habe.

»Hey, ihr zwei!« Der Wachmann steht in der Tür und blendet uns mit seiner Taschenlampe. »Sofort raus hier.«

Er führt uns zum Personalausgang. Seine Flüche hallen uns in der Dunkelheit hinterher, aber ich kann ihn über das Dröhnen meines Herzschlags nicht verstehen.

Wir stolpern auf die Straße. Sie ist dunkel und bedrohlich. Ich taste nach Tristáns Hand und er tastet nach meiner.

Erinnerungen durchfluten mich.

Wie wir uns mit sieben auf dem U-Bahnsteig an den Händen hielten, wenn unsere Eltern uns zur Schule gebracht haben.

Wie wir mit neun Seite an Seite zum Krankenhaus gelaufen sind, um Mami zu besuchen, nachdem sie ihre Diagnose bekommen hatte.

Wie wir mit zwölf vor dem Spiegel standen und er mir beigebracht hat, wie man im Spanischen das R rollt, damit ich die mündliche Prüfung nicht vermassle.

Wie wir mit fünfzehn die ganze Nacht aufgeblieben sind und ich ihm *Stolz und Vorurteil* vorgelesen habe, damit er ein ordentliches Englisch-Referat schreibt.

Wie wir mit siebzehn Schulter an Schulter am Grab seiner Mutter standen und zusahen, wie ihr Sarg in die Erde gelassen wurde.

Der Ryde-Fahrer ruft Tristán an, und er dirigiert ihn zu der Ecke, an der wir stehen. »Bereit?«, fragt er mich.

»Nein.« Ich beiße mir auf die Unterlippe, damit sie nicht zittert. Kämpfe wieder die Tränen zurück, die in mir aufsteigen.

So habe ich ihm nicht sagen wollen, dass ich ihn schon seit immer liebe. So habe ich Grace nicht versprochen, es zu sagen.

Er lässt den Blick über mein Gesicht wandern. »Ausgerechnet du mit deinem Elefantenhirn kannst nicht zwei und zwei zusammenzählen und weißt nicht, wie sehr ich dich liebe? Dass von Anfang an du die eine warst?«

»Was?« Mir rinnt eine Träne über die Wange. »Ich hab nie ...«

Bevor ich den Satz zu Ende sprechen kann, liegen seine Hände auf meinem Rücken und seine Unterlippe streift über meinen Hals, mein Ohr, über meine Wange, und dann küsst er mich. Seine Berührung löst alle Ängste auf. Seine Zunge beantwortet alle Fragen. Seine Wärme ist heißer als eine Hitzewelle während eines Blackouts.

Er flüstert: »Ich hab dich immer geliebt, aber ich hätte nie gedacht, dass in dir ein Platz dafür ist, mich zurückzulieben«, und dann küsst er mich wieder.

Wir halten inne, um Luft zu holen.

Ich muss lächeln. »Wirst du dich an das hier erinnern?«

»Für immer.«*

---

* Das ist genügend Stoff für eine richtig gute Geschichte.

DER LANGE WEG
TIFFANY D. JACKSON

Vierter Akt

Washington Square Park, 20:38 Uhr

Wir gehen schweigend die Fifth Avenue entlang, Kareem hat sein Tempo jetzt so gedrosselt, dass ich nicht mehr neben ihm herrennen muss, um mitzukommen. Die Straßen sind voll mit Menschen, alle scheinen in dieselbe Richtung zu wollen. Es fühlt sich vertraut und zugleich ungewohnt an, mit ihm unterwegs zu sein – oder mit dieser neuen Version von ihm. Einem Kareem, der über seine Gefühle für seinen Dad spricht und trotzdem nicht vergessen hat, mit welchen Toppings ich mein Eis am liebsten esse. Ich würde ihm so gern von den Filmen und Serien erzählen, die ich in den letzten vier Monaten entdeckt habe. Aber es ist nicht so, als würden wir uns nach einem langen Urlaub wiedersehen. Wir sind nicht mehr zusammen. Darf ich mich überhaupt so locker mit ihm unterhalten, als wäre nichts gewesen? Können wir jemals wieder Freunde werden? Will ich das überhaupt?

Von Midtown gehen wir über den Union Square Richtung East Village und nähern uns Downtown und ... der Brücke.

»Was meinst du, wie lange der Strom noch weg ist?«, frage ich ihn. Bestimmt kann er das Zittern in meiner Stimme hören, aber das ist mir egal. »Ich meine, das kann doch nicht die ganze Nacht dauern, oder?«

Kareem zuckt nur mit den Schultern, ist in Gedanken wohl ganz woanders. »Vielleicht doch.«

Ich würde ihn gern fragen, was ihn so beschäftigt, aber das geht mich nichts mehr an. Denke ich jedenfalls.

»Kareem, ich ...«

Mein Handy summt. Ich ziehe es aus der Tasche und schaue aufs Display. Unbekannte Nummer. Kareem beugt sich zu mir und grinst. »Oh Shit, das ist Twig.« Er nimmt es mir aus der Hand und stellt auf Lautsprecher. »Hey. Was geht ab?«

»Yo, Brotha! Wo steckst du?«

»Immer noch in Manhattan, aber wir kommen voran«, sagt er und schaut auf die Uhr. »Alles gut bei dir?«

»Eher alles schlecht. Ich versuch hier die Party des Sommers zu stemmen und nichts klappt. Schwing deinen Arsch her und zwar schnellstens. Peace!«

Klick.

Ich lache. »Der redet nicht so viel, oder?«

»Tja, so ist Twig«, sagt Kareem und dreht dann den Kopf. »Hey, hörst du das?«

Musik. Ein tiefer Bass aus der Nähe.

Er grinst mich an und wippt im Takt. »Das kommt aus dem Park. Lass uns das schnell auschecken, ja?«

Ich widerspreche nicht. Ich muss zwar immer noch aufs Klo, aber je mehr Stopps wir einlegen, desto größer ist die

Chance, dass der Strom wieder da ist, bevor ... es zu spät ist.

Wir gehen durch den riesigen Torbogen aus Marmor, der abends normalerweise immer hell angestrahlt wird. Ich finde, er sieht aus wie dieser berühmte Triumphbogen in Paris, den ich von einem Foto in unserem Geschichtsbuch kenne. Der Weg führt zu dem großen runden Wasserbecken mit Fontäne, das in der Mitte des Washington Square Park steht. Drumherum sind Bänke und breite Rasenflächen.

Hier treffen sich hauptsächlich Studenten der New York University und Leute, die im East Village wohnen. Auch heute Abend ist er trotz des Blackouts total voll. Bands geben kleine Open-Air-Konzerte, Schachspieler sitzen sich gegenüber, Kids kurven auf ihren Skateboards über die Wege.

»Boah, schau mal! Wie kann man nur in der Drecksbrühe baden?« Ich zeige angewidert auf eine weiße Frau, die bis zum Hals in dem großen Brunnen hockt.

Kareem lacht. »Na ja, bei der Hitze kann man's irgendwie verstehen, oder?« Er sieht mich an. »Das ist eben New York. Du wolltest doch immer hier an der NYU studieren.«

Ich wische meine feuchten Handflächen an meinem Kleid ab. »Äh ... ja, schon.«

Aber das war damals, als ich noch in der Stadt bleiben wollte.

Als ich noch in Kareems Nähe bleiben wollte.

Als mein Leben und die Dinge, die ich wollte, alle noch mit ihm verknüpft waren.

Wir entdecken den Ursprung der Musik, die wir gehört

haben. Ein Bluetooth-Lautsprecher, aus dem Bob Marleys »Is This Love« schallt. Drumherum eine Gruppe tanzender, mitgrölender Hipster.

»Ahhhh, okay! Hab ich's doch gleich richtig erkannt. Das ist Musik aus deiner Heimat!«

Ich verdrehe die Augen. »War ja klar, dass es Weiße sind, die mit Dreads rumlaufen, Gras rauchen und Bob Marley hören.«

»*Come on, Baby*«, sagt Kareem mit gefaktem jamaikanischen Akzent, wiegt sich in den Hüften und winkt mich mit beiden Händen zu sich. »*You trying to bust a whine?*«

»Hör auf damit.« Ich lache.

Er greift nach meiner Hand und wirbelt mich herum. »Komm schon.«

Ich lasse zu, dass er mich an sich zieht, und obwohl der Song nicht wirklich langsam ist, bewegen wir uns fast träge in unserem eigenen Rhythmus. Meine Arme finden instinktiv ihren Weg zu seinen Schultern. Sein Nacken ist verschwitzt und heiß, er schlingt die Arme um meine Taille … mein Hals brennt, alles dreht sich um uns, und ich starre auf seine Füße, denn wenn ich in seine Augen schaue, werde ich ihn küssen. Seine Lippen streichen über meine Stirn und ein Schauer durchrieselt mich.

Scheiße, was mache ich hier!

Ich schiebe ihn weg.

»Alles okay?«, fragt Kareem, der immer noch mit ausgebreiteten Armen dasteht, verwirrt.

»Ja, ja. Alles okay«, sage ich mit rauer Stimme und sehe mich nach irgendetwas um, das mich ablenken könnte. Von der anderen Seite des Brunnens dringen Hip-Hop-Beats zu uns rüber.

Wir gehen auf die Gruppe zu, die einen kleinen Kreis um ein paar Breakdancer gebildet hat. Die Umstehenden wippen mit den Köpfen. Kareem wippt mit.

»Hey, von wem ist der Beat?«, fragte er einen Typen, der in der Nähe des Lautsprechers steht. »Der ist krass gut.«

Während sich die beiden über irgendwas unterhalten, stoßen immer mehr Leute dazu, und ich merke, dass ich Schwierigkeiten habe, Luft zu kriegen. Ich zupfe an Kareems Shirt. Zu viele Menschen. Viel zu viele Menschen.

»Äh, können wir gehen?«

»Sofort.« Kareem dreht sich zu mir um und streckt die Hand aus. »Krieg ich schnell noch mal dein Handy?«

Ich gebe es ihm. Er tippt darauf herum und steckt dann das Kabel des Lautsprechers ein.

»Okay. Dann lasst mal sehen, was ihr davon haltet.«

Kareem spielt einen neuen Track. Der Beat ist lässig und entspannt, ein Rhythmus, auf den jeder rappen könnte, der aber gleichzeitig auch absolut tanzbar ist. Alle aus der Gruppe gehen total darauf ab.

Als der Typ an der Box nach ein paar Minuten wieder übernimmt, bedankt sich Kareem bei ihm. »Du hast ja jetzt meine Nummer. Ihr könnt euch gern jederzeit bei mir melden.«

Als wir Richtung Ausgang gehen, grinst er übers ganze Gesicht.

»Der Beat eben war der Hammer, Kareem«, sage ich. »Hast du den auf deinem Handy gemacht?«

Er strahlt. »Ja. Ich glaub, dass die das auch ganz gut fanden. Vielleicht buchen sie mich ja mal für eine Party.«

»Ich hab gar nicht gewusst, dass du das so richtig professionell machen willst.«

»Was? Versteh ich nicht. Davon rede ich doch schon seit Jahren.«

»Mir war nicht klar, dass du es so ernst meinst.«

Jetzt lächelt er nicht mehr. »Tja, ist aber so. Mein Dad hat mich sogar dazu überredet, statt BWL lieber Audiodesign zu studieren. Ich will Toningenieur werden.«

Jetzt verstehe ich, warum er sich für die Stelle beim Apollo Theater bewerben konnte. Das erklärt auch, warum er immer so scharf darauf war, auf die ganzen Partys zu gehen. Und es stimmt ja auch, dass er wirklich immer der totale Musiknerd war.

Kareem nickt in Richtung der NYU Library vor uns. »Was hat dich eigentlich dazu gebracht, nach Atlanta zu gehen statt an der NYU zu studieren?«

Ich sehe nachdenklich zu dem Turm auf. »Na ja ... warum soll ich so viel Geld dafür ausgeben, um an eine Uni zu gehen, die nur ein paar Blocks von zu Hause entfernt liegt?«, lüge ich. »Wie lahm wäre das denn!«

»Tja.« Er seufzt. »Blöderweise ist jedes Studium teuer, selbst wenn es ein kleines College hier in der Nähe ist. Deswegen brauch ich den Job im Apollo, verstehst du? Und so viele DJ-Gigs, wie ich bekommen kann.«

Ein College hier in der Nähe? Dann will er wahrscheinlich wie Imani aufs St. John's. Sie hat in der Schule die ganze Zeit damit rumgeprahlt, dass sie dort ein Vollstipendium bekommen hat. Na klar! Er will den Job, damit er mit ihr zusammen studieren kann ... statt mit mir. Er war nur deswegen so nett und flirty, weil er gehofft hat, dass ich dann ihm zuliebe auf die Stelle verzichte.

Genau wie meine Cousinen gesagt haben. »*Wenn einer so hübsch ist, dann kann man ihm nicht trauen.*«

»Warum sind wir überhaupt hier langgegangen?« fahre ich ihn an. »Wir hätten auch auf dem Broadway bleiben können.«

Er zuckt mit den Schultern. »Na ja. Ich dachte, der kleine Abstecher würde deine Meinung vielleicht ändern. Dass du es dann nicht so eilig hättest, wegzulaufen.«

Ich zwinge mich zu einem Lachen. »Ha! Ich laufe nicht weg.«

Er spitzt die Lippen. »Du denkst, ich kenne dich nicht, aber ich kenne dich, Tammi. Du willst doch nur wegen der Sache mit uns so schnell von hier abhauen.«

Da könnte er auf der richtigen Spur sein.

Ein Kloß steigt in meiner Kehle auf, meine Haut prickelt. Das war ein Schuss ins Schwarze, den ich nicht erwartet hatte.

»Das stimmt nicht. Die Clark Atlanta stand die ganze Zeit auf unserer Liste. Ich hatte sogar eine Bewerbung für dich ausgefüllt!«

Er lacht. »Eine Frage, Tammi: Hast du jemals darüber nachgedacht, womit ich die Studiengebühren an den Unis, die du für uns ausgesucht hast, hätte zahlen sollen? Du hast Eltern, die einen Kredit für dich aufnehmen können, aber was ist mit mir? Du weißt doch genau, dass meine Eltern mir nichts dazugeben können.«

Ich öffne den Mund, um mich zu verteidigen, aber er hat recht. Ich habe kein einziges Mal darüber nachgedacht, wie wir es finanziell hinkriegen könnten, zusammen zu studieren. Ich war nur darauf fixiert, angenommen zu werden.

Kareem schüttelt den Kopf. »Du wolltest an die NYU. Das war dein Traum. Mir war die ganze Zeit klar, dass ich mir die NYU nicht leisten kann. Aber ich hab gedacht, dass wir wenigstens beide hier in New York bleiben ... zusammen.«

»Tja, Dinge ändern sich!«, antworte ich. »Wie man sieht.«

»Es muss sich aber nicht alles ändern«, sagt er.

Ich hebe beide Hände. »Was soll das, Kareem? Warum hast du nach Monaten des Schweigens auf einmal so viel zu sagen? Du hättest die ganze Zeit mit mir reden können. Warum jetzt?«

Er geht einen Schritt auf mich zu und greift nach meinen Händen. »Du kennst mich doch«, sagt er. »Ich bin nicht gut mit Worten. Das war dein Ding. Aber jetzt rede ich. Ist es zu spät?«

Er beugt sich zu mir herunter und drückt seine Stirn an meine. Ich halte den Atem an und höre meine innere Stimme sagen: *Er hat recht. Ich kenne ihn! Ich kenne ihn besser als mich selbst.*

»Ist es zu spät?«, fragt er noch mal. Seine Lippen gleiten ganz langsam immer näher zu meinen und die Welt dreht sich schneller.

»Kareem«, keuche ich, als das Handy in meiner Tasche summt und mich in die Realität zurückreißt.

»Oh, äh, das ist meine Mom.«

Kareem richtet sich auf, als ich das Handy auf laut stelle. »Hey, Kleines. Seid ihr okay? Ich hab Kareems Mom in der Leitung.«

»Hey, Tammi!«, sagt Mrs Murphy. »Wie geht's euch?«

»Gut«, antworten wir beide gleichzeitig.

»Ist alles okay?«, fragt Kareem.

»Kareem, hast du vergessen, dass G-Ma seit Mittwoch

in das Heim in der Upper West Side umgezogen ist, um bei ihrer Freundin Pearl zu sein?«

Kareem schlägt sich auf die Stirn. »Shit. Das hatte ich gar nicht mehr auf dem Schirm!«

»Auf der Upper West Side?«, sage ich. »Da sind wir gerade langgegangen!«

»Ihr müsst euch keine Sorgen machen«, sagt Mom. »Du kennst doch Nella, die Tochter von meiner Freundin? Sie ist gerade dort und besucht ihren Großvater. Sie hat gesagt, dass es Kareems Großmutter gut geht. Sie hilft sogar mit, die anderen zu beruhigen.«

Als ich auflege, schaut Kareem in die Richtung, aus der wir gerade gekommen sind.

»Sollen wir noch mal zurück?«, frage ich.

Er seufzt. »Nein, jetzt sind wir ja schon fast an der Brücke. Und dein Handy hat nur noch fünfunddreißig Prozent. Wir müssen nach Brooklyn.«

Ich nicke. »… okay.«

Die Musik aus dem Park wird leiser, als wir die West Fourth Street entlanggehen. Früher habe ich mir immer vorgestellt, wie wir später mal durch diese Gegend laufen würden, wenn wir beide an der NYU studieren, aber jetzt … Ich weiß nicht mehr, was ich will. Ich weiß nur, dass ich Kareem vermisst habe und dass ich tief in mir drin nicht möchte, dass dieser Tag jemals zu Ende geht.

Als wir gerade wieder auf den Broadway kommen, fährt ein roter Doppeldeckerbus vorbei und ich erhasche einen Blick auf den Fahrer.

»Hey!«, rufe ich und renne wie verrückt winkend hinter ihm her. Aber da ist er schon über die nächste Kreuzung und fährt Richtung Chinatown.

Kareem sprintet mir hinterher. »Yoooo! War das dein ...?«

»Ich glaub schon.« Ich lache ungläubig.

»Verdammt! Der hätte uns mitnehmen können! Na ja, zumindest bis zur Brücke.«

Der Tag heute ist einfach von Anfang bis Ende total verkorkst.

»Tja ... müssen wir wohl weiterlaufen«, seufze ich und fächle mir Luft zu. Wir gehen schweigend nebeneinanderher, als Kareem plötzlich anfängt, leise zu lachen. »Ach so, ich muss mich noch bei dir dafür bedanken, dass du mich am Times Square gerettet hast.« Er stößt mich grinsend mit der Schulter an. »Das mit dem Job hätte ich definitiv vergessen können, wenn ich mich mit dem Typen geprügelt hätte.«

Wir schauen uns kurz an und blinzeln nervös. Wie es aussieht, brauchen wir den Job beide dringender, als wir zugeben wollen. Dieser Blackout hat uns wieder zusammengebracht – wird die Stelle im Apollo uns noch mal auseinanderreißen?

NO SLEEP TILL BROOKLYN
ANGIE THOMAS

Sightseeing-Bus, Downtown New York City, 21:07 Uhr

Zuerst die Fakten:
Zwischen Jackson in Mississippi und New York City liegen gut tausendneunhundert Kilometer.

In Atlanta muss man umsteigen und wie irre durch den Flughafen hetzen, um seinen Anschlussflug nicht zu verpassen.

Der Flughafen von Atlanta ist so verflucht riesig, dass man gar nicht »wie irre« hindurchhetzen kann.

Der komplette Bundesstaat Mississippi hat 2,9 Millionen Einwohner.

New York City allein hat schon 8,3 Millionen Einwohner.

Trotzdem fühlt sich New York selbst während eines Stromausfalls noch nicht mal annähernd groß genug an, wenn man neben seinem Freund sitzt und nur vier Plätze von dem Jungen entfernt, den man heimlich gut findet.

Der Doppeldeckerbus schleicht eine belebte Straße in Manhattan entlang, vorbei an einem Park mit einem riesigen Torbogen aus Marmor. Laut unserem Busfahrer Mr Wright

ist es der Washington Square Park. Ohne diese Info würde
für mich die Straße hier wie jede andere in Manhattan aussehen – Wolkenkratzer, brechend volle Gehwege und sto-
ckender Verkehr.

Das Erste, was ich gedacht habe, als wir in New York
angekommen sind: Total voll und eng hier.

Mein zweiter Gedanke: Alle haben es eilig.

Daran hat noch nicht mal der Stromausfall was geändert. Unsere ganze Klasse saß auf dem Oberdeck dieses
Busses, als die Lichter ausgingen. Das heißt: zwölf angehende Elftklässler und eine frisch gebackene Lehrerin aus
Mississippi auf Klassenfahrt. Ich korrigiere: zwölf *Schwarze*
angehende Elftklässler einer »innerstädtischen Schule«
(sagt man eigentlich auch »außerstädtisch«?) und ihre
Mitte zwanzigjährige weiße Lehrerin auf Klassenfahrt,
während der Big Apple von einem Stromausfall heimge-
sucht wird.

Fakt ist: Kein New Yorker sagt »Big Apple«, genau wie
niemand, der aus Atlanta kommt, »Hotlanta« sagt. Aber
bei uns zu Hause sagen einige »Da Sip«, wenn sie von Mississippi reden.

Als der Strom ausging, sind wir erst mal alle kurz panisch geworden. Wir haben sofort im Netz nachgeschaut
und gelesen, dass die ganze Stadt von einem Blackout be-
troffen ist. Schon Sekunden später liefen unsere Handys
heiß, weil zu Hause alle wissen wollten, ob wir okay sind.
»Siehst du?«, sagte mein Daddy, ein Schwarzer Südstaatler
durch und durch. »Dieses New York ist eine einzige Katastrophe. Hab dieser Stadt noch nie über den Weg getraut.
Wär's nach mir gegangen, hätten wir dich gar nicht erst
dort hinfliegen lassen.«

Daddys Beziehung zu New York ist *speziell*. Als er und Momma 2003 das erste Mal hier waren, um Daddys jüngeren Bruder Graham zu besuchen, hat es einen massiven Blackout gegeben. Schon verrückt irgendwie, dass ich hier jetzt auch in einem stecke. Bis heute erzählt Daddy allen, die es wissen wollen, wie er und Momma sich gerade die Brooklyn Bridge angeschaut haben, als es passiert ist, und den ganzen Weg zu ihrem Hotel in Manhattan zu Fuß zurücklaufen mussten. Momma ist damals auch noch mit mir schwanger gewesen. Sie hatte es erst eine Woche vorher rausgefunden. Jedenfalls behauptet Daddy, dass er von dem Marsch heute noch Hornhaut an den Füßen hätte.

»Das ist die letzte Stadt, in der man einen Stromausfall mitmachen will«, sagt er immer. »Gibt nicht viel, vor dem ich Angst hab, aber ich würde für kein Geld der Welt noch mal in New York sein wollen, wenn dort die Lichter ausgehen.«

Mir ist dieses New York im Dunkeln ehrlich gesagt auch nicht geheuer. Das Hellste weit und breit sind meilenweit leuchtende Autoscheinwerfer und Rücklichter. Die Fußgänger benutzen ihre Handytaschenlampen, um sich den Weg zu leuchten. Das ist für mich irgendwie das Seltsamste an der ganzen Sache – dass alles einfach weitergeht. Bei uns zu Hause ist ein Stromausfall die perfekte Ausrede, draußen zu sitzen und keinen Finger zu rühren, erst recht während einer Hitzewelle wie im Moment. Hier dagegen lassen sich alle irgendwas einfallen, um die Dinge am Laufen zu halten, und behalten die Nerven.

Was man von Mrs Tucker nicht behaupten kann. Die arme Frau ist komplett am Anschlag. Gerade geht sie zum fünfzigmillionsten Mal die Anwesenheitsliste durch, als ob jemand von uns irgendwie aus diesem Bus ausgebüxt sein könnte.

»Rashad?«, ruft sie.

»Yep«, ruft er aus der ersten Reihe zurück.

»Jazmyn.«

»Hier«, sagt meine beste Freundin, die hinter mir sitzt.

»Kayla?«

»Hier«, sage ich.

»Tre'Shawn?«

»Hier«, sagt mein Freund neben mir. Er sieht mich kurz grinsend an. Wahrscheinlich denkt er, *Nicht mehr lange und sie flippt wieder aus.* Jedes Mal, wenn es so weit ist und Mrs Tucker sich wie eine »Karen« aufführt, wird ein weiteres Feld in dem Karen-Bingo ausgefüllt, das wir im Gruppenchat unserer Klasse spielen. Nehmen wir zum Beispiel gestern Morgen. Da hat sie, als wir nach unserer Landung am LaGuardia Airport in den Shuttle-Bus zum Hotel gestiegen sind, unseren Latino-Fahrer gefragt, wo er herkommt.

»Jersey«, hat er geantwortet.

Darauf sie, als würde sie mit einem Kleinkind reden: »Nein, wo sind Sie *ursprünglich* her.« Sie kann von Glück sagen, dass der Mann sie nicht zusammengefaltet hat.

Zurück zu Tre'Shawn. Es macht mich echt fertig, dass er so süß aussieht, wenn er grinst. Dann sieht man seine Grübchen – die nicht viel brauchen, um sich zu zeigen –, und in seinen hellbraunen Augen ist dieses Funkeln, das mich zum Schmelzen bringt. Aber ich sollte sauer auf ihn sein, verdammt. Also verdrehe ich die Augen und schaue stur nach vorn.

»Kay, komm schon«, stöhnt er. »Regst du dich immer noch auf, dass ich …«

»Micah«, ruft Mrs Tucker lauter als nötig. Das ist ihre Art, Tre'Shawn zu sagen, dass er still sein soll, wenn sie die Anwesenheit prüft. Sie behandelt uns wirklich wie Vorschulkinder.

»Hier«, sagt Micah ein paar Sitzreihen vor uns mit entspanntem Lächeln. Er lässt sich noch nicht mal von einem Stromausfall aus der Ruhe bringen. Schwarze Jungs mit sehr dunkler Haut haben oft etwas Erhabenes an sich. Er hat eine ganze Sitzbank für sich allein und dreht, die langen Beine darauf ausgestreckt, der New Yorker Hektik den Rücken zu, als hätte er keinen Bock, wie der Rest von uns die Leute auf der Straße anzuglotzen. Aber ich glaube, er hat sich so hingesetzt, damit er mich sehen kann.

Vor ein paar Stunden hat er mir eine Nachricht geschickt. Sieben Worte, die alles komplett verändern könnten:

Kann ich mir Chancen bei dir ausrechnen?

Ich hab sie gelesen, aber nicht geantwortet.

Weil ich es nicht weiß.

Was mich zu einer beschissenen Freundin macht.

Die nicht auf Tre'Shawn sauer sein sollte.

Seine Freundin zu versetzen, weil man mit seinen Homies abhängen will, und sie deswegen anzulügen, ist nicht so schlimm, wie mit einem anderen Jungen zu reden.

Und mit ihm zu flirten.

Und vorsätzlich nach Möglichkeiten zu suchen, wie man mit ihm Zeit verbringen kann.

Zum Beispiel in den Hausaufgabenraum gehen, wenn man weiß, dass er gerade eine Freistunde hat.

Oder nur deswegen in der Schülerzeitung einen Artikel über das Leichtathletikteam schreiben, weil man weiß, dass man dann ein Interview mit ihm führen muss.

Und sich dann irgendwann von ihm nach der Schule nach Hause fahren lassen.

Und noch so lange in seinem Wagen sitzen bleiben und alles um sich herum vergessen, während man mit ihm redet und lacht, bis er sich irgendwann zu einem beugt und versucht, einen zu küssen ...

... und man kurz davor ist, es zuzulassen.

Aber dann macht man es doch nicht. Ich hab es nicht gemacht.

Ich bin nur *kurz* davor gewesen.

Was auch scheiße ist.

Mrs Tucker ist mit der Anwesenheitsüberprüfung mittlerweile durch – ja, alle sitzen noch exakt da, wo sie bei der letzten Kontrolle vor fünfundvierzig Minuten auch gesessen haben – und steuert auf die Treppe zu, die zum Unterdeck führt.

»Schön brav bleiben«, trällert sie. »Ich gehe schnell runter und frage den Fahrer, warum wir uns nicht vom Fleck rühren.«

Ähm, vielleicht weil die Ampeln nicht funktionieren und die Autos auch vorher schon Stoßstange an Stoßstange klebten? Unsere Gruppe ist die einzige, die noch in dem Rundfahrtbus hockt. Die ganzen anderen Touris haben schon vor einer Weile beschlossen, auszusteigen und zu Fuß weiterzugehen. Das würde Mrs Tucker nicht mal im Traum einfallen.

Sie verschwindet die Stufen hinunter, und kaum ist sie weg, brechen wir alle in Lachen aus.

»Okay, fünf Dollar, dass sie dem Fahrer sagt, dass sie mit seinem Vorgesetzten reden will«, sagt Rashad.

»Hat diese *Karen* wahrscheinlich eh längst gemacht, du Pfeife«, sagt Jaysean – nicht zu verwechseln mit Tre'Shawn. An ihrem ersten Tag in der Schule hat Mrs Tucker gefragt, ob sie Zwillingsbrüder sind, obwohl sie sich gar nicht ähnlich sehen. Sie haben bloß ähnlich klingende Vornamen und denselben Nachnamen.

»Nein, Ma'am«, sagte Jaysean. »Aber unsere Vorfahren haben wahrscheinlich demselben Sklavenhalter gehört.«

Der Ausdruck auf ihrem Gesicht war unbezahlbar.

Aja beugt sich über das Geländer, das um das offene Oberdeck verläuft. »Wieso rennen die Leute den Restaurants immer noch die Türen ein? Checken die nicht, dass Stromausfall ist?«

»Mann, Aja«, sage ich. »Essen müssen sie ja trotzdem.« Ich muss zugeben, dass wir schon den ganzen Tag total tourimäßig unterwegs sind. Wir sagen ständig »die«, weil New Yorker – auch wenn wir alle Menschen sind – im Vergleich zu uns auch Aliens sein könnten. Es ist faszinierend, sie zu beobachten.

Nicht dass sie es mit uns nicht genauso machen würden. Zum Beispiel die Kellnerin heute Morgen beim Frühstück im Hotel.

Sie: »Wo seid ihr her?«

Wir: »Mississippi.«

Sie, als hätten wir »vom Mars« gesagt: »Oh mein Gott! Hör sich einer euren Akzent an!«

Ehrlich, mir war nicht klar, dass ich einen habe, bis ich in New York zum ersten Mal was gesagt hab. Jetzt ist mir klar, dass es für die Leute hier so klingen muss, als würden mir die Worte wie Ahornsirup über die Lippen tropfen. Die dagegen spucken ihre so schnell aus, als würden sie sich die Zunge verbrennen, wenn sie sie zu lange im Mund behalten. Da kommt man als Südstaatlerin kaum mit.

Mein Onkel Graham sagt, er hätte praktisch nicht geredet, als er frisch nach New York gezogen ist, weil er sich für seinen Akzent geschämt hat. Wenn er davon erzählt, sagt er immer, er wäre »so schnell aus Mississippi davongerannt wie eine von einem Lauffeuer verfolgte Florence Griffith-Joyner« und hätte nie zurückgeschaut. Er und sein Mann Jean Claude leben mit ihrer Tochter Lana und ihrem Sohn Langston in Brooklyn. Eigentlich hatte ich gehofft, sie auch mal besuchen zu können, aber ich glaube kaum, dass ich es schaffe, mich für ein paar Stunden aus den Fängen von Mrs Tucker zu befreien.

Wir zuckeln in Zeitlupe an diesem Park vorbei ... Washington Square Park oder wie er heißt. »Ich könnte jetzt eine Pizza vertragen«, sagt Jaysean und lehnt sich über das Busgeländer.

»Wer denkt an Pizza, wenn er die ganzen Bräute hier sieht«, sagt Rashad, beugt sich auch über das Geländer und schreit: »Ey, Sexy! Willst du mal auf meiner Flöte spielen?«

Uaahh! Er sondert ständig so ekelhafte Sprüche ab.

»Zeig mal ein bisschen Manieren, Mann!«, sagt Micah. »Tu so, als wärst du nicht zum ersten Mal woanders.«

»Du weißt doch, dass der Eierkopf noch nie woanders war«, sagt Tre'Shawn, und er und Micah lachen. Tre'Shawn weiß nicht, dass er mit Micah nicht nur dieses Lachen teilt, sondern irgendwie auch mich.

Er schaut mich mit einem jungenhaften Lächeln an. »Ich hab's zum Glück nicht nötig, anderen Frauen hinterherzuschreien. Ich hab alles, was ich brauche, direkt hier neben mir.«

Er beugt sich zu einem Kuss zu mir, und ich spüre, dass Micah zusieht.

Ich drehe den Kopf weg, aber nicht wegen Micah. Glaube ich.

Tre'Shawn seufzt. »Echt, Kayla. Kannst du's nicht langsam mal gut sein lassen? Das ist jetzt fast eine Woche her.«

»Du hast mich angelogen, Tre.«

»Yep! Hat er«, sagt Jazmyn hinter uns.

Tre'Shawn dreht ihr den Kopf zu. »Kümmer dich gefälligst um deinen eigenen Kram!«, knurrt er und sieht dann wieder mich an. »Ich hab dir gesagt, dass es mir leidtut. Und so eine große Sache war es jetzt auch wieder nicht.«

»Für dich anscheinend schon, sonst hättest du es nicht nötig gehabt, mich anzulügen«, gebe ich zurück. »Du hättest mir bloß sagen müssen, dass du mit deinen Jungs abhängen willst. Warum erzählst du stattdessen, du wärst krank, bloß um an dem Tag nicht mit mir zusammen zu sein?«

Allein wenn ich es ausspreche, schnürt sich mir die Kehle zu. Falls jetzt jemand denkt, dass ich eins von den Mädchen bin, die wie eine Klette an ihrem Freund hängen: Bin ich nicht. Und selbst wenn es so wäre, ist es einfach nicht cool, den anderen anzulügen.

Tre'Shawn sagt erst mal nichts. Der Bus nimmt ein bisschen Tempo auf und wechselt die Spur, was der Wagen neben uns mit wütendem Hupen quittiert. Das ist der Soundtrack von New York – wütendes Hupen. In den zwei Tagen hier habe ich so viele Hupkonzerte gehört wie in meinem ganzen Leben zu Hause nicht. Von unten weht die

Stimme von Mr Wright, unserem Fahrer, zu uns hoch, der in seinem starken jamaikanischen Akzent laut flucht. Ihn hat Mrs Tucker vorhin auch gefragt, wo er herkommt.

»Von der Erde«, hat er geantwortet. »Bin aber noch nicht sicher, ob ich bleibe.«

Im Gruppenchat unserer Klasse sind sich alle einig gewesen – er ist bis jetzt unser Lieblingsfahrer.

Einen Moment später seufzt Tre'Shawn. »Schätze, ich wollte einfach nicht, dass du sauer auf mich bist, Kayla. Du weißt, dass ich es nicht gut aushalte, wenn du enttäuscht bist. Und jetzt mal ganz ehrlich – diese Serie, die du bingen wolltest, hat sich megaschmalzig angehört.«

»Zu deiner Information: Ich suche nur gute Serien aus.«

»So wie du dir auch im Football nur gute Teams aussuchst?«, sagt er.

»Ähm, du als Falcons-Fan kannst es dir gar nicht leisten, andere Teams scheiße zu finden«, sage ich. »Ihr habt achtundzwanzig zu drei vorne gelegen und den Superbowl *trotzdem* gegen die Patriots verloren.«

Er verzieht das Gesicht. »Das wäre jetzt echt nicht nötig gewesen.«

»Du hast es nicht anders verdient, wenn du meine *Heiligen* mit Dreck bewirfst«, sage ich. »Was kann ich dafür, dass du wahrscheinlich der einzige Falcons-Fan in ganz Mississippi bist.«

Tre tut so, als müsste er husten. »Deine *Scheinheiligen*«, sagt er und hustet dann noch mal.

Ich schaue auf seine Hand. »Hübscher Superbowl-Ring, den du da anhast … ach nein, hast du ja gar nicht. Wie auch, wenn die Falcons noch nie einen Superbowl gewonnen haben.«

Tre reißt seine Hand weg und ich fange an zu prusten. Bei uns zu Hause ist Football eine Religion, und die New Orleans Saints sind so was wie unsere Schutzheiligen. Ich bin praktisch in den Teamfarben Schwarz, Gold, Weiß auf die Welt gekommen. Das Erste, was mein Daddy mir angezogen hat, war ein Saints-Trikot. (Das Zweite war ein T-Shirt der Jackson State University, weil die JSU auch zu unseren Heiligtümern gehört, dicht gefolgt von den Studentenverbindungen Delta Sigma Theta Sorority und Omega Psi Phi Fraternity.)

In unserer Familie wird sich jedes Spiel der Saints zusammen angeschaut – ich, Momma, Daddy, meine große Schwester Ciara und mein großer Bruder Junior –, und wann immer wir können, nehmen wir die dreistündige Fahrt zu unserem geliebten Superdome in New Orleans auf uns. Es ist ein Wunder, dass Tre'Shawn und ich schon so lange zusammen sind, obwohl er Fan der Atlanta Falcons ist. Die in meiner Familie nur *Die Failcons* genannt werden. Als die Saints einmal gegen die Falcons gespielt haben, haben Daddy und Junior Tre Hausverbot erteilt und ihn dazu verdonnert, sich das Spiel von der Veranda aus anzuschauen. Momma hat ihn trotzdem reingelassen, ihn aber ans andere Ende vom Wohnzimmer gesetzt. Zumindest ist sie zu einem Kompromiss bereit gewesen.

Tre legt mir eine Hand an die Wange. »Auch wenn deine Ansichten über Football eine Katastrophe sind – ich liebe dich«, sagt er. »Es hat Spaß gemacht, mit meinen Jungs abzuhängen, aber wenn es drauf ankommt, würde ich tausendmal lieber mit dir zusammen sein und mir diese schmalzige Serie anschauen.«

»Oder sogar ein Saints-Spiel?«

Tre runzelt die Stirn. »Schätze schon. Aber ich wäre auf jeden Fall für die gegnerische Mannschaft.«

»Du bist ein hoffnungsloser Fall.«

»Meinetwegen, Kay.« Er lacht. »Verzeihst du mir?«

Aus dem Augenwinkel sehe ich, wie Micah uns beobachtet. Die Tatsache, dass mir das nicht egal ist, gibt mir nicht das Recht, sauer auf Tre'Shawn zu sein.

»Okay. Ich verzeihe dir.«

Diesmal drehe ich den Kopf nicht weg, als er mich küsst. Es fühlt sich tröstlich und vertraut an. Ich könnte hundert Leute mit geschlossenen Augen küssen und problemlos Tre'Shawns Lippen von den restlichen unterscheiden. Mit ihm hatte ich alle meine ersten Male – erster Kuss in der vierten Klasse, erster fester Freund in der achten Klasse, erste große Liebe, erster Mensch, mit dem ich Sex hatte. Wir sind schon so lange ein Paar, dass die Leute in der Schule »Tre-N-Kay« sagen, wenn sie von uns reden. Alle erwarten, dass wir für immer zusammenbleiben. Wie stehe ich da, wenn ich ihre Erwartungen enttäusche?

Das bin ich. Kayla Simmons, die Erfüllerin aller Erwartungen der anderen. Davon abgesehen liebe ich Tre. Ich kann mir ehrlich vorstellen, den Rest meines Lebens mit ihm zu verbringen.

Aber manchmal ist da diese kleine Stimme in meinem Kopf, die sich fragt, ob das vielleicht auch daran liegen könnte, dass ich gar nichts anderes kenne, als mit ihm zusammen zu sein. So wie wenn man eine Lieblingsjeans hat. Ich weiß, das klingt komisch, aber wenn man erst mal die eine Jeans gefunden hat, die absolut zu allem passt, fällt es einem total schwer, sie herzugeben. Diese eine Jeans ist außerdem meistens so bequem wie eine Jogginghose und das perfekte Kleidungsstück für Frusttage, an denen nichts anderes richtig passt. Das ist Tre'Shawn für mich.

Moment mal – habe ich meinen Freund gerade echt mit einer Jeans verglichen?

Ich schiebe die Gedanken weg und konzentriere mich wieder darauf, Tre zu küssen. Er schmeckt so gut. Seine Lippen sind noch ein bisschen süßlich-klebrig von der Zuckerwatte, die wir uns vor der Busrundfahrt auf dem Times Square geteilt haben. Er lässt seine Hände unter mein T-Shirt gleiten und streicht mir mit den Fingerspitzen über den Rücken. Damit kriegt er mich fast immer. Es gefällt ihm, wie meine Haut dabei erschauert und eine Gänsehaut bekommt.

»Halt, aufhören! Nein, nein, nein!« Mrs Tucker rennt den Gang entlang auf uns zu und zieht mich von Tre'Shawn weg. Fast werfe ich ihr an den Kopf, mit welchem Recht sie mich bitte anfasst.

»Hier wird nicht rumgemacht!« Sie klingt mal wieder wie eine Karen, die jeden Moment die Nerven verliert. »Kayla, du setzt dich zu Jazmyn. Tre'Shawn, du gehst zu Micah.«

Oh Shit.

Nicht im Ernst.

New York City ist gerade noch enger geworden.

»Wir sind jetzt in SoHo«, sagt Mr Wright über die Lautsprecheranlage. »Hier knöpfen sie einem für ein Glas Wasser ein ganzes Monatsgehalt ab und nennen es *Delikatesse.*«

Alle lachen, sogar Mrs *Karen* Tucker. Wir haben es endlich am Washington Square Park vorbeigeschafft. Mr Wright hat uns den Weg freigemacht, indem er die anderen Verkehrsteilnehmer fluchend nach rechts und links vertrieben hat. Entweder ist Mrs Tucker ihm gegenüber zur »Karenator« – der ultimativen Karen – geworden oder er liebt seinen Job wirklich. Ich tippe auf Letzteres, weil ich mir nicht vorstellen kann, dass dieser Mann sich von jemandem wie ihr was sagen lässt.

Was ich so von hier oben von SoHo mitkriege, gefällt mir. In den Schaufenstern teurer Boutiquen hängen Kleider, die ich mir womöglich nie leisten können werde. Aber ein Mädchen wird ja wohl noch ein bisschen träumen dürfen. Das ganze Viertel schreit *kreativ*. Wahrscheinlich ist das Wort allein dafür erfunden worden, um SoHo zu beschreiben. Momma erzählt heute noch davon, wie spannend sie es fand, die Leute zu beobachten, als sie damals mit Daddy hier war.

Jetzt bin ich selbst an diesem Ort und beobachte die Leute, die vor den Restaurants sitzen und bei Kerzenlicht essen. Mein Blick bleibt an einem Paar hängen. Die beiden haben ihre Stühle ganz dicht nebeneinander gerückt und stecken die Köpfe zusammen, um gemeinsam auf das Display eines Handys zu schauen, das ihre Gesichter beleuchtet. So süß, dass man sie einfach anstarren muss.

Ich wette, keiner von ihnen hat den anderen je mit einer Jeans verglichen oder angefangen, etwas für jemand anderen zu empfinden.

Ich recke den Hals und versuche zum millionsten Mal einen Blick auf Tre und Micah zu erwischen. Dank Mrs Tuckers neuer Sitzordnung sitzt Rashad nicht mehr in der vorderen Reihe, sondern direkt vor mir. Auf seinem alten Platz thront Mrs Tucker, damit sie »uns alle im Auge behalten kann«. Und jetzt versperrt der breitschultrige Rashad mir den Blick auf meinen Freund und meinen …

Keine Ahnung, was Micah ist. Aber irgendwas ist zwischen uns.

»Alles okay bei dir?«, fragt mich Jazmyn.

Überhaupt nicht. »Alles okay.«

»Unsere Karen ist heute mal wieder die reinste Spaßbremse«, sagt sie und kratzt sich mit einem Stift an einer schwer zugänglichen Stelle unter ihrem dicken Haarknoten.

Sie sagt noch etwas anderes, aber ich bin abgelenkt, weil ich Micah und Tre'Shawn vorne lachen höre. Ich brauche sie nicht zu sehen, um zu wissen, dass es ihr Lachen ist. Das von Tre ist so eine Art heiseres Kichern, das tatsächlich so klingt, als würde er »hi-hi« sagen. Das von Micah kommt direkt aus dem Bauch und klingt wie das von einem alten Mann, der mal Raucher war.

Fakt ist: Dass man gut aussieht, heißt noch lange nicht, dass man ein schönes Lachen hat.

Als ich sie so lachen höre, fängt mein Gehirn mal wieder an, sich wilde Horrorszenarien auszumalen. Meine Therapeutin sagt, das sei ein Symptom meiner Angststörung – dass ich immer vom Schlimmsten ausgehe, um mich zu schützen. Angst stellt wirklich verrückte Sachen im Kopf an. Meine Therapeutin hat mir ein paar Übungen gezeigt, mit denen ich versuchen kann, dagegen anzukämpfen, aber gerade funktioniert keine einzige davon. Stattdessen frage ich mich, ob Micah und Tre'Shawn über mich lachen. Das ist gar nicht so weit hergeholt. Ich meine, von den Dingen, die sie gemeinsam haben, stehe ich doch an erster Stelle, oder?

Wahrscheinlich sagt Micah so was wie: *Yo, hat sie sich bei dir auch so angestellt, als du das erste Mal versucht hast, sie zu küssen?*

Darauf Tre: *Überhaupt nicht, Bruder, aber da waren wir grade mal in der Vierten und hatten sowieso keinen blassen Schimmer, was wir da eigentlich machen. Sie hatte bloß total Schiss, dass sie schwanger sein könnte, weil unsere Zungen sich berührt haben.*

Worüber sie sich so kaputtlachen würden, wie sie es gerade tun.

»Kay!« Jazmyn klingt, als würde sie zum zehnten Mal meinen Namen sagen. »Im Ernst, was ist los mit dir?«

Ich muss echt dringend aus meinem Kopf raus. »Sorry. Was hast du gesagt?«

»Ich hab gefragt, ob zwischen dir und Tre'Shawn alles okay ist?«

»Vorläufig, ja.«

»Vorläufig?«, sagt Jazmyn. »Hat er irgendeine Fuckboy-Scheiße abgezogen?«

Ich verdrehe die Augen. »Jazzy. Tre'Shawn ist kein Fuckboy.«

»Er hat dich angelogen, um mit diesen Idioten abzuhängen, die er Freunde nennt. Klingt für mich wie einer.«

Ich schaue sie kopfschüttelnd an. Ich muss zugeben, dass jeder Mensch auf der Welt in seinem Leben eine Jazzy braucht. Sie ist schon meine beste Freundin gewesen, als ich noch gar nicht wusste, was eine Freundin ist. Unsere Eltern sind in denselben Studentenverbindungen gewesen und haben sich jedes JSU-Footballspiel zusammen angeschaut. Die Zeiten sind jetzt allerdings vorbei, weil Jazzys Eltern vor ein paar Monaten die Scheidung eingereicht haben. Jedenfalls verteidigt sie mich, wo sie nur kann. Manchmal wahrscheinlich auch ein bisschen vorschnell. Aber hey, ich bin nicht anders. Legst du dich mit einer von uns an, legst du dich mit uns beiden an. So ist das eben.

Nur Tre'Shawn ist die große Ausnahme. Von dem hält sie wenig bis gar nichts. Ich kapiere es ehrlich nicht. Es gibt eigentlich niemanden, der Tre nicht mag. Aber das geht schon seit der Grundschule so, dass sie die Augen verdreht, wenn sie ihn bloß sieht, und genervt »Der schon wieder« zischt.

Was ich damit sagen will – ihre Abneigung ist nichts Neues.

»Er hat keine Fuckboy-Scheiße abgezogen«, sage ich zu ihr. »Er hatte bloß keine Lust, eine meiner Serien mit mir zu gucken.«

»Wegen so was zu lügen ist echt arm«, sagt sie. »Ich hab auch nie Bock, mir deine Schmalzserien anzuschauen, aber ich sag es dir wenigstens ins Gesicht.«

»Wie bitte?«

»Kayla.« Sie sieht mich an, als wäre es höchste Zeit, endlich mal Klartext mit mir zu reden. »Außer dir interessiert sich niemand für die tausendste Wiederholung von *Gilmore Girls*. Ist so.«

»Ja, ja. Immer noch besser, als sich ständig dieselben Folgen von *Supernatural* anzuschauen wie *gewisse* andere Leute.«

»Das ist eine der besten Serien aller Zeiten. Finde dich damit ab.«

»Mhmm, klar«, sage ich. Genau in dem Moment vibriert das Handy in meinem Schoß. Eine neue Nachricht im Simmons-Familienchat. Schon wieder. Ich bin das jüngste von drei Kindern, man sollte also denken, dass meine Eltern bei mir etwas entspannter sind. Immerhin haben sie es schon geschafft, zwei andere Kinder erfolgreich großzuziehen. Da könnten sie die Zügel ruhig ein bisschen lockerer lassen. Von wegen. Tatsächlich hab ich mit meinem Bruder und meiner Schwester praktisch sogar vier Eltern. Und seit der Strom in New York ausgefallen ist, steht der Familienchat kaum noch still. Diesmal ist es meine Schwester Ciara. In Tokio, wo sie gerade ein Auslandssemester macht, ist es jetzt ungefähr neun Uhr morgens.

Kay-Kay, steckt ihr immer noch im Bus fest?

Bevor ich antworten kann, klinkt sich mein Bruder Junior mit ein.

Steig aus und geh zu Fuß, Sis.

Dann schiebt er noch ein **Du und Tre solltet im Dunklen lieber die Finger voneinander lassen** hinterher.

Oh mein Gott. Ich gehe nicht zu Fuß, tippe ich schnell zurück. **Wüsste auch gar nicht, wohin ich gehen sollte. Macht euch keine Sorgen um uns.**

Kaum habe ich mein Handy sinken lassen, vibriert es schon wieder. Diesmal ist es Daddy.

Was zum Teufel soll das heißen?

Ich kann mich jetzt nicht auch noch mit ihnen beschäftigen. Ich kann einfach nicht.

Zum Glück rettet Momma mich.

Ich bin sicher, dass Mrs Tucker sie keine Sekunde aus den Augen lässt, Freddie. Diese Frau nimmt es mit allem so genau, dass sie glatt für den Secret Service arbeiten könnte.

Darauf Daddy: **Ihr kennt meine Meinung. In New York passieren doch ständig schlimme Sachen. Da** könnte auch mehr dahinterstecken als nur ein kleiner Blackout. Etwas, das viel ernster ist.

2003 hat auch nicht mehr dahintergesteckt, schreibt Momma.

Zum Glück, antwortet Daddy. **Außerdem hast du damals viel mehr Panik gehabt als ich.**

Ups, schreibt Ciara.

Ich schicke das Emoji mit den aufgerissenen Augen.

Momma schickt das mit dem säuerlichen Blick.

Kay-Kay, versuch weiter, deinen Onkel Graham zu erreichen, schreibt Daddy. **Wenn du ihn nicht erreichst, findest du raus, wo die US-Botschaft ist, gehst hin und sagst denen, dass dein Großvater ein Vietnam-Veteran war. Die werden dir weiterhelfen.**

Ist das sein Ernst?

Daddy, in New York gibt es keine US-Botschaft. Die Stadt ist Teil der USA, schreibt Ciara.

Das glaubst du doch selbst nicht! Von hier aus ist das ein völlig anderes Land!

Junior klinkt sich wieder ein.

Das muss nicht unbedingt was Schlechtes sein …

Darauf Daddy: **Junge, du bist in Mississippi geboren und aufgewachsen. Tu nicht so, als wärst du was Besseres, nur weil du jetzt in Dallas wohnst.**

Momma: **Also Texas ist wirklich ein völlig anderes Land. Wenn nicht sogar ein eigener Kontinent.**

Ciara: **Und auch viiieeel größer als andere Länder.**

Moment mal. Wie ist aus unserem Chat plötzlich eine Geografiestunde geworden? Ich seufze und tippe: **Muss Akku sparen. Lege das Handy jetzt weg. Halte euch auf dem Laufenden! Hab euch lieb!**

Ich stecke das Handy in meinen Rucksack und spähe wieder nach vorn. Tre'Shawn und Micah unterhalten sich immer noch und scheinen sich jede Menge zu sagen zu haben. Micah gestikuliert viel mit den Händen, wenn er redet, und Tre neigt dazu, oft zu nicken. In einem anderen Universum wären sie beste Freunde. Sie stehen auf dieselben Videospiele, dieselbe Musik, denselben Sport. Dasselbe Mädchen.

Manchmal frage ich mich, ob ich deswegen Gefühle für Micah entwickelt habe, weil er dem, was ich schon kenne, so ähnlich ist. Dieselbe Jeansmarke, aber ein anderer Schnitt. Mir ist allerdings schnell klar geworden, dass Gefühle nicht immer logisch sind. Logik ist reine Kopfsache und das Herz hat seinen eigenen Verstand. Es braucht den Kopf nicht, egal wie sehr ich mir wünsche, es wäre anders.

»Okay, was ist los?«, sagt Jazmyn.

Ich schaue sie an. »Hm?«

»Wieso macht es dich so nervös, dass Tre da vorne sitzt? Du bist kurz davor, auszuflippen.«

»Ich bin nicht kurz davor, auszuflippen ...«

»Kay. Du solltest mal dein Gesicht sehen. Dir steht der Schweiß auf der Stirn, und erzähl mir nicht, dass diese ›Hitzewelle‹ dich fertigmacht. Verglichen mit zu Hause ist es hier kühl.«

Stimmt. New Yorker beklagen sich gern über die Hitze und hohe Luftfeuchtigkeit hier, und ich bin immer noch dabei, herauszufinden, von welcher Luftfeuchtigkeit sie eigentlich reden. Mississippi ist fast das ganze Jahr über eine einzige riesige Sauna. Dagegen ist das hier ein Witz.

Ich reibe mir über den Nacken. Jazzy wird so lange weiterbohren, bis ich den Mund aufmache. Ich habe niemandem was von Micah und mir erzählt. Nicht dass es so was wie ein »Micah und mir« gibt. Aber das, was zwischen uns läuft, *falls* überhaupt irgendwas zwischen uns läuft ... oh Mann. Ich wüsste noch nicht mal, wo ich anfangen soll.

Also versuche ich es erst gar nicht. Stattdessen rufe ich seine Nachricht auf und gebe Jazzy dann mein Handy.

Das Display beleuchtet ihr Gesicht, und ich kann zuschauen, wie ihre Augen sich weiten. »Heilige Sch..., Kay.« Sie sieht mich an. »Die ist von ...«

Ich nicke. »Yep.«

»Habt ihr ...?«

»Es ist nichts passiert«, sage ich. »Wir haben uns ein paarmal gesehen. Das ist alles.«

»Wann? Davon hast du mir gar nichts erzählt!«

Ich hätte wissen müssen, das so was kommen würde. »Es war keine große Sache, Jazzy.«

»Ähm, für jemand anderen schon.« Sie hält mir das Handy hin.

Ich seufze. »Scheint so.«

»Geht es dir auch so?«

Ich zucke mit den Achseln.

»Verdammt.« Sie gibt mir das Handy zurück. »Das ist krass, Kay.«

»Ich weiß. Und jetzt ...« Ich deute mit dem Kinn auf meinen Freund, der neben meinem Crush sitzt.

»Kein Wunder bist du am Ausflippen.«

»Genau.« Ich schließe die Augen. Von dem ganzen Drama dröhnt mir der Kopf. »Was soll ich machen, Jazzy?«

Ich wünsche mir seit Monaten, jemandem diese Frage zu stellen, aber ich wusste nie, wem. Jazmyn ist sonst immer meine erste Adresse, aber sie hat schon genug damit zu tun, mit der Scheidung ihrer Eltern klarzukommen. Meine zweite Option ist Ciara, aber mit der Sache wollte ich sie nicht belasten. Mein Problem kommt mir lächerlich vor im Vergleich zu dem, womit sie als Schwarze in Japan fertigwerden muss. Eine dritte oder vierte Option gibt es nicht, es sei denn, ich würde in Kauf nehmen, dass es danach die ganze Schule weiß. Meine Mom? Sie würde so was sagen wie: *Leg es in Gottes Hände, Kleines.* Ich glaube allerdings kaum, dass Gott sich für Highschool-Dreiecksgeschichten interessiert, solange es überall auf der Welt Hunger und Krankheiten gibt.

Jazmyn kratzt sich wieder mit dem Stift am Kopf. »Für mich ist die Sache klar, Kay. Schick Tre'Shawn in die Wüste und schnapp dir Micah. Der Typ ist heiß.«

Ich verschlucke mich fast. »Was?«

»Du hast richtig gehört. Du hättest diesem Idioten schon längst den Laufpass geben sollen. Ich kann dir aus dem Stand tausend stichhaltige Gründe aufzählen, warum ihr nicht zusammen sein solltet.«

»Jazzy, eine deiner Tre'Shawn-Hate-Speeches hilft mir jetzt auch nicht weiter. Was ich brauche, ist eine unvoreingenommene Meinung. Bitte.«

»Ähm, ich hab gesagt, dass die Gründe stichhaltig sind. Also willst du sie jetzt hören oder nicht?«

Ich drehe mich seufzend zu ihr, sodass ich mit dem Rücken zu dem hektischen Gewusel unter uns sitze. »Na gut. Sag mir zehn davon. *Zehn.*« Ich sehe sie warnend an. »Ich hab keine Lust, mir das den ganzen Abend anzuhören.«

»Alles klar. Okay, erstens: Er hält sich für den Nabel der Welt.«

»Tut er nicht!«

»Ha! Und wie«, sagt sie. »Er stolziert durch die Schule, als wäre er ein Geschenk Gottes an die Menschheit. Er ist süß, aber nicht first-class.«

»Das ist Ansichtssache«, sage ich. »Was noch?«

»Sein Lachen ist schon Grund genug«, sagt Jazzy. »Es klingt, als würde er ertrinken und gleichzeitig versuchen, sich zu räuspern.«

Okay, das bringt es tatsächlich so ziemlich auf den Punkt. »Ich finde sein Lachen süß.«

»Du bist gehirngewaschen, klar findest du es süß. Drittens: Seine Witze sind super lame. Okay, ja, manchmal bringt er mich zum Lachen, aber meistens denke ich, boah, Typ, lass dir mal was Neues einfallen.«

Ich muss lachen. »Du bist gemein.«

»Sind alles Fakten, Sweetie. Das hat nichts mit gemein sein zu tun. Viertens: Wenn er lächelt, fangen seine Augen so zu leuchten an, dass er wie ein Volltrottel aussieht. Fünftens: Er kann nicht tanzen. Er hat nur diesen einen kleinen Move auf Lager, den er ständig wiederholt, bildet sich aber ein, es voll draufzuhaben.

Sechstens: Er benutzt immer dasselbe Aftershave. Jedes Mal denke ich, Gott, Alter, nimm doch auch mal was anderes. Aber nein, für ihn gibt es nur Ralph Lauren Polo. Deswegen muss ich jetzt immer an ihn denken, wenn ich es irgendwo rieche. Siebtens: Er fährt sich total oft mit der Zunge über die Lippen, vor allem wenn er angestrengt nachdenkt. Achtens: Seine Hände sind viel zu weich. Neuntens: der kleine Flaum über seiner Oberlippe. Wachsen lassen oder abrasieren, aber doch bitte nicht so. Zehntens, weil wir grade von Lippen sprechen: Seine sind viel zu dick. Und bäm, da hast du's. Zehn Gründe.«

»Wow.« Ich ziehe die Brauen hoch. »Das alles ist dir an ihm aufgefallen?«

»Klar.« Jazmyn zuckt mit den Achseln. »Wie hätte mir das nicht auffallen sollen?«

Warum ist es *mir* nicht aufgefallen?

Die Hälfte der Dinge, die Jazmyn aufgezählt hat, habe ich nie so bewusst wahrgenommen. Ich, seine Freundin, habe nicht bemerkt, dass er beim Tanzen nur einen Move draufhat oder sich ständig mit der Zunge über die Lippen fährt. Das mit dem Aftershave wusste ich. Er benutzt Ralph Lauren, weil ich den Duft so liebe.

Ich finde es eigentlich nicht schlimm, dass mir diese ganzen kleinen Sachen nicht aufgefallen sind. Aber mich beschäftigt, dass sie meiner besten Freundin aufgefallen sind.

Das erinnert mich an was, das meine Mom mal gesagt hat. Sie und Daddy haben sich in ihrem ersten Jahr an der Jackson State kennengelernt. Daddy war Tambourmajor, und laut Momma ist er nicht einfach ganz normal über den Campus gelaufen, sondern *stolziert*, so als würde er sich für »Gott weiß wen halten«.

»Ich konnte diesen Kerl nicht ausstehen«, erzählte sie. »Jede Kleinigkeit an Freddie Simmons ist mir gewaltig gegen den Strich gegangen. Bis mir eines Tages etwas klar wurde. Nämlich dass mir diese ganzen kleinen Dinge vor allem deswegen gegen den Strich gingen, weil ich wütend auf mich war, dass ich mich von ihnen angezogen gefühlt habe. Ich hatte starke Gefühle für diesen Mann, so viel war klar, nur nicht auf die Art, wie ich dachte. Wie heißt es so schön? Liebe und Hass liegen nah beieinander. Da ist viel Wahres dran.«

Ich schaue Jazmyn an. Die ganzen Jahre habe ich mir ihre Abneigung gegen Tre'Shawn nie erklären können, aber jetzt kommt es mir so vor, als würde ich endlich einen Teil von ihr sehen, den sie bisher immer versteckt hat. Oder er ist schon die ganze Zeit da gewesen und ich wollte ihn nur nicht sehen.

»Wir sind cool miteinander, oder?«, sage ich.

»Was für eine Frage. Klar sind wir das.«

»Und du bist absolut ehrlich zu mir?«

»Total«, sagt Jazzy.

Ich beiße mir auf die Unterlippe. »Kann es sein, dass du ... heimlich auf Tre'Shawn stehst?«

Sie reißt die Augen auf. »Was ... Kay ...«

»Ey, warte mal ... Was hast du da grade gesagt?« Tre'Shawn schießt von seinem Platz hoch und baut sich bedrohlich über Micah auf. Aber bevor Micah auch aufstehen kann, geht Mrs Tucker dazwischen.

»Hier wird sich nicht geprügelt!«, sagt sie und zieht Tre beiseite. »Neue Sitzordnung! Kayla, du setzt dich zu Micah. Tre'Shawn, du setzt dich zu Jazmyn.«

Shit.

Wer hätte gedacht, dass dieser Abend noch schlimmer werden könnte.

»Was hast du zu ihm gesagt?«

»Das hab ich dir doch erzählt, Kayla. Praktisch gar nichts«, behauptet Micah.

»Okay, aber *was genau?*«

Der Bus kriecht durch Chinatown. Laut Mr Wright gibt es hier eine der besten Eisdielen der ganzen Stadt.

Ich vermisse die Tage, an denen es bloß ein Eis brauchte,

um die Welt wieder in Ordnung zu bringen. Jetzt kämpfe ich mit so vielen Problemen, dass alles Eis auf diesem Planeten nicht reichen würde.

Ich werfe einen Blick über die Schulter. Im Mondlicht kann ich gerade so erkennen, dass Tre'Shawn angespannt in unsere Richtung schaut. Jazmyn sitzt steif wie ein Brett am äußersten Rand der Sitzbank, als wollte sie so viel Abstand zwischen sich und meinen Freund bringen, wie sie nur kann.

Sie hat mir mehrere Nachrichten geschickt. Ich habe noch keine von ihnen gelesen.

Micah schaut sich an, wie Chinatown an uns vorbeizieht. »Wahnsinn, wie viele verschiedene Ecken es in dieser Stadt gibt, und jede ist total einzigartig. In welchem Viertel würdest du gern leben?«

»Hör auf, abzulenken, und beantworte meine Frage«, sage ich. »Was hast du zu Tre'Shawn gesagt?«

Micah zuckt mit den Achseln. Nichts scheint ihn je aus der Fassung bringen zu können. Als jemand mit der Diagnose Angststörung beneide ich ihn eigentlich um diese Fähigkeit, bewundere sie sogar. Im Moment frustriert sie mich eher ohne Ende.

»Ich hab die Wahrheit gesagt, Kay«, sagt er.

Mein Herz pocht dumpf gegen meine Rippen. »Und was ist die Wahrheit?«

»Dass es echt beschissen von ihm war, dich anzulügen, nur um mit seinen Freunden abzuhängen, und dass er lieber aufpassen soll, weil sonst vielleicht irgendein anderer kommt und dich ihm ausspannt.«

Oh mein ... »Nein. Micah, das hast du nicht gesagt.«

Er zuckt wieder mit den Achseln. »Ich bin bloß ehrlich

gewesen. Hast du nicht gesagt, dass das ein Grund dafür ist, warum du mich magst? In deinem Artikel in der Schülerzeitung hast du es sogar noch extra betont.«

Das hab ich. Seine Teamkollegen haben bei dem Interview erzählt, dass das einer der Hauptgründe gewesen sei, warum sie ihn zum Kapitän gewählt haben – er ist schonungslos ehrlich und erwartet umgekehrt dasselbe. Ein Typ, dem man praktisch alles anvertrauen kann. Ich habe mich gefragt, ob Herzen auch dazuzählen.

»Darum geht's nicht«, sage ich ihm, aber auch mir selbst. »Es steht dir nicht zu, so was zu ihm zu sagen.«

»Ich hab kein Problem damit, jemanden zu verteidigen, der mir wichtig ist«, sagt Micah.

Ich drehe den Kopf weg. Es ist schwer, Micah anzuschauen, wenn er solche Dinge sagt. Mir fällt kein besseres Beispiel ein als das hier: Es ist, als ob man direkt in die Sonne schaut. Man weiß, dass es nicht gut für einen ist, aber man will nicht damit aufhören, weil sie einen so schön wärmt.

»Es steht dir trotzdem nicht zu«, sage ich. »Jetzt ist er sauer.«

»Soll er. Du warst sauer, als er dich angelogen und geghostet hat.«

»Ich hab ihm vorhin verziehen«, sage ich.

»Hast du dich dafür selbst belügen müssen?«

»Womit sollte ich mich bitte selbst belügen müssen?«

»Sag du's mir«, sagt Micah.

Ich schüttle den Kopf, weil das leichter ist, als irgendwas darauf zu antworten. »Lass es einfach, Micah.«

»Von mir aus.« Er dreht sich so hin, dass er wieder die Straßen unter uns beobachten kann.

Micah ist letztes Jahr nach Weihnachten an unsere Schule gewechselt. Bis dahin hätte ich niemals gedacht, dass es jemandem gelingen könnte, einfach so mein Leben auf den Kopf zu stellen. Wenn unsere Blicke sich auf dem Flur getroffen haben, ist mir die Hitze ins Gesicht geschossen. Als wir in einem unserer Kurse in dieselbe Projektgruppe eingeteilt worden sind und er seinen Stuhl neben meinen geschoben hat, habe ich mir heimlich gewünscht, dass unsere Arme sich streifen oder unsere Knie sich berühren. Danach habe ich mich jedes Mal dafür fertiggemacht, dass ich solche Gefühle habe.

Als ich jetzt so nah neben ihm sitze, habe ich Schmetterlinge im Bauch. Ich wünschte, sie würde alle der Schlag treffen.

»Ist dir aufgefallen«, sagt Micah plötzlich, »dass in New York Leute rumlaufen, die da sind, und andere, die nicht da sind?«

Ich schaue ihn an. »Was?«

»Zum Beispiel da drüben.« Er deutet mit dem Kopf auf ein Paar. Die beiden sind eindeutig auch Touristen und zeigen trotz der Dunkelheit immer wieder auf irgendwelche Gebäude. »Sie sind wirklich da. Nehmen alles um sich herum wahr. Aber es gibt auch Leute wie der Typ dort.« Er zeigt auf einen Mann, der den Blick beim Gehen auf sein Handy geheftet hat. »Für ihn ist Chinatown bloß ein Streckenabschnitt. Er kennt sich so gut hier aus, dass er noch nicht mal schauen muss, wohin er geht.«

»Wahrscheinlich ein waschechter New Yorker«, sage ich.

»Wahrscheinlich. Aber selbst wenn ich von hier wäre, wäre ich lieber wie die beiden.« Er deutet wieder auf das

Paar. »Sie finden alles spannend, und es ist ihnen nicht egal, bloß weil es schon immer da war.«

Er sieht mich an, als er das sagt.

»Worauf willst du hinaus?«

Er beugt sich zu mir. »Wer sagt, dass ich auf was hinauswill?«

Fakt ist: Jedes Mal, wenn Micah mir nah kommt, erschauert meine Haut, als würde sie bei der Vorstellung, wie er sie berührt, zum Leben erwachen. Das ist wie darauf zu warten, dass ein Versprechen eingelöst wird. Die reinste Folter, wenn man sich drauf einlässt.

Ich rücke ein Stück von ihm weg und werfe wieder einen Blick über die Schulter. Tre'Shawn schaut immer noch in unsere Richtung, aber ich kann im Dunkeln den Ausdruck auf seinem Gesicht nicht erkennen, was noch schlimmer ist.

»Ich wollte ihn nicht wütend machen«, sagt Micah.

Ich drehe ihm den Kopf zu. »Ach nein?«

»Wirklich nicht. Ich hab nie gesagt, dass *ich* versuchen würde, dich ihm auszuspannen. Es hat ihn schon sauer gemacht, dass ich gesagt habe, *irgendein anderer* könnte es versuchen.«

»Weil man so was nicht zu jemand anderem über dessen Freundin sagt, Micah.«

»Auch nicht, wenn es stimmt?«, fragt er. »Er kann sich echt glücklich schätzen, dich zu haben.«

Ich weiß nicht, ob man unbedingt von Glück reden kann, wenn man eine Freundin hat, die es drauf anlegt, Zeit mit einem anderen Typen zu verbringen. »Süß von dir, so was zu sagen, Micah, aber du kennst mich eigentlich gar nicht.«

»Dann müssen wir das eben ändern.« Er dreht sich zu mir. »Lass uns ›Zwanzig Fragen‹ spielen.«

»Was?«

»›Zwanzig Fragen‹. Irgendwie müssen wir die Zeit hier ja rumkriegen.«

»Micah, hör auf ...«

»Dich ohne irgendwelche Hintergedanken ein bisschen besser kennenzulernen?«, sagt er. »Keine krummen Dinger, versprochen. Das ist wie gesagt bloß ein Spiel, um die Zeit totzuschlagen.«

Wir kommen tatsächlich mal wieder bloß im Schneckentempo vorwärts – zu Fuß wären wir wahrscheinlich schneller. Es kann nicht schaden, irgendwas zu machen, das mich von dem Chaos in meinem Inneren ablenkt. Diese Busfahrt könnte leicht zu einem emotionalen Höllentrip werden.

»Na gut«, sage ich. »Aber ich fange an.«

»Klar. Leg los.«

»Okay. Wovor hast du am meisten Angst?«

»Whoa. Legst direkt mit einer Frage los, bei der ein Typ seine verletzliche Seite zeigen muss«, sagt er. »Vorm Ertrinken. Ich bin mit zwei in einen Swimmingpool gefallen. Hab heute noch Flashbacks davon. Seitdem hasse ich Wasser. Und du?«

»Was, kannst du dir keine eigene Frage ausdenken?«, stichle ich, und er verdreht die Augen. »Ich hab am meisten Angst davor, alle zu verlieren, die ich liebe. Als meine Schwester nach Japan und mein Bruder nach Dallas ist, hab ich Rotz und Wasser geheult. Bescheuert, weil sie ja noch leben. Aber ich glaube, das hat diese Angst total getriggert.«

Micah nickt nachdenklich. »Kann ich gut verstehen. Mir würde es wahrscheinlich genauso gehen, wenn ich Geschwister hätte und sie woanders hinziehen würden.«

»Ich hab vergessen, dass du ein Einzelkind bist.«

»Und stolz drauf«, sagt er. »Es wird viel auf uns rumgehackt, dabei sind wir total cool. Wir teilen bloß nicht so gern.«

»Geht mir als verwöhntem Nesthäkchen genauso. Okay, nächste Frage: Katze oder Hund?«

»Definitiv Hunde. Katzen sind teuflische Dämonen.«

»Was?«, keuche ich. »Wie kannst du so was sagen!«

Micah hebt die Hände. »Hey, was kann ich dafür? Als ich elf war, hat mich mal eine übel zerkratzt, und seitdem traue ich den Biestern nicht mehr über den Weg. Was du lieber magst, brauche ich ja nicht mehr zu fragen, deine Reaktion war eindeutig. Deswegen – Morgenmensch oder Nachteule?«

»Morgenmensch. Du?«

»Ach, und wem fällt jetzt keine eigene Frage ein?«, sagt er. Ich verdrehe die Augen. »Auch. Morgens bin ich immer am fittesten. Schokolade oder Vanille?«

»Ganz klar Schokolade«, sage ich.

»Kannst du deswegen nicht aufhören, mich anzustarren? Diese ganze zartbittere Pracht, die hier sitzt?«

Mir klappt die Kinnlade runter und Micah lacht los. »Sorry, aber bei der Steilvorlage ...«

»Blödmann«, sage ich, worauf er nur noch mehr lachen muss. »PlayStation oder Xbox?«

»Play. Stay. Tion. Für immer und ewig«, sagt Micah. »Zockst du?«

»Ja. Mein Bruder und ich treffen uns gerade ein paarmal die Woche online, um *Call of Duty* zu spielen. Ab und zu kommt auch meine Schwester dazu, aber durch den Zeitunterschied ist es schwer, uns alle unter einen Hut zu kriegen.«

»Abgefahren«, sagt Micah mit einem kleinen Lächeln. »Vielleicht sollte ich anfangen, dich New York zu nennen.«

»New York?«

»Ja. Ich entdecke ständig neue Dinge, die ich an dir mag, genau wie es mir mit dieser Stadt geht.«

Meine Wangen werden heiß und das hat nichts mit der Hitze zu tun.

Das Problem ist, dass sich mit Micah alles so einfach anfühlt, so normal, dass es immer eine Weile braucht, bis mir klar wird, was da eigentlich passiert. Womit die Katastrophe vorprogrammiert ist, wenn der eigene Freund nur vier Reihen entfernt sitzt.

Nein, ich kann das hier nicht. Ich kann es nicht. Ich stehe auf. »Ähm, weißt du was? Ich sollte ... Ich sollte mich wahrscheinlich besser woanders hinsetzen.«

Micah runzelt die Stirn. »Was? Warum?«

Ich greife nach meinem Rucksack. »Ich will nur mal einen Moment für mich sein.«

Jemand schließt behutsam die Finger um meinen Arm. »Kay?«, sagt Tre'Shawn. »Alles okay? Er macht dir doch keinen Stress, oder?«

»Wow. Du nervst echt«, sagt Micah. »Du tust grade so, als hättest du Schiss, dass *ich* derjenige bin, der sie dir ausspannen könnte.«

»Niemand hier interessiert sich für die Scheiße, die du laberst«, sagt Tre'Shawn. »Du solltest dringend aufhören, über Dinge zu reden, die dich nichts angehen.«

Mrs Tucker ist aufgesprungen und schiebt sich energisch zwischen mich und Tre'Shawn und Micah. »Ihr setzt euch jetzt sofort wieder auf eure Plätze!«

»Mir ist Kayla nicht egal«, sagt Micah. »Also geht's mich was an.«

»Kayla geht dich einen Scheiß an!«, sagt Tre.

Ich reiße mich von ihm los und hebe die Hände. »Wisst ihr was? Klärt das unter euch. Mrs Tucker, ich geh nach unten.«

Micah und Tre'Shawn rufen mir beide hinterher, aber ich stelle mich taub, als ich die Treppe hinuntersteige.

Das Unterdeck des Busses ist leer, was mich nicht überrascht. Die anderen Touristen sind wie gesagt schon vor einer Weile ausgestiegen und zu Fuß weitergegangen. Mr Wright, der Fahrer, nickt und summt zu einem alten R&B-Stück im Radio mit. Wenn man ihn so sieht, kann man sich nur schwer vorstellen, dass er andere in Grund und Boden fluchen kann.

»Ah! Hallo, mein Mädchen«, sagt er mit seinem jamaikanischen Akzent. »Hat die herrische Frau da oben dich runtergeschickt, damit du mir auf die Finger guckst?«

Ich setze mich grinsend auf den Platz hinter ihm. Herrisch ist noch untertrieben, wenn es um Mrs Tucker geht. Ihre Kontrollwut ist unerreicht. »Nein, Sir. Ich wollte nur mal einen anderen Ausblick.«

»Aber die beste Aussicht auf die Stadt hat man von dort oben!«, sagt er. »Wir kommen gleich an der City Hall vorbei. Ihr Touristen seid immer ganz wild drauf, euch das Rathaus anzuschauen.« Er nimmt sein Mikro und kündigt die Sehenswürdigkeit über die Lautsprecheranlage an.

Ich zucke mit den Schultern. »Für mich ist es bloß ein Gebäude unter vielen.«

Als ich sein leises Lachen höre, muss ich lächeln. Es erinnert mich an das von meinem Dad.

»Das hast du gut gesagt«, meint er. »Am Ende des Tages ist es bloß ein Gebäude unter vielen.«

Ich lehne mich in den Sitz zurück und schaue aus dem Fenster. Die Stadt liegt immer noch wie unter einer dunklen Decke, aber es scheint, als hätten sich schon alle mit dem Ausnahmezustand arrangiert. Das ist etwas, das mir an den New Yorkern gefällt. Ich habe das Gefühl, sie nehmen die Dinge, wie sie kommen.

Ich atme tief durch. Tre'Shawn, Micah, die Sache mit Jazmyn – das alles hat mir die Luft abgeschnürt. Ich bin froh, hier unten zu sitzen. Wer hätte gedacht, dass ich mal erleichtert sein würde, allein zu sein. Die Frage ist jetzt: Was soll ich machen?

»Ich sag dir mal was«, sagt Mr Wright. »Für die Touristen hier zählt immer nur Manhattan. Manhattan, Manhattan, Manhattan.« Er schnaubt. »Aber man hat New York erst dann gesehen, wenn man in Brooklyn war.«

»Sie klingen wie mein Onkel. Er wohnt dort.«

»Ach ja?« Er wirft mir einen Blick über den Rückspiegel zu. »In welcher Ecke?«

Ich zucke wieder mit den Schultern.

»Nein, nein, nein, so geht das nicht. Man muss das Viertel kennen. Davon hängt alles ab, mein Mädchen. Ich wohne in Bed-Stuy.«

Ich lege den Kopf schräg. »Wie dieser alte Rapper?«

»Alter Rapper?« Er schüttelt den Kopf. »Du kannst nicht nach Brooklyn kommen und so über Biggie Smalls reden. Nein, nein, nein.«

»Biggie. Richtig.« Mein Fehler, dass ich mich nicht an den Namen eines Rappers erinnere, der vor meiner Geburt gestorben ist. »Ich glaube übrigens, meine beiden Onkel und meine Cousine und mein Cousin wohnen auch in Bed-Stuy.«

»Dann hätten sie's dir erst recht beibringen müssen. *Bomboclaat*!«

Das hört sich wie ein Schimpfwort an. »Ich hab sie nicht mehr gesehen, seit ich klein war. Ich hatte gehofft, dass ich sie jetzt besuchen kann, wenn ich schon mal hier bin, aber daraus wird wohl nichts.«

»Warum nicht? Du könntest dir ein Taxi nehmen.«

»Sie haben meine Lehrerin selbst kennengelernt, Mr Wright.«

Er lacht wieder. »Alles klar. Tja, wenn's nach mir ginge, würde ich dich auf der Stelle über die Brücke fahren. In Bed-Stuy soll heute Abend eine große Blockparty steigen. Da könntet ihr Südstaaten-Kids mal einen Eindruck vom echten New York kriegen.«

»Schön wär's.« Ich seufze. »Schön wär's« ist im Moment der Soundtrack meines Lebens.

Ich sehe, wie Mr Wright mich im Rückspiegel mit schräg gelegtem Kopf ansieht. »Hast du was auf dem Herzen, Mädchen?«

»Ich bin okay. Trotzdem danke.« Der Mann muss einen Doppeldeckerbus durch Manhattan steuern. Er hat Wichtigeres zu tun, als sich meine Probleme anzuhören.

»Lass es einfach raus, Kind«, sagt er. »Sieht doch ein Blinder mit Krückstock, dass dir was auf der Seele liegt. Geht's um einen Jungen? Oder ein Mädchen? Oder eine *non-binäre Person*?«

Seine Offenheit beeindruckt mich. Zu Hause würde mich das wahrscheinlich niemand so fragen. »Um einen Jungen. Genauer gesagt, um zwei.«

»Eine Dreiecksgeschichte«, sagt er. »Da ist das Chaos meistens vorprogrammiert.«

Ich presse mir eine Hand auf die Stirn. Mir tut schon allein beim Gedanken an dieses Chaos der Kopf weh. »Ja, und ich glaube, dass es vielleicht sogar um eine Vierecksgeschichte geht.«

Er verzieht das Gesicht. »Oje. Vierfaches Chaos.«

»Richtig. Und ich hab keine Ahnung, was ich machen soll.«

Das ist ein Gefühl, das ich nicht kenne. Ich weiß immer, was ich tun muss, um ein Problem zu lösen. Das gehört quasi zum Profil von Leuten, die versuchen, die Erwartungen anderer zu erfüllen. Bestimmt würde niemand auch nur auf die Idee kommen, dass ich so ein Problem haben könnte, weil ich normalerweise immer das Richtige tue.

Hier geht es nicht darum, mich auf einer Party mit Alkohol zurückzuhalten oder ein Wahlfach zu nehmen, das sich gut in meiner Collegebewerbung macht. Hier können Herzen gebrochen werden. Ich weiß nur leider noch nicht mal, was mein eigenes Herz will. Tre'Shawn und Micah haben beide irgendwie einen Platz darin gefunden.

»Ich kenne zwar keine Details, aber ich kann dir einen Rat geben, wenn du willst«, sagt Mr Wright.

»Ehrlich? Ich nehme jeden Rat, den ich kriegen kann.«

»Wenn das meine Kinder nur auch mal sagen würden.« Er lacht leise in sich hinein. »Also, ich gehe mal davon aus, dass du nicht weißt, mit welchem der beiden jungen Männer du zusammen sein sollst, richtig?«

»Ja, Sir.«

»Ist schon eine Weile her, seit ich ungefähr in deinem Alter war, deshalb klinge ich vielleicht wie ein alter Mann, wenn ich das jetzt sage, aber warum musst du dich überhaupt entscheiden?«

Ähm ... Ich weiß, dass man die Dinge in New York ein bisschen lockerer sieht als in Mississippi, aber hat er wirklich das gesagt, von dem ich denke, dass er es gesagt hat? »Sie meinen, ich soll mit beiden zusammen sein?«

»Was? Nein!« Mr Wright lacht. »Obwohl das heutzutage eine Möglichkeit wäre, aber das ist nicht das, worauf ich hinauswill. Was ich meine, ist, dass du dich auch für dich entscheiden könntest, statt dich für einen von ihnen zu entscheiden. Niemand sagt, dass du in einer Beziehung sein musst.«

Ich kaue auf meiner Unterlippe. »Auch wenn ich für beide Gefühle habe?«

»Ein Grund mehr, dir Zeit zu lassen«, sagt er. »Dein Herz wird dich nie täuschen, aber manchmal ist es schwer, es zu hören. Du musst ihm mehr Platz geben, damit es sprechen kann. Das ist auch eine Form von Liebe.«

Auf der Treppe sind Schritte zu hören und kurz darauf kommen Tre'Shawns lange Beine in Sicht. Er zieht den Kopf etwas ein, damit er mich sehen kann. »Kay? Alles in Ordnung mit dir?«

Ich fange Mr Wrights Blick im Rückspiegel auf. Er raunt mir etwas zu: »*Hilf deinem Herzen.*«

»Ja«, sage ich zu Tre'Shawn. »Wird schon.«

Er nickt Mr Wright höflich lächelnd zu und setzt sich neben mich. »Jetzt mal in echt. Was ist los?«

Ich lege meine Hand auf seine. Mein supersüßer, liebevoller, manchmal auch nerviger Freund mit seinen weichen Händen, seinem immer gleichen Dance Move und seinen Grübchen.

»Ich glaube, tief in dir drin weißt du, was los ist«, sage ich.

»Was? Nein, tu ich nicht.«

»Doch, tust du«, sage ich. »Hör zu, ich werde nicht wieder davon anfangen, dass du mich angelogen hast, okay? Aber frag dich selbst, *warum* du gelogen hast. Du hast gesagt, dass du mich nicht enttäuschen wolltest, aber ...« Ich schlucke den Kloß in meinem Hals runter. Er ist schon seit einer Weile dort, zusammen mit einer Wahrheit, der ich mich nicht stellen wollte. »Aber ich wäre nicht von dir enttäuscht gewesen, wenn du mir gesagt hättest, dass du keine Lust hast, die Serie mit mir zu gucken, Tre. Du hattest das Bedürfnis, Zeit für dich zu haben, und denkst, dass du mich damit enttäuscht hättest.«

»Kayla ...«

»Das ist okay«, unterbreche ich ihn. »Ich schwöre, dass es okay ist. Aber wenn du mich liebst, dann gib's einfach zu. Es ist nicht um die Serie gegangen, oder?«

Er senkt den Blick und schüttelt leicht den Kopf, als würde er mit sich selbst kämpfen.

Einen Moment später sagt er leise: »Stimmt. Es ging nicht darum. Shit«, zischt er. »Kay, es tut mir leid. Das ist oberbeschissen ...«

»Das ist okay, Tre. Ich hab genauso das Bedürfnis, Zeit für mich zu haben.«

Er hebt den Kopf und sieht mich an. »Was?«

»Ja.« Ich lächle, obwohl das eigentlich gar nicht zur Situation passt. »Ich hab in letzter Zeit öfter darüber nachgedacht, dass alle um uns herum erwarten, dass wir für immer zusammenbleiben. Ich frage mich, ob das der Grund dafür ist, warum wir noch zusammen sind.«

»Quatsch, Kay. Ich liebe dich.«

»Ich liebe dich auch«, sage ich leise. »Es fällt mir total schwer, mir vorzustellen, nicht mehr mit dir zusammen zu sein, und das ... das macht mir Angst. Ich weiß nicht, wer ich bin, wenn ich nicht deine Freundin bin. Ich glaube nicht, dass das so sein sollte.«

Tre nimmt meine Hand in seine und reibt sanft mit dem Daumen über meine Handfläche. »Nein, das sollte es nicht.«

Wir schweigen eine Weile und überlassen es New York, die Stille zu füllen.

Fakt ist: Micah hat irgendwas mit mir gemacht, und langsam wird mir klar, dass es dabei um mehr geht als um die Gefühle, die ich für ihn entwickelt habe. Er hat mir geholfen zu erkennen, dass mir, meinem Herzen, viele Möglichkeiten offenstehen. Zur Hölle mit den Erwartungen der anderen: Der Mensch, um den ich mich wirklich kümmern muss, bin ich.

Um ehrlich zu sein, weiß ich im Moment nicht, was ich will. Aber vielleicht sollte ich auf Mr Wright hören und meinem Herzen ein bisschen mehr Platz geben.

»Veränderung ist was Gutes«, murmle ich.

Tre'Shawn küsst mich auf die Wange. »Das stimmt.«

Ich lehne den Kopf an seine Schulter. Das hier fühlt sich nicht nach Trennung an. Nur nach einer Pause.

»Oh Mann«, sagt Tre'Shawn eine Minute später. »Weißt du noch, wie wir uns früher vorgestellt haben, was wir bei unserem ersten Trip nach New York alles machen?«

Ich lache. »Ein Blackout war jedenfalls nicht Teil des Plans, so viel steht fest.«

»Du wolltest dir auf jeden Fall die Freiheitsstatue und

das Empire State Building angucken, oder? Und eine Fahrt über die ...«

»Brooklyn Bridge machen, genau«, sage ich. »Als meine Eltern das erste Mal hier waren, sind sie während einem Stromausfall über die Brücke gelaufen. Meine Mom ist damals sogar mit mir schwanger gewesen.«

»Echt? Krass. Das wäre so cool, wenn wir es irgendwie schaffen würden, dorthin zu kommen.«

Mr Wright räuspert sich. »Ich will mich ja nicht in Dinge einmischen, die mich nichts angehen, aber ich könnte hier und da falsch abbiegen und euch zur Brücke bringen. Vielleicht sogar zu der Blockparty, von der ich dir erzählt habe, Herzchen.«

Tre'Shawn richtet sich wie elektrisiert auf. »Eine Party?«

»Vergiss es«, sage ich. »Mrs Tucker lässt uns nie im Leben mitten in einem Blackout auf eine Party.«

»Wer sagt, dass sie wissen muss, wo wir hinfahren?«, sagt Mr Wright.

Tre'Shawn prustet. »Yo, Mann. Wir fahren einfach zu dieser Blockparty und bringen sie irgendwie dazu, uns bleiben zu lassen. Wir können ihr ja erzählen, dass das eine Kulturveranstaltung oder so was ist.«

»Für euch Südstaatler ist so eine New Yorker Blockparty ganz hundertprozentig eine Kulturveranstaltung«, sagt Mr Wright.

Ich weiß nicht, ob ich beleidigt oder beeindruckt sein soll. Aber ich muss zugeben ... »Das könnte funktionieren.«

Mr Wright setzt den Blinker. »Oh, Mist. Jetzt bin ich doch glatt in die falsche Richtung abgebogen und auf dem Weg nach Brooklyn.«

Tre'Shawn und ich lachen. Er drückt sanft meine Hand.

Wer weiß, vielleicht kombinieren die Leute in ein paar Monaten wieder unsere Namen und erwarten, dass wir für immer zusammenbleiben. Vielleicht tun wir das. Oder ich komme mit Micah zusammen.

Ich habe keine Ahnung. Aber fürs Erste bin ich okay damit, einfach nur Kayla zu sein.

DER LANGE WEG
TIFFANY D. JACKSON

Fünfter Akt

Brooklyn Bridge, 21:46 Uhr

Die Brücke ist nicht mehr als ein Schatten, der über dem East River hängt, unheimlich und wie von Hunderten funkelnden Geistern bevölkert – den Handytaschenlampen der in Manhattan gestrandeten Brooklynern, die sich auf dem Gehweg drängen, um nach Hause zu kommen.

Kareem und ich stehen am Park auf der gegenüberliegenden Straßenseite in der Nähe der City Hall Station und sehen zur Brücke rüber. Die U-Bahnen fahren immer noch nicht. Ich habe versucht, Dad anzurufen, aber wenn er am Steuer sitzt, geht er selten ans Handy. »Tja. Und was jetzt?«

Kareem zieht grinsend eine Augenbraue hoch. »Wie, was jetzt? Jetzt gehen wir rüber.«

Ich betrachte die Horde verschwitzter Zombies, die im Gänsemarsch an uns vorbei Schulter an Schulter durch die Dunkelheit marschieren. Die Männer haben ihre Krawatten gelöst, Frauen humpeln auf ihren hohen Absätzen, verschwitzte Hemden und Blusen, Stöhnen.

Im Drehbuch wäre das jetzt der Höhepunkt des Films. Die ultimative Schlacht zwischen Gut und Böse – die Szene, in der die Heldin auf ihre Feindin trifft.

Und hier ist sie. Bereit, mich zu töten.

Mein Mund wird trocken, während sich in meiner Brust ein Zittern ausbreitet, das mich bis ins Innerste erschüttert.

»Okay, das war's dann«, sage ich und hebe die Hand zum Abschied. »War schön, dich wiederzusehen.«

Ich drehe mich um und gehe so schnell ich kann davon. Kareem läuft mir lachend hinterher.

»Was machst du denn? Wir sind fast zu Hause!«

»Ich geh nicht über die Brücke. Vergiss es!« Ich laufe weiter.

Er springt mit einem Satz vor mich und blockiert mir den Weg. »Warum denn nicht?«

»Du weißt genau, warum!«

Kareem starrt mich entgeistert an, bis er endlich begreift und sich an die Stirn klatscht. »Höhenangst! Stimmt. Du hast Höhenangst! Scheiße, hab ich vergessen.«

»Ja, genau. Also ... bis dann.«

Ich will wieder weiter, als er mich an den Schultern packt.

»Bist du deswegen die ganze Zeit so langsam gelaufen? Weil du nicht über die Brücke wolltest? Warum hast du nichts gesagt?«

Ich öffne den Mund, um es zu erklären, aber mir fällt keine Begründung ein.

»Komm schon, Tammi, wir sind ruckzuck drüben. Ich versprech es dir. Wir laufen ganz schnell. Rennen, wenn's sein muss!«

Meine Augen füllen sich mit Tränen, und ich versuche, nicht zu schluchzen. »Ich kann nicht!«

Kareem hält meine Hände fest und beugt sich vor, um mir in die Augen zu schauen.

»Doch, kannst du. Stell dir einfach vor, wir ... wir wären ganz normal unterwegs wie früher immer. Wir können ja auch wieder was spielen. Zum Beispiel, wer zuerst jemanden entdeckt, der ... äh ... eine Perücke trägt ...? Oder ...«, sein Blick fällt auf meine Füße, »Air Max anhat!«

Ich muss lachen. Kareem hat sich für unsere langen Touren immer solche Spiele ausgedacht, bei denen man nach bestimmten Sachen Ausschau halten musste. Am einen Tag ging es darum, wer zuerst ein Brownstone mit rot lackierter Tür entdeckt, am nächsten um das Aufspüren von Gentrifizierern.

»Air Max?« Ich schnaube.

»Genau! Du schaffst das. Außerdem gibt es sowieso keinen anderen Weg. Okay?«

Ich hole ein paarmal tief Luft und betrachte die Verschmelzung meiner beiden größten Albträume: viel zu viele Menschen, die über eine Brücke gehen, die praktisch in der Luft schwebt. Aber am anderen Ende dieser Brücke liegt mein Zuhause. Kareem hat recht. Wir sind so nah, dass ich mir fast einbilde, das Parfüm meiner Mutter riechen zu können. Ich muss es versuchen.

»Kannst du mich ... an die Hand nehmen?«

Kareem blinzelt überrascht. »Ja, klar. Kann ich machen.«

Langsam tauchen wir in den steten Strom der Menschen in Richtig Fußgängerweg ein und lassen Manhattan hinter uns. Sofort fühlt sich mein Brustkorb an wie eingeschnürt und mein Herz hämmert gegen die Rippen. Vor uns erhebt sich das erste der beiden Portale mit dem Netz aus Stahlseilen, die die Konstruktion tragen.

»Schau einfach auf den Boden«, flüstert Kareem, der meine verschwitzte Hand hält. »Ah, da drüben. Siehst du? Air Max White/White. Oh, und rechts, das Homegirl hat sie in Army Green oder ist das Schwarz? Kann man schlecht erkennen.«

Ich richte meinen Blick zu Boden und konzentriere mich auf die Schuhe der vielen Leute, die an mir vorbeigehen. Kann die Brücke uns alle überhaupt tragen? Und wenn wir runterfallen? Ich kann nicht schwimmen!

»Genau so! Du machst das echt gut«, sagt Kareem und drückt meine Hand fester. »Gleich haben wir's geschafft.«

Dumpfes Stimmengewirr erfüllt meine Ohren. Die Leute um mich herum reden miteinander.

»Ich saß über zwei Stunden in der U-Bahn im Tunnel«, erzählt eine Frau vor uns erschöpft. »Irgendwann mussten wir an den Gleisen entlang zur nächsten Station laufen. Ich hatte in meinem ganzen Leben noch nie solche Angst.«

»Ich gehe jetzt schon zum zweiten Mal so über die Brücke, das erste Mal war am 11.9. Gleich nachdem der zweite Turm eingestürzt ist«, erzählt ein Mann hinter uns. »Waren das Menschenmassen hier! Man hatte das Gefühl, dass die ganze Brücke schwankt. Manche haben solche Panik bekommen, dass sie losgerannt sind.«

Kareem reißt den Kopf herum. »Hey, hören Sie auf mit dem Gerede. Wollen Sie, dass die Leute ausflippen?«

Der Boden dreht sich. Nein, nicht der Boden – die Brücke, die jeden Moment in den Fluss stürzen kann. Meine Knie sind wie aus Jell-O. Ich atme schwer, mir wird schwarz vor Augen.

»Ich ... kann nicht«, keuche ich und fasse mir an die Kehle. »Krieg. Keine. Luft. Oh Gott!«

Kareem schlingt einen Arm um meine Taille und stützt mich, während mir Tränen übers Gesicht strömen.

»Hey, hey, hey. Ganz ruhig.«

Hin und her gerissen, ob ich an Land zurücklaufen oder in Schockstarre verfallen soll, drücke ich mich an den Rand, hocke mich hin und klammere mich an einen Stahlträger.

»Ohgottohgottohgott …«, wimmere ich. »Schwankt die Brücke? Bewegt sie sich?«

»Nein! Überhaupt nicht. Ich schwöre. Bleib locker, okay? Vertrau mir.«

Ihm vertrauen? Wie kann ich ihm oder egal wem oder was in dieser Welt vertrauen?

»Geh ohne mich, Kareem!«, schluchze ich so laut, dass die Leute erschrocken schauen. »Geh zu deiner Party, wo deine ganzen neuen Freunde sind und dein neues Mädchen. Los! Geh!«

»Mann, scheiß auf die Party! Ich lass dich nicht allein!«

Ich zittere am ganzen Körper und klammere mich noch fester an dem Stahlträger fest. »Ich hab solche Angst! Hilfe! Bitte nicht …«

Kareem kniet sich vor mich hin, und als er mich fest in die Arme nimmt, schöpfe ich auf einmal wieder Hoffnung. »Okay. Okay. Alles gut. Lass uns einfach … Los, wir gehen da rüber. Da ist eine Bank. Komm mit.«

»Nein! Ich kann nicht … Ich kann mich nicht bewegen.«

Kareem legt einen Arm um meine Taille, zieht mich hoch und trägt mich zu der Bank. »So. Setz dich. Und jetzt hol erst mal tief Luft. So wie Ms Kelly es dir beigebracht hat. Weißt du noch?«

Meine Lungenflügel verkrampfen sich, als ich Luft zu holen versuche, beide Hände in sein Shirt verkrallt. Ms Kelly war unsere Schulschwester an der Middleschool, die mir gezeigt hat, wie ich atmen muss, um aus einer Panikattacke rauszukommen. Kareem war damals jedes Mal bei mir.

»Musst du dabei nicht den Kopf zwischen die Beine nehmen?«, fragt er.

Ich nicke, beuge mich vor und schlinge meine Arme von unten um meine Schenkel, den Blick auf die Parade von an uns vorbeiziehenden Schuhen gerichtet. Ich entdecke ein Paar graue Air Max. Sogar welche mit Leopardenmuster. Ich zähle, während sich mein Atem langsam wieder beruhigt. Was ich tue, nennt man *sich ankern*. Kareem sitzt still neben mir und reibt mir beruhigend über den Rücken. Er weiß, was er tut. Hat es schon öfter gemacht. Unsere langen Spaziergänge hatten auch etwas Therapeutisches.

Nach ein paar Minuten setze ich mich wieder auf. Mir ist schwindelig.

»Vorsichtig«, sagt Kareem.

Ich fange an, meine Umgebung wieder wahrzunehmen, sehe, dass wir es noch nicht mal ganz bis zum ersten Portal geschafft hatten.

»Danke«, flüstere ich.

Er lacht. »Wie willst du eigentlich nach Atlanta kommen, wenn du Höhenangst hast?«

»Es gibt ja auch noch Busse und Bahnen«, murmle ich.

Er lacht wieder. »Mann, du bist echt so was von trotzig. Und so ... schön.«

Mein Rücken versteift sich, und ich sehe ihn an, die Tränen versiegen sofort.

Unfassbar. Selbst jetzt, am absoluten Tiefpunkt ...

»Okay, Kareem.« Ich schiebe ihn von mir. »Du kannst den Job haben!«

»Was?«

»Deswegen bist du doch so nett zu mir, oder? Du hältst dich für superclever, aber ich hab sowieso kein Interesse mehr. Ich will ihn gar nicht. Nimm du ihn!«

Kareem starrt mich an. Sein Blick ist traurig. »Ernsthaft? Das denkst du von mir?« Er schüttelt den Kopf. »Verdammt, Tammi. Nach allem, was ... Warum kannst du mir nicht einfach vertrauen?«

Er beugt sich vor, die Ellbogen auf den Schenkeln, die Hände gefaltet. Schuld schnürt mir die Kehle zu. Da ist es wieder, dieses Wort. *Vertrauen.* Und er hat ja recht, warum eigentlich nicht? Immer wenn ich eine Panikattacke hatte, war er für mich da, war nie genervt deswegen, hat es keinem Menschen erzählt, noch nicht mal seiner Mutter. Ich hab ihm vertraut und er hat mich nie enttäuscht. Er hat mich immer in allem unterstützt, warum war ich umgekehrt nicht für ihn da und habe ihn unterstützt? Warum hatte ich kein Vertrauen?

Wenn einer so hübsch ist, dann kann man ihm nicht trauen.

Nein! So »einer« ist er nicht und war er nie. Er ist Kareem. Ich kenne ihn besser als jeden anderen Menschen. Ich hätte niemals an ihm zweifeln dürfen.

»Es tut mir leid. So hab ich es nicht gemeint.« Ich seufze. »Ich finde, du solltest den Job machen.«

»Ist schon okay«, sagt er, ohne mich anzusehen. »Du hast dich für dieses Sommerprogramm schon angemeldet, oder?«

»Ja, aber du hattest recht. Du kennst mich eben. Ich

wollte davonlaufen. Aber das will ich nicht mehr. Nicht vor dir. Kareem, du warst mehr als nur mein Freund. Du warst mein bester Freund und ich ... ich hab dir nicht vertraut. Und das hast du nicht verdient. Deswegen möchte ich, dass du den Job machst. Das ist das Mindeste, was ich tun kann. Du brauchst das Geld doch für die St. John's University, oder?«

Er runzelt die Stirn. »Was? Ich gehe nicht auf die St. John's.«

»Aber ich dachte, Imani will da hin?«

»Keine Ahnung. Mit Imani hab ich, seit die Schule vorbei ist, nichts mehr zu tun. Hat deine Mom dir das nicht gesagt?«

Ach Mom! Sonst hältst du dich doch auch nie an das, worum ich dich bitte!

»Oh. Das ... tut mir leid?«

Er zuckt mit den Schultern. »Kein Ding.«

Ich versuche, mein flatterndes Herz zu ignorieren, und zwinge mich, nicht zu offensichtlich zu lächeln.

»Trotzdem solltest du den Job im Apollo machen, Kareem. Ich weiß, dass du das Geld fürs Studium brauchst. Egal, an welche Uni du gehst. Und ich weiß, dass du in New York glücklich bist und hierbleiben willst. Ich ... ich möchte, dass du glücklich bist.«

Kareem schaut in die Ferne auf die Skyline der Stadt, die immer noch in Dunkelheit gehüllt ist. Eine tiefschwarze Silhouette, fremdartig wie ein surreales Gemälde.

»Ich hab mich an der Clark Atlanta eingeschrieben«, sagt er leise.

Ich fahre zu ihm herum. »Was? Warum hast du mir das nicht früher gesagt?«

Er grinst und sagt schulterzuckend: »Wir hatten doch immer vor, an derselben Uni zu studieren, oder?«

»Ja, schon, aber ... jetzt ist alles anders.«

»Nicht alles. Ich weiß, dass das voll stalkermäßig rüberkommt, aber ... Ich konnte dich da doch nicht allein hingehen lassen.« Er lacht. »Ich hab nicht erwartet, dass wir uns heute treffen. Eigentlich dachte ich, ich hätte mehr Zeit, alles vorzubereiten. Den Move mit unserer Eiscreme-Kombi wollte ich eigentlich erst kurz vor dem Homecomingball machen.«

In seinen Augen liegt so viel Zärtlichkeit. War die den ganzen Tag da?

So was passiert einem nur einmal im Leben, und du nimmst dir noch nicht mal eine Sekunde Zeit, um einfach mal. Nach. Oben. Zu. Schauen.

»Du ... du willst trotzdem weiter mit mir zusammen sein? Nach allem, was ich in der Nachricht geschrieben habe? Sogar nach ... heute?«

Kareem beugt sich zu mir und legt die Arme um mich. »Warum denn nicht?«

Mir steigen Tränen in die Augen. »Weil ich ein Freak bin, Kareem! Ich schaffe es noch nicht mal, über eine verdammte Brücke zu gehen. Ich gehe nie aus dem Haus und ich gehe nicht auf Partys oder irgendwohin, wo viele Menschen sind, und du bist echt voll hübsch und süß und bräuchtest eine Freundin, die ...«

»Aber du bist *mein* Freak. Ich will dich lieber jeden Tag so als gar nicht.«

»Und was ist mit den anderen Mädchen?«

»Was soll ich denn mit anderen Mädchen, wenn ich dich habe, Dummie!«

Ich blinzle und wir brechen in Lachen aus.

So ist das nämlich, wenn man den richtigen Menschen findet. Wenn man liebt und geliebt wird, ist es nicht so wichtig, was der andere vielleicht für Macken hat. Weil man sich sowieso jeden Tag neu entscheiden muss, zu lieben, auch an Tagen, die anders laufen, als man es sich vorgestellt hat.

Und deswegen ziehe ich ihn am Kragen seines Shirts zu mir und küsse ihn. Küsse meinen chaotischen, vergesslichen, bescheuerten Exfreund. Und während wir so über dem Wasser in der Luft sitzen und er meinen Kuss erwidert, verschwindet alles andere um uns herum.

»Verdammt, Baby.« Er lacht leise und streicht mit dem Handrücken über mein Gesicht. »Wir sollten uns öfter auf Brücken küssen.«

Ich lächle ihn an, als ich plötzlich ein merkwürdiges Leuchten bemerke, das ihn wie einen Heiligenschein umrahmt. Ich schnappe nach Luft.

»Kareem! Die Lichter sind wieder an!«

Er dreht sich um, und mit einem Mal ist die Stadt wieder zum Leben erwacht und in der Skyline ist jedes einzelne Gebäude zwischen den anderen deutlich zu erkennen.

»Whoa! Ja!« Er dreht den Kopf und schaut zur anderen Seite. »Aber bei uns ist es noch dunkel. Anscheinend dauert es in Brooklyn ein bisschen länger.«

Ich schmiege meinen Kopf an seine Halsbeuge, er küsst mich auf die Stirn, und wir betrachten die erleuchtete Skyline der großartigen Stadt, in der ich zu Hause bin und die ich niemals satthaben werde. »Schön.«

»Ja«, stimmt er mir zu. »Ich hätte beinahe gesagt, *aber nicht so schön wie du*, wenn das nicht übelst abgedroschen klingen würde.«

Ich lache und fühle mich so gut, wie ich mich den ganzen Tag nicht gefühlt habe, und das, obwohl wir mitten über dem East River in der Luft hängen.

»Kareem?«

»Ja?«

»Glaubst du, wir kommen noch rechtzeitig zu der Party?«

Er grinst. »Es gibt nur einen Weg, das rauszufinden.«

Und dann stehen wir auf und laufen weiter.

Hand in Hand.

SEYMOUR UND GRACE
NICOLA YOON

Brooklyn, 22:05 Uhr

[*Philosophy Now!* PODCAST]

Sprecher: *In der heutigen Folge beschäftigen wir uns mit einem der ganz großen philosophischen Themen, nämlich der Frage nach Identität: Was macht dich zu* dir?

Zur Einführung in die Diskussion möchte ich die Parabel des Schiffs von Theseus – auch als »Theseus' Paradoxon« bekannt – näher untersuchen. Vielleicht ist eure Schulzeit schon einige Zeit her und ihr habt vergessen, wer Theseus war, deshalb frische ich eure Erinnerung schnell auf.

König Theseus von Athen ist eine Gestalt der griechischen Mythologie. Er gilt aus diversen Gründen als großer Held, ist aber vor allem dafür bekannt, dass er den Minotaurus besiegt hat, ein furchterregendes Mischwesen aus Mensch und Stier, das in einem Labyrinth auf der Insel Kreta lebte.

Es gibt unterschiedliche Versionen der Geschichte. In einer segelt Theseus nach seinem Sieg über den Minotaurus mit seinem Schiff nach Athen zurück, wo die Bürger beschließen, dieses Schiff als Erinnerung an seinen Triumph im

Hafen auszustellen. Die Jahre vergehen und der Zahn der Zeit beginnt an dem Schiff zu nagen. Um es zu erhalten, werden nach und nach immer wieder alte Planken gegen neue ausgetauscht.

Nach tausend Jahren fortwährender Reparaturarbeiten sind irgendwann sämtliche Teile ersetzt, bis kein einziges Bauteil des ursprünglichen Schiffs mehr übrig ist.

Ich wiederhole: Kein einziges Originalteil bleibt erhalten.

Jetzt die Frage an euch, Freunde der Philosophie: Ist das Schiff, das da im Hafen liegt, immer noch Theseus' Schiff?

Falls ihr sagt: »Nein, ist es nicht«, würde ich gern von euch wissen: Ab welchem Moment hat es aufgehört, Theseus' Schiff zu sein? Als die allererste Planke ersetzt wurde? Die zweite? Die allerletzte?

Und wenn ihr antwortet: »Ja, ist es«, lautet meine Frage: Was, wenn man alle alten Planken benutzt hätte, um daraus ein anderes Schiff zu bauen? Wäre dieses Schiff dann nicht ebenfalls Theseus' Schiff?

GRACE

Ich schaue von der Nachricht auf, die ich gerade an Lana geschrieben habe, und beuge mich nach vorn. »Könntest du das ein bisschen leiser stellen?«, bitte ich meinen Ryde-Fahrer.

Er wirft mir im Rückspiegel einen Blick zu. Ich lächle, um ihm zu zeigen, dass ich es nicht böse meine. Ich könnte das Radio über die App auch selbst leiser stellen. Schließlich wirbt Ryde mit dem Slogan: *Where the Ryder Controls the Ryde.* Aber ich finde es höflicher, ihn zu fragen.

Andererseits gibt es wirklich keinen nachvollziehbaren Grund, das Radio so laut zu stellen, wenn ein Fahrgast im Wagen sitzt.

»Philosophie ist wohl nicht so dein Ding?«, sagt er.

Ist sein Tonfall irgendwie herablassend oder bilde ich mir das nur ein? Okay, ich bin zurzeit etwas dünnhäutig. Vielleicht hat er es nicht so gemeint, wie es sich für mich angehört hat.

»Es ist einfach nur ziemlich laut«, sage ich. Diplomatisch.

»Ach so. Weil du dich ja darauf konzentrieren musst, Emojis in dein Handy zu tippen. Damit rettest du sicher die Welt.«

Also habe ich mir den Unterton nicht eingebildet. »Äh ... Entschuldigung?«, sage ich. Ich kann meine Stimme so eisig klingen lassen, dass die Leute erstarren.

Der Fahrer erstarrt nicht.

Er wirft mir im Rückspiegel wieder einen Blick zu. »Hast du überhaupt zugehört?«, fragt er. »Das ist ein richtig guter Philosophie-Podcast. Heute geht es um Theseus' Paradoxon, also um die Frage, wie sehr sich ein Mensch verändern und trotzdem noch als dieselbe Person betrachtet werden kann.«

Mein Handy vibriert, als eine neue Nachricht von Lana kommt.

LANA: !!!!!

LANA: Hab ihn grade entdeckt!

LANA: Bist du schon von zu Hause los?

LANA: Was meinst du, wann du da bist?!

Mit »da« meint sie die Blockparty, zu der ich unterwegs bin. Das »ihn« bezieht sich auf meinen Exfreund Derrick, der einzige Grund, warum ich überhaupt auf diese Party gehe. Wir waren fast zwei Jahre zusammen. Vor sechs Wochen hat er mit mir Schluss gemacht.

Ich schalte die Kamera auf Selfie-Modus und überprüfe, ob ich noch so gut aussehe wie vorhin, als ich mich fertig gemacht habe. Nicht, dass das wirklich eine Rolle spielt. Solange der Strom weg ist, kann Derrick sowieso nicht viel von mir sehen.

Der Fahrer lässt nicht locker. »Das ist das Problem mit der Identität«, sagt er. »Menschen ändern sich. Wir sind nicht mehr dieselben, die wir vor zehn oder vor fünf Jahren oder gestern waren. Unser Geschmack verändert sich, wir hören auf, die Leute zu lieben, die wir früher geliebt haben, und werden von ihnen nicht mehr geliebt.«

Der letzte Punkt – das mit den Leuten, die wir nicht mehr lieben und die uns nicht mehr lieben – bringt mich dazu, noch mal von meinem Handy hochzugucken.

Er dreht sich kurz zu mir um. Zu kurz, um wirklich viel von ihm zu erkennen, aber ich glaube, dass er ziemlich gut aussieht.

»Es gibt keine Gemeinsamkeiten mit unserem früheren Selbst. Warum tun wir dann weiter so, als wären wir noch dieselben Menschen?«, fragt er.

Die Frage ist wirklich interessant. Normalerweise würde ich mich sogar mit ihm darüber unterhalten, aber jetzt gerade bin ich zu sehr damit beschäftigt zu überlegen, was ich zu Derrick sagen soll, wenn ich ihn nachher sehe.

Wieder eine Nachricht von Lana. Inzwischen ist anscheinend diese Trish gekommen, das Mädchen, das in der letzten Zeit immer wieder in Derricks Posts auftaucht. Es ist nicht so, als würde ich nur auf diese Party gehen, um ihn zurückzukriegen, indem ich ihm zeige, was er verloren hat. Oder ... okay, doch. Genau so ist es. Und ja, ich weiß, wie jämmerlich sich das anhört. Aber ich wünsche mir einfach, dass er einen Blick auf mich wirft und begreift, was für ein Fehler es war, sich von mir zu trennen.

Wir werden ewig brauchen, um zur Party zu kommen. Der Strom ist jetzt schon seit Stunden weg. Weil die Ampeln alle nicht funktionieren, kriechen die Autos im Schritttempo über die Kreuzungen.

»Willst du was noch Krasseres hören?«, fragt mein Fahrer.

Ich wedle mit meinem Handy. »Sorry, ich hab grade echt keine Zeit für so was. Könntest du das Radio einfach ein bisschen leiser ...«

Aber er redet ungerührt weiter. »Alle unsere Zellen sterben nach einiger Zeit ab und werden durch neue ersetzt. Innerhalb von sieben Jahren haben wir uns einmal komplett erneuert. In meinem aktuellen Körper befindet sich keine einzige Zelle von dem Körper, den ich mit zwei Jahren hatte«, sagt er. »Und jetzt frage ich dich: Wenn dein jetziges Selbst nicht dasselbe ist wie dein vergangenes Selbst – was hat es dann für einen Sinn, irgendwelche Pläne zu machen? Unser zukünftiges Selbst wird kein bisschen so sein, wie wir jetzt sind. Anderer Geschmack, andere Freunde, andere Zellen. Unser zukünftiges Selbst ist ein absolut Fremder, ein komplett anderer Mensch. Warum verschwenden wir so viel Zeit darauf, Dinge für jemanden zu planen, den wir jetzt noch gar nicht kennen?«

Mein Fahrer ist so im Philosophierrausch, dass er gar nicht mitkriegt, dass der Wagen vor uns längst losgefahren ist. Hinter uns hupt es laut und durchdringend. Er zuckt zusammen und tritt beim Anfahren ein bisschen zu hart aufs Gaspedal.

Ich öffne meine Ryde-App. Der Fahrer heißt Seymour. Soll ich ihm eine Ein-Sterne-Bewertung geben? Ich überlege, was ich in den Kommentar schreiben würde. *Fahrer hat eine Identitätskrise.*

Statt ihm einen Stern zu geben, beschließe ich, den Werbeslogan in die Tat umzusetzen. Ich schalte den Podcast mit der App ab und lasse stattdessen meine Abba-Playlist laufen.

Die ersten Takte von *Knowing Me, Knowing You* erfüllen den Wagen.

Mein Fahrer lacht. »Das ist wohl mein Stichwort, dass ich den Mund halten soll.«

Ich schaue aus dem Fenster. Es ist erst kurz nach zehn, aber weil der Strom weg ist, fühlt es sich an wie tiefste Nacht. Keine einzige Straßenlaterne leuchtet und die Geschäfte sind dunkel. Immer mal wieder streift ein Autoscheinwerfer oder das Licht einer Handytaschenlampe kurz ein Schaufenster oder das Gesicht eines Vorübergehenden. In dem plötzlichen Lichtstrahl sehen vollkommen normale Dinge auf einmal überraschend anders aus.

Ob Derrick nachher wohl auch anders aussieht?

Wieder eine Nachricht von Lana.

LANA: Sie tanzen

LANA: Aber ohne Körperkontakt

LANA: Noch

Ich lehne den Kopf ins Polster zurück, schließe die Augen und versuche mir keine Gedanken darüber zu machen, was das bedeuten könnte.

Der Fahrer singt inzwischen mit. So schief, dass es schon wieder lustig ist. Er trifft die Töne noch nicht mal ansatzweise. Ich sitze zurückgelehnt da und singe auch mit. Meine Stimme bricht nicht – noch nicht mal, als wir zu der Stelle kommen, in der es heißt, dass Trennungen nie einfach sind.

SEYMOUR

Nach dem dritten Abba-Song bin ich ernsthaft versucht, die Tür aufzureißen und aus meinem eigenen Wagen zu fliehen. Aber selbst schuld. Was reize ich eine klassische Primadonna auch mit philosophischen Gedanken. Primadonnen gehören zur Gruppe der vier nervigsten Fahrgasttypen. Die anderen drei sind:

Soziopathen – setzen sich neben dich auf den Beifahrersitz, reden aber die ganze Fahrt über kein Wort.

Bros – bestehen darauf, dass du die Musik laufen lässt, die du auch privat hörst, und gehen total selbstverständlich davon aus, dass das nur Rap sein kann. Reden auskennermäßig über Tupac und Biggie, wissen aber nicht, dass beide schon lange tot sind. Hampeln auf der Rückbank rum, um zu zeigen, dass das genau ihr Sound ist. Es sind immer nur Typen, die das machen. Weiße Typen.

Satansbraten – Kinder, die von hinten immer wieder die Füße in den Fahrersitz rammen. Hält man sie fest und schaut hinter ihrem Ohr nach, findet man da die Zahl 666.

Primadonnen sind solche wie die, die gerade hinter mir sitzt – hübsch und kalt. Kein Hallo oder Augenkontakt, wenn sie in den Wagen steigen. Einsilbige Antworten. Star-

ren auf ihre Handys, als würde auf dem Display die Antwort auf die Frage nach dem Sinn des Lebens stehen.

Wobei dieses Mädchen hier um einiges hübscher ist als
eine normale Durchschnittsprimadonna. Sie ist *schön* –
dunkelbraune Haut, lange, dünne Dreads, riesige Augen
und volle Lippen, die sich in den Mundwinkeln nach oben
biegen. Sie sieht aus, als würde sie oft lächeln. Humor hat
sie jedenfalls. Ich bin mir ziemlich sicher, dass sie *Knowing
Me, Knowing You* gespielt hat, weil es in meinem Podcast
gerade um Identität ging.

Sie wird mir garantiert eine Ein-Sterne-Bewertung geben, wenn sie es nicht schon getan hat. Vielleicht sollte ich
mich entschuldigen. Ich weiß, dass ich nur deswegen so
gereizt reagiert habe, weil mir der Streit mit Tommy von
gestern Abend noch in den Knochen steckt. Irgendwie
muss ich es schaffen, besser draufzukommen. Ich kann mir
keine schlechte Bewertung leisten. Ich bin auf diesen Job
angewiesen.

Das Ryde-Navi sagt, dass wir zur Zieladresse ungefähr
eine Stunde brauchen. Normalerweise würde die Fahrt maximal dreißig Minuten dauern. Aber wegen dem Stromausfall sind die Straßen so dicht, dass man fast das Gefühl hat,
auf einem Parkplatz zu stehen. Ich kann nur hoffen, dass
das Mädchen auch noch ein paar andere Songs auf ihrer
Playlist hat. Es wäre echt hart, wenn ich jetzt eine ganze
Stunde lang Abba hören müsste.

Ich werfe noch mal einen schnellen Blick in den Rückspiegel. Ihr Gesicht wird vom Handydisplay angeleuchtet.
Jetzt, wo sie es geschafft hat, mich ruhigzustellen, fällt mir
auf, dass sie traurig aussieht.

Ich würde gern wissen, was ihre Geschichte ist. Als ich

den Job hier angefangen habe, hatte ich mich darauf gefreut, auf den Fahrten Leute aus allen Teilen der Stadt und aus den verschiedensten Lebensbereichen kennenzulernen. Ich hatte die Vorstellung, mein Wagen wäre so eine Art Blase, in der die Fahrgäste eine kurze Auszeit von ihrem hektischen Alltag nehmen könnten. Ich habe versucht, Gespräche mit ihnen anzufangen, weil ich dachte, dass ich auf diese Weise was über die Menschen und das Leben lernen würde.

Aber die meisten wollen gar nicht reden. Die sind alle bloß auf dem Weg von A nach B. Alle im Drama ihres eigenes Lebens gefangen. Unsere Wege überschneiden sich für kurze Zeit und gehen dann wieder auseinander.

Manchmal würde ich sie gern dazu bringen, länger zu bleiben.

»Wie bitte?«, fragt die Primadonna von der Rückbank.

Wir sehen uns kurz im Rückspiegel an. »Redest du mit mir?«, frage ich.

»Ich dachte, du hättest gerade was gesagt. Dass du sie dazu bringen möchtest, länger zu bleiben oder so was.«

»Oh, sorry«, sage ich. »Manchmal spreche ich das, was ich denke, laut aus.«

»Ah. Okay.« Sie schaut in die Dunkelheit hinaus.

Mein Handy brummt. Das ist jetzt schon das sechste Mal, dass Tommy heute anruft. Ich lasse auch diesmal die Mailbox rangehen. Sekunden später leuchtet das Display auf. Eine Nachricht von ihm. Ein paar Sekunden danach ruft er zum siebten Mal an.

»Wäre es okay, wenn wir der schwedischen Popsensation eine kurze Atempause gönnen, damit ich den Anruf annehmen kann?«, frage ich.

»Ja, klar«, sagt sie mit leisem Lachen.

Ich schaue schnell über die Schulter, weil mich interessiert, wie sie aussieht, wenn sie lacht. Sie sieht … gut aus.

Dann fummle ich mir den Kopfhörerstöpsel rein und nehme den Anruf an. »Tommy. Was gibt's?«

»Ich hab dich schon tausendmal angerufen, Alter«, sagt er.

»Ja. Hab eben erst gemerkt, dass mein Handy aus war.« Keine Ahnung, warum ich lüge. Wahrscheinlich, weil das leichter ist, als ihm zu sagen, dass ich nicht mit ihm reden will.

Er ist ein paar Sekunden still. »Tut mir leid, dass ich das gestern gesagt habe, Mann. Das war nicht so gemeint.«

Ich sage darauf nichts, weil es natürlich so gemeint war. Sonst hätte er es nicht gesagt. Wörter bedeuten etwas. Immer.

»Hast du Lust, später zusammen abzuhängen?«, fragt er.

»Geht nicht. Ich muss arbeiten.« Ich spüre, dass er noch was sagen möchte. »Hör zu, ich kann jetzt nicht reden. Ich hole gerade einen Fahrgast ab.« Ich drücke ihn weg, ziehe den Stöpsel raus und werfe ihn auf den Beifahrersitz.

Bis letztes Jahr waren Tommy und ich wie Brüder.

Wir haben uns in der fünften Klasse kennengelernt, weil unsere Eltern sich angefreundet hatten. Seine kommen genau wie meine ursprünglich aus Jamaika. Tommy und ich haben immer alles zusammen gemacht. Unser Leben verlief immer auf derselben Bahn – der, die unsere Eltern für uns geplant hatten: an der Highschool gute Noten schreiben, wenigstens ein Teilstipendium bekommen und dann an eine staatliche Uni gehen, wo unsere Eltern sich die Studiengebühren leisten können. Aber jetzt studiert Tommy seit einem Jahr an der Binghamton University und ich bin immer noch hier und mache diesen Job. Zwischen uns ist nichts mehr, wie es mal war.

Ich hupe das Taxi vor uns kurz an, damit es weiterfährt. Vielleicht ist der Fahrer eingeschlafen. Danach drehe ich mich halb zu dem Mädchen. »Tut mir leid wegen dem Anruf«, sage ich. »Jetzt kannst du deine Musik wieder anmachen.«

»Ist schon okay«, sagt sie. »Lass ruhig deinen Podcast weiterlaufen.«

»Im Ernst jetzt? Wieso auf einmal?«

Sie zuckt mit den Achseln. »Sorry, dass ich ihn abgeschaltet habe. Ich hab heute einfach einen schlechten Tag.« Sie schaut weg und dann wieder zu mir. »Aber ich hab das Gefühl, dass deiner vielleicht auch nicht so toll ist«, sagt sie.

Netter Zug von ihr. Vielleicht ist sie doch keine klassische Primadonna.

»Wohin bist du eigentlich unterwegs?«, frage ich.

»Zu einer Blockparty. Ich treffe mich da mit meinem Freund«, sagt sie und betont das so, wie Mädchen es immer machen, wenn sie nicht angebaggert werden wollen.

Ich lache in mich hinein. Das kenne ich von Serena, einer meiner jüngeren Schwestern. Die Typen an ihrer Schule glauben alle, dass sie eine Fernbeziehung mit einem Jungen in Ghana hat.

»Bist du aus Jamaika?«, frage ich. »Klingt ein bisschen so.«

»Das hörst du?«, fragt sie überrascht.

»Meine Familie kommt aus Mobay. Ich würde den Akzent überall erkennen. Wann bist du hergezogen?«

»Vor zwei Jahren. Mit sechzehn.«

Etwas in ihrer Stimme bringt mich dazu, sie zu fragen: »Hast du Heimweh?«

Sie sieht aus dem Fenster. »Ja, schon. Der größte Teil meiner Verwandten lebt dort. Meine Freunde.«

Ich höre die Sehnsucht in ihrer Stimme. Ob sie mit ihren Freunden noch Kontakt hat? Zwei Jahre sind eine lange Zeit. Menschen können sich in kürzerer Zeit verlieren. Das weiß ich aus Erfahrung.

GRACE

Von Lana ist jetzt schon seit ein paar Minuten keine Nachricht mehr gekommen. Sie und Tristán sind jetzt wahrscheinlich nur noch am Rumknutschen, nachdem sie ihm endlich, endlich gestanden hat, dass sie ihn liebt – und er ihr gesagt hat, dass er auch die ganze Zeit in sie verliebt war.

Ich muss mich irgendwie ablenken, um nicht darüber nachzudenken, was in diesem Moment vielleicht zwischen Derrick und Trish passiert. Um nicht darüber nachzudenken, was sie hat und ich nicht.

Ich lege mein Handy mit dem Display nach unten in den Schoß und schaue nach vorn. »Wie bist du auf den Podcast gekommen?«, frage ich.

»Ich finde die Themen einfach interessant«, sagt er achselzuckend. Anscheinend ist er nach dem Anruf eben nicht mehr so scharf darauf, darüber zu reden.

»Okay. Aber ich bin anderer Meinung«, sage ich.

Jetzt wird er doch wieder munter, dreht sich kurz zu mir um und lächelt. »Bei was genau?«, fragt er.

»Es ist egal, ob die Zellen in meinem Körper andere sind als früher«, sage ich. »Ich bin trotzdem noch derselbe Mensch. Mein Körper hat sich vielleicht verändert, aber meine Erinnerungen nicht. Ich erinnere mich daran, wer ich gestern war, und werde auch morgen noch wissen, wer ich dann bin.«

Sein Lächeln wird breiter. Man merkt ihm an, dass er sich gern über solche Sachen unterhält. Ich muss zugeben, dass mir das auch Spaß macht. Derrick dagegen könnte mit so was bestimmt überhaupt nichts anfangen.

»Falls sich herausstellen sollte, dass ich ein total unfähiger Fahrer bin und wir einen Unfall haben, durch den du dein Gedächtnis verlierst, wärst du also nicht mehr derselbe Mensch?«, fragt er.

»Doch, wäre ich. Ich wäre immer noch derselbe Mensch, nur mit Gedächtnisverlust«, sage ich.

»Sicher? Dann hättest du aber gar nichts mehr von dem, was dich mal ausgemacht hat. Nicht denselben Körper, weil deine Zellen sich erneuert hätten, und auch nicht mehr dieselben Erinnerungen. Es wäre nichts übrig.«

Ich beuge mich zwischen den beiden Sitzen nach vorn. »Die Frage ist also: Was macht uns zu *uns*?«

»Ganz genau«, sagt er und klopft bekräftigend aufs Lenkrad.

»Und, hast du darauf eine Antwort?«

Er schüttelt lachend den Kopf. »Nein.«

»Macht dich das nicht wahnsinnig?«, frage ich.

»Nein«, sagt er wieder. »Ich stelle mir gern Fragen.«

Er dreht sich genau in dem Moment zu mir um, als die Scheinwerfer eines anderen Wagens direkt in unseren leuchten. Ich glaube, meine Augen werden so riesig wie bei einer Comicfigur, als mein Gehirn registriert, *wie* hübsch er ist. Warme braune Haut, große dunkle Augen, Wangenknochen wie gemeißelt. Er hat eines dieser Gesichter, die man auf Plakatwänden sieht.

Ich schaue weg und dann noch mal hin, aber da hat er sich schon wieder nach vorn gedreht. Als ich seinen Hinterkopf und sein Profil betrachte, stelle ich fest, dass das anscheinend nicht reicht, um abschätzen zu können, wie gut jemand aussieht.

»Wie alt bist du eigentlich?«, frage ich.

»Vor ein paar Tagen neunzehn geworden.«

»Oh. Happy Birthday nachträglich.«

Er lächelt mich im Rückspiegel an. »Danke.«

Wir nähern uns einer Kreuzung und er setzt den Blinker. »Hast du dir diesen Podcast fürs College angehört?«, frage ich.

Er schweigt eine Weile und reibt mit dem Daumen übers Lenkrad. Das Ticken des Blinkers klingt in der Stille noch lauter.

Nach einer langen Pause sagt er: »Ich bin nicht auf dem College.« Er holt tief Luft. »Mein Pops ist vor zwei Jahren gestorben.« Seine Stimme ist so leise, dass ich Schwierigkeiten habe, ihn zu verstehen.

»Das tut mir total leid«, sage ich.

»Danke«, sagt er. »Echt verrückt, wie viele Leute kein Wort rauskriegen, wenn ich ihnen das erzähle. Na ja … Eigentlich war der Plan, dass ich auf der Binghamton studiere. Aber ich habe noch Schwestern und meine Mutter musste nach Pops Tod alles ganz allein stemmen. Jetzt, wo er nicht mehr da ist, ist das Geld knapp. Meine Mom würde auch zwei, drei, sogar vier Jobs annehmen, damit wir durchkommen, aber ich kann nicht zulassen, dass sie sich kaputtschuftet. Besser, wenn ich in New York bleibe, Taxi fahre und das College vergesse.«

Ich weiß nicht, was ich darauf sagen soll, deswegen sage ich noch mal, dass es mir leidtut.

»Tja, und der Anruf eben ...«

»Du meinst den, den du erst nicht annehmen wolltest und dann nicht schnell genug hinter dich bringen konntest?«

»Genau der.« Er lacht.

Dann erzählt er mir von seinem Freund Tommy. Dass sie sich seit der fünften Klasse kennen und eigentlich zusammen studieren wollten, aber er wegen dem, was mit seinem Dad passiert ist, hiergeblieben und nur Tommy, wie geplant, aufs College gegangen ist.

»Gestern Abend hat es zwischen uns ziemlich geknallt. Er wollte in so einen Club, der richtig viel Eintritt kostet.« Er schaut nach links aus dem Fenster und seufzt. »Ich wollte einfach nur mit ihm abhängen und ein bisschen zocken, ganz normal wie früher eben. Als ich gesagt hab, dass ich lieber was machen würde, was nicht so viel kostet, hat er gesagt, dass ich mich in einen alten Mann verwandelt hätte. Wollte wissen, seit wann ich so geizig wäre. Er hat gesagt, ich hätte mich total verändert.«

»Kein Wunder, dass du nicht drangehen wolltest, als er angerufen hat«, sage ich.

»Ja«, sagt er und lacht dann. »Sorry, ich wollte das nicht alles bei dir abladen.«

»Schon okay«, sage ich und lache auch. »Die Leute erzählen mir immer alles. Muss irgendwie an meinem Gesicht liegen.«

»Und daran, dass du gut zuhören kannst«, sagt er. »Aber
jetzt, wo du alles über mich weißt, sollte ich mich vielleicht
auch mal offiziell vorstellen. Ich heiße Seymour.«

»Und ich Grace«, sage ich. »Machen die Leute Witze
über deinen Namen?«

»Weil Seymour wie ›see more‹ klingt, meinst du? *Hey,
Seymour, kannst du mal vorlesen, was da steht, du siehst
doch mehr als ich?*«

Ich grinse. »Ja, genau.«

Die Scheinwerfer eines vorbeifahrenden Autos malen einen weißen Balken über seine Augen.

»Nie«, sagt er und grinst mich im Rückspiegel an. »Freut
mich, dich kennenzulernen, Grace.«

SEYMOUR

Seit wir uns mit Namen vorgestellt haben, hat sie nichts
mehr gesagt. Wahrscheinlich habe ich sie mit meinen Geschichten über Pops und Tommy runtergezogen. Wenn sie
mir vorhin noch keine Ein-Sterne-Bewertung gegeben hat,
macht sie es mit Sicherheit jetzt. »Der Fahrer verbreitet
superschlechte Stimmung«, wird sie in den Kommentar
schreiben.

Während ich überlege, mit welcher witzigen Bemerkung
ich die Atmosphäre wieder auflockern könnte, ertönt ein
Piepsen. Ich werfe einen Blick auf die Tankanzeige. Die
Nadel ist eindeutig im tiefroten Bereich.

Shit.

War das eben das erste Warn-Piepsen? Oder schon das dritte »Sie sollten jetzt dringend rechts ranfahren«-Piepsen? Ich schnippe mit dem Finger gegen das Glas, als könnte ich die Nadel damit wieder ins Grüne befördern.

»Bitte sag jetzt nicht, dass der Tank leer ist«, sagt Grace von der Rückbank.

»Ist er nicht«, behaupte ich und schnippe noch mal gegen das Glas. »Wir haben noch genug Benzin, um zu deiner Party zu kommen.«

In dem Moment, in dem ich das sage, merke ich, wie der Wagen langsamer wird.

Ihr Blick brennt in meinem Nacken.

Ich muss schnell auf die rechte Spur wechseln, um im Notfall anhalten zu können. Noch schlimmer, als mit leerem Tank liegen zu bleiben, wäre es, mit leerem Tank mitten im Verkehr liegen zu bleiben. Obwohl ich den rechten Blinker gesetzt habe, überholt mich der Wagen hinter uns und der Fahrer zeigt mir den Stinkefinger. Manche Leute bilden sich echt ein, die Straße würde ihnen gehören.

Endlich schaffe ich es, die Spur zu wechseln und nach rechts in ein Wohngebiet zu biegen. Wir sind in der Gegend um Boerum Hill. Ich weiß nicht viel über diesen Teil von Brooklyn, außer dass hier ziemlich reiche Leute wohnen. Jeder zweite Laden ist entweder ein Biomarkt oder eine Galerie. Die Gehwege sind breit und von Bäumen gesäumt, und die riesigen Brownstone-Häuser kosten bestimmt ein Vermögen. Nur in ein paar Fenstern flackern Kerzen. Es sind auch nicht viele Leute auf der Straße unterwegs. Die Gegend sieht dunkel aus. Einsam.

Als ich den Wagen gerade in eine Parklücke lenke, gibt

er stotternd den Geist auf. Ich ziehe den Schlüssel ab und spähe in den Rückspiegel, um einzuschätzen, wie sauer sie ist. Sie reibt sich die Schläfen und holt tief Luft.

Ich drehe mich zu ihr um. »Ich bin ein Idiot.«

Sie verengt die Augen und steigt wortlos aus.

Ich steige auch aus und fange sie auf dem Gehweg ab. Sie hat ihr Handy rausgeholt, um einen neuen Ryde zu ordern.

»Ich bin der schlimmste Fahrer, den es gibt«, sage ich. »Du solltest mir definitiv einen Stern geben. Oder noch besser *null* Sterne.«

Sie sieht vom Handy auf. »Geht das?«, fragt sie.

»Das war ein Witz.«

»Oh«, sagt sie. »Du bist witzig.«

»Autsch«, sage ich.

Sie schaut kopfschüttelnd wieder auf die App. Ich kann mir nicht vorstellen, dass sie noch einen anderen Ryde bekommt, solange der Strom weg ist.

»Hör zu«, sage ich. »Zu Fuß sind wir in einer halben Stunde in der Straße, in der deine Party ist. Ich bring dich hin.«

Sie schüttelt den Kopf. »Ich kann alleine gehen.«

»Aber es ist dunkel«, sage ich.

»Meine Füße funktionieren auch im Dunkeln«, sagt sie.

»Ich rede von deiner Sicherheit.« Ich weiß, dass ich wie ein nerviger älterer Bruder klinge, aber das ist mir egal. »Kennst du dich hier in der Gegend aus?«

»Nein«, gibt sie zu und sieht sich um. Sie verschränkt die Arme und klopft mit dem Fuß auf den Boden. »Aber dich kenne ich auch nicht.«

»Stimmt. Deswegen sollten wir das ändern«, sage ich. »Also. Du weißt schon was über meinen Vater. Er hieß

Walter und war Englischlehrer. Er hat sich für Philosophie interessiert und Gedichte geliebt. Meine Mutter heißt Carol und unterrichtet Geschichte. Die beiden haben sich kennengelernt, als sie beide an derselben Schule in Jamaika gearbeitet haben, und sind dann nach New York gezogen. Ich habe zwei jüngere Schwestern. Serena ist fünfzehn und Melanie zwölf.« Ich hole kurz Luft. »So. Jetzt kennst du mich ein bisschen besser und ich flehe dich an: Zwing mich nicht, dich hier allein durch die Dunkelheit laufen zu lassen, obwohl es meine Schuld ist, dass du zu Fuß gehen musst. Meine Mutter würde mich umbringen. Meine Schwestern würden mich umbringen. Bitte erlaub mir, dich zu begleiten, damit ich nicht durch die Hände der Frauen in meinem Leben sterbe.«

Sie muss lachen. »Na gut«, sagt sie. »Aber nur, weil ich dich nicht auf dem Gewissen haben will.«

Ich bin erleichtert, und das nicht nur, weil sie einverstanden ist, dass ich sie begleite und auf sie aufpasse. Ich bin erleichtert, weil ich dadurch ein bisschen länger mit ihr reden kann.

Sie fotografiert erst das Nummernschild des Wagens und dann mich neben dem Nummernschild. »Das Foto schicke ich meiner Freundin Lana«, sagt sie. »Falls ich tot aufgefunden werde, wissen sie, wer es war.«

Ich lache. Danach gibt sie die Adresse der Party in die Karten-App ihres Handys ein und wir laufen los. Wir gehen ein paar Minuten schweigend nebeneinanderher, als müssten wir uns beide erst mal an die neue Situation gewöhnen. In der Ferne höre ich Feuerwerk. Wie oft im Sommer. Das Prasseln hallt zwischen den Häusern wider, aber es ist zu weit weg, als dass man etwas sehen könnte.

Wir überqueren die Atlantic Avenue und biegen in ein anderes Viertel ein. Hier ist viel mehr los. Nachbarn stehen in Grüppchen auf dem Gehweg zusammen oder sitzen auf den Eingangstreppen und unterhalten sich. Hier stehen schmalere dreistöckige Brownstones, die aussehen wie das, in dem wir wohnen. Überall brennen Kerzen – auf Fensterbrettern und entlang der Eingangsstufen. Kinder spielen Geister und jagen sich mit Taschenlampen durch die Dunkelheit. Ein paar Leute haben diese fetten altmodischen BoomBoxen rausgebracht, die noch mit Batterie funktionieren. Alle möglichen Musikrichtungen sind zu hören, von Rap über Pop und Calypso bis zu Dancehall. Ich fühle mich wie auf einem riesigen Straßenfest. Als hätte der Blackout allen in der Stadt eine willkommene Ausrede dafür geliefert, sich eine Auszeit zu nehmen und mit anderen zu feiern.

Der Mond über uns ist fast voll, was gut ist, weil es hell genug ist, um Grace immer mal wieder einen Blick von der Seite zuzuwerfen.

Mann, ist sie hübsch. Manchmal verfängt sich das Mondlicht in den Perlen in ihren Dreads, und das sieht aus, als würde sie glitzern.

»Glaubst du an Zeichen?«, fragt sie mich.

»Du meinst, Zeichen von Gott oder vom Universum?«

»Ja, genau«, sagt sie. »Vielleicht ist der Blackout und dass du kein Benzin mehr hast, ein Zeichen.«

»Wofür?«

»Dass es eine blöde Idee von mir ist, auf die Party zu gehen.«

»Warum?«, frage ich. »Hast du nicht gesagt, dass du dich dort mit deinem Freund triffst?«

»Ex-Freund. Ich hab das gesagt, damit du nicht auf falsche Gedanken kommst.« Sie schaut mich kurz an. »Du kannst dir gar nicht vorstellen, wie viele Typen sich einbilden, man würde sie gut finden, bloß weil man mit ihnen redet.«

Ich bleibe stehen und lache. »Ich hätte dich nicht angebaggert«, sage ich, obwohl sie recht hat. Ich hätte definitiv versucht, sie anzubaggern, wenn sie nicht gesagt hätte, dass sie einen Freund hat.

Ihr Blick zeigt mir, dass sie das auch weiß.

»Okay«, sage ich. »Was genau ist das für eine Situation mit deinem *Ex*-Freund.«

»Vergiss es.« Sie schüttelt den Kopf. »Das erzähle ich doch nicht irgendeinem wildfremden Typen.«

»Aber du hast selbst damit angefangen, als du gesagt hast, das könnte ein Zeichen sein. Vielleicht ist es ja ein Zeichen dafür, dass du mit einem wildfremden Typen über deine Probleme reden solltest, damit er sie für dich lösen kann«, sage ich. »Außerdem liefere ich dich in einer halben Stunde auf der Party ab und danach sehen wir uns nie mehr wieder.«

Als ich das sage, zieht sich mein Magen ein bisschen zusammen. Der Gedanke, sie nie mehr wiederzusehen, gefällt mir nicht.

Sie schaut mich wieder von der Seite an und sieht aus, als würde sie eine Entscheidung treffen. »Was willst du wissen?«

»Alles«, sage ich.

Sie erzählt mir, dass sie sich vor zwei Jahren kennengelernt hätten, als sie aus Jamaika hergezogen ist. Sie fanden sich gleich nett und wurden dann ziemlich bald ein Paar. Er hat ihr die Highschool gezeigt und sie seinen Freunden vorgestellt. Durch ihn hat sie auch ihre beste Freundin Lana gefunden.

»Und warum habt ihr euch getrennt?«, will ich wissen.

Sie sieht mich wieder mit diesem *Warum-erzähle-ich-das-einem-Wildfremden?*-Blick an.

Ich versuche sie mit einem *Deine-Geheimnisse-sind-bei-mir-gut-aufgehoben*-Blick zu beruhigen.

»Er hat gesagt, dass zwischen uns eigentlich alles gut ist, aber dass er das Gefühl hat, es wäre Zeit, sich weiterzuentwickeln.«

»*Jesus!* Was soll das denn bitte heißen?« Der Typ klingt nach einem totalen Idioten, und das denke ich nicht nur, weil ich sie klug und schön und witzig finde.

Sie hebt die Hände. »Genau das hab ich auch gesagt.«

»Und was hat er darauf gesagt?«

»Dass wir sowieso bald aufs College gehen und dass Fernbeziehungen nie funktionieren.« Sie bleibt stehen und schaut zum Himmel. »Aber das war nicht der wahre Grund, warum er Schluss gemacht hat. Als ich weitergebohrt habe, hat er gesagt, er wäre nicht mehr verliebt.« Sie schüttelt den Kopf, als würde sie immer noch versuchen, es zu verstehen. »Er hat gesagt, ich hätte mich verändert. Als wäre das was Schlechtes.«

»Also ich finde die, die du jetzt bist, ganz schön cool«, sage ich, ohne nachzudenken.

Sie lacht verlegen.

»Weißt du, was lustig ist. Genau dasselbe hat Tommy gestern zu mir gesagt. Dass ich mich verändert hätte. Dabei bin ich derselbe geblieben. Er ist derjenige, der sich verändert hat.«

»Vielleicht bist du ja deswegen sauer auf ihn«, sagt sie.

»Weswegen jetzt genau?«, frage ich.

»Weil er das Leben lebt, von dem du gedacht hast, dass du es leben würdest. Du hättest aufs College gehen und als anderer Mensch zurückkommen sollen. Mit Geschmack für teure Dinge und mit neuen Ideen im Kopf und dem Gefühl, dass du alles weißt, weil du ein paar Vorlesungen gehört hast.«

Ich bleibe stehen und starre sie an. Ein weißer Junge grindet auf einem Skateboard an uns vorbei.

Hat sie recht? Bin ich deswegen so sauer? »Willst du damit sagen, dass ich neidisch auf ihn bin?«, frage ich.

»Ich will damit sagen, dass du deine alten Träume vielleicht loslassen und dir neue suchen musst.«

GRACE

Eine Viertelstunde, nachdem ich Lana das Foto von Seymour und dem Nummernschild geschickt habe, meldet sie sich endlich wieder.

LANA: **Ach, komm. DAS ist dein Ryde-Fahrer?**

LANA: **Der sieht hammer aus**

LANA: **Okay, nicht so heiß wie Tristán**

LANA: **Aber heiß**

LANA: **Beeil dich und bring ihn her, damit ich ihn mir genauer anschauen kann**

LANA: **Im Ernst. Könnt ihr nicht ein bisschen schneller gehen?**

Ich muss lachen. Dabei gehe ich schon doppelt so schnell wie sonst, um mit Seymour und seinen langen Beinen mitzuhalten.

Verrückt, wie sich dieser Abend entwickelt. Ich hätte niemals gedacht, dass ich heute noch mal in der totalen Dunkelheit mit einem Unbekannten durch Brooklyn laufen und ihm meine Trennungsgeschichte erzählen würde. Aber seit ich das mit den Träumen gesagt habe, hat er nichts mehr gesagt. Vielleicht ist er beleidigt?

Ich werfe einen Blick auf meine Karten-App. Wir sind jetzt nur noch zwölf Blocks von der Party entfernt. Wieder ist das Prasseln von Feuerwerk zu hören. Zwei kleine Schwarze Mädchen in identischen roten Tops und Afro-Puffs auf dem Kopf bleiben stehen und schauen zum Himmel. Als sie nichts sehen, starren sie stattdessen uns an, kichern und machen im Vorbeigehen laute Kussgeräusche.

Seymour und ich schauen uns an und müssen auch lachen.

»Ich hab eine Idee«, sagt er. »Du kannst deine Rede ja vorher an mir ausprobieren.«

»Was für eine Rede?«, frage ich.

»Die Rede, die du Derrick hältst, wenn du ihn siehst.«

»Ich habe keine vorbereitet.«

Seymour bleibt stehen. »Versuch's. Stell dir vor, ich wäre er.« Er geht ein Stück in die Knie und saugt die Wangen ein. »Ist er kleiner als ich? Dürrer? Sieht nicht so gut aus?«

Ich schüttle den Kopf, spiele aber mit. »Hey, Derrick.«

»Hey Grace, schön, dich wiederzusehen«, sagt er. Er spricht aber nicht mit seiner normalen Stimme, sondern übertrieben tief, so wie es alle Mädchen immer tun, wenn sie sich über ihre Freunde lustig machen.

Ich lache. »Wie soll ich denn da ernst bleiben?«

»Okay, okay«, sagt er. »Leg los.«

»Na? Wie war der Sommer bis jetzt so für dich?«

»Ganz okay. Aber ohne dich natürlich nicht so schön.«

»Das würde Derrick niemals sagen«, sage ich. »Er ist mehr der schweigsame Typ.« Was übrigens eine der Eigenschaften war, die mich an ihm gestört haben. Er hat nie gesagt, was er fühlt.

Wir kommen an eine Kreuzung. Die Autos stehen so dicht, dass es gar nichts ausmacht, dass die Ampeln nicht funktionieren. Wir schlängeln uns einfach so zwischen den Wagen hindurch zur anderen Straßenseite.

»Und du?«, frage ich. »Hast du eine Freundin?«

»Nope. Ich bin Single.«

»Aber *hättest* du gern eine oder bist du einer von den Typen, die lieber ständig andere Mädchen daten?«

»Ich warte darauf, dass die Richtige vorbeikommt«, sagt er.

Das hört sich ehrlich an und das gefällt mir. »Hast du einen bestimmten Typ?«, frage ich, weil es mich interessiert, wie seine *Richtige* sein sollte.

»Nein, kann ich nicht behaupten«, sagt er.

»Jeder hat einen Typ.«

»Willst du's wirklich wissen?«, fragt er und geht langsamer.

»Ja«, sage ich. Mir fällt gerade auf, dass ich mehr über ihn wissen will, als ich erwartet hätte.

Er schiebt die Hände in seine Taschen und holt tief Luft. »Okay, aber dann darfst du hinterher nicht sagen, dass das irgendwie schnulzig klingt«, sagt er.

Jetzt bin ich noch neugieriger. »Versprochen«, verspreche ich.

»Ich mag Mädchen, die neugierig sind.«

»Moment. Neugierig ... worauf?«, frage ich, weil ich erst klären muss, wovon genau er hier redet.

»Nichts Schweinisches«, sagt er lachend. »Ich meine, neugierig auf die Welt. Der Podcast, den ich vorhin gehört hab? Auf so was stehe ich. Ich mache mir gern Gedanken über die großen Fragen des Lebens, welchen Sinn das alles hat und so. Das hab ich von meinem Vater. Meine Mutter hat für die Veranda vor dem Haus mal so Schaukelstühle gekauft. In denen saßen wir früher oft. Er hat sein Red Stripe getrunken und ich meine Ananas-Limo und wir haben über alles Mögliche geredet. Nur er und ich.«

Er schaut in den Himmel. Das Mondlicht lässt sein Gesicht silbrig braun schimmern. Er sieht kurz zu mir rüber und lächelt. »Die meisten Leute finden es sinnlos, über philosophische Themen zu reden. Was bringt es, sich über Zeug zu unterhalten, das keinen praktischen Wert hat? Aber er hat das anders gesehen.«

»Klingt, als wäre er ganz schön toll gewesen«, sage ich und schaue auch in den Himmel.

»Ja, war er wirklich«, sagt er mit leisem Seufzen. »Na, jedenfalls mag ich Mädchen, die sich genauso für solches Zeug interessieren wie ich. Als wir uns vorhin über das Schiff von Theseus unterhalten haben, hab ich gleich gemerkt, dass du wirklich verstehst, worum es geht. Du bist klug. Du hast gute Sachen gesagt. Zum Beispiel, dass die Erinnerung ein Teil der Identität ist. Ich fand auch gut, was du über den wirklichen Grund für meinen Streit mit Tommy gesagt hast und dass ich mir neue Träume suchen müsste. Und zum Lachen hast du mich auch ein paarmal gebracht ...«

Er presst sich eine Hand auf den Mund, als ihm klar

wird, was er da gerade gesagt hat. Im Grunde genommen hat er mir erklärt, dass *ich* sein Typ bin.

»Verdammt.« Er schaut auf seine Füße. »Ich schwöre bei Gott, dass ich nicht versucht habe, dich hier irgendwie anzumachen. Ich weiß ja, dass du diese Derrick-Sache am Laufen hast. Und selbst wenn nicht, hätte ich wahrscheinlich nicht ...«

Ich hebe die Hand. »Schon okay. Du musst dich nicht entschuldigen. Was du gesagt hast, war doch nett.«

Er hebt überrascht den Kopf. »Ja?«

»Ja«, sage ich.

Wir lächeln uns an, aber danach wird die Stimmung zwischen uns ein bisschen verkrampft. Ich hole wieder mein Handy raus und schaue auf die Karten-App. Eigentlich will ich uns nur ein bisschen Zeit geben, um wieder locker zu werden, aber es stellt sich heraus, dass es eine gute Idee war. Wir sind einen Block zu weit gegangen und hätten vorhin rechts abbiegen sollen. Ich will ihm das gerade sagen, als er auf die andere Straßenseite zeigt, wo eine Tankstelle ist.

»Was dagegen, wenn wir kurz rübergehen?«, fragt er mich. »Die Lämpchen an den Zapfsäulen leuchten. Vielleicht haben die einen Notstromgenerator und ich könnte einen Kanister Benzin kaufen.«

Wir gehen über die Straße, und ich warte auf dem Gehweg, während er reingeht. Ein paar Meter weiter hat jemand das Ventil an einem Feuerhydranten geöffnet, und das Wasser spritzt hoch in den Himmel. Drei Schwarze Jungs, vielleicht neun oder zehn Jahre alt, springen ausgelassen um die Fontäne herum und sind schon klatschnass.

Ein älteres Mädchen, vielleicht die Schwester von einem von ihnen, hat auf ihrem Handy laut Musik laufen und lacht, während die drei kreischend herumalbern. Wir lächeln uns zu, dann wandert mein Blick wieder zu den Jungs. Ihre dünnen Beine fliegen, und sie lachen so frei und offen, wie es bloß Kinder können – als wäre die Welt nur für sie gemacht und es gäbe keinen schöneren Moment als den jetzt gerade.

Es kommt mir vor, als wäre durch den Stromausfall alles in der Stadt unterbrochen worden. Als hätte jemand auf eine gigantische Pausetaste gedrückt. Genauso fühle ich mich auch, seit Derrick mit mir Schluss gemacht hat. Als würde ich darauf warten, dass irgendwas passiert und mein Leben wieder weitergeht.

Nach ein paar Minuten kommt Seymour zurück. Er trägt einen roten Benzinkanister und ein paar Eistüten. »Die hat mir die Frau drinnen geschenkt«, sagt er. »Weil die Kühltruhe nicht funktioniert und sie geschmolzen wären.« Er schaut zu dem Mädchen, das vielleicht die ältere Schwester ist. »Ist es okay, wenn ich die den Kids gebe?«, fragt er.

»Klar. Das ist meganett von dir!«, sagt sie.

Die Jungs greifen jubelnd nach dem Eis und sind wahrscheinlich noch glücklicher als vorher. Einer von ihnen – der kleinste, mit Segelohren – mustert Seymour von oben bis unten. Dann schaut er mich an. »Ist der dein Freund?«, fragt er.

»Oh mein Gott, Owen«, sagt das Mädchen. »Das geht dich überhaupt nichts an.«

»Ist schon okay«, sage ich lachend und beuge mich zu dem Jungen runter. »Nein, Owen. Er ist nicht mein Freund.«

Ich überlege, ob ich die Sache mit dem Ryde erklären soll, entscheide mich dann aber dagegen. Es fühlt sich an, als wären wir inzwischen mehr als nur Fahrer und Fahrgast. »Wir sind Freunde«, sage ich und spüre Seymours Blick auf mir.

»Ah, okay«, sagt Owen und hüpft wieder an den Rand der Wasserfontäne, während er an seinem Eis leckt.

»Freunde?«, fragt Seymour. »Heißt das, du verzeihst mir, dass mir das Benzin ausgegangen ist?«

»So weit sind wir noch nicht.« Ich grinse.

Er lacht. »Dann erzähl mir noch was von dir, damit unsere Freundschaft Fortschritte macht.«

Ich erzähle ihm, dass ich Einzelkind bin, wir also zu Hause nur zu dritt sind. Dass mein Dad als Sous Chef in einem teuren französischen Restaurant in Tribeca arbeitet und meine Mutter Buchhalterin ist. Und dass die beiden davon träumen, irgendwann mal ein Edelrestaurant mit jamaikanischer Küche zu eröffnen.

»Was vermisst du am meisten an Jamaika?«, fragt er.

Wenn Leute mir diese Frage stellen, antworte ich meistens oberflächlich und sage etwas, das sie erwarten: meine Verwandten oder den Strand oder das Essen. Es stimmt zwar, dass ich mich nach all dem sehne, aber es ist nicht das, was ich am allermeisten vermisse.

»Ich vermisse das Gefühl, irgendwo hinzugehören«, sage ich.

Er nickt nachdenklich. »Ja, das versteh ich«, sagt er, und ich habe das Gefühl, dass er das wirklich tut.

Wieder explodieren Feuerwerkskörper und diesmal erhasche ich einen Blick auf einen rot glühenden Funkenregen hinter einem Gebäude. Ein älteres weißes Pärchen, das sich an den Händen hält, kommt auf uns zu. »Wunderschöner Abend, was?«, sagt der Mann.

Seymour nickt. »Er wird immer besser«, sagt er, als sie an uns vorbei sind.

SEYMOUR

Jetzt sind wir weniger als einen Block von der Party entfernt. Die Musik wird immer lauter und ich kann von hier aus Jerk Chicken und gegrilltes Schweinefleisch riechen. Wir gehen weiter und treffen auf Massen von lachenden, tanzenden Leuten. Ich fühle mich wie in einem riesigen Open-Air-Club mit extrem schummriger Beleuchtung. Der ganze Häuserblock schimmert orange von den vielen Kerzen und Laternen, die die Leute rausgestellt haben. Genau wie in den anderen Straßen jagen sich hier Kids mit Taschenlampen durch die Dunkelheit. Und es gibt auch einen Hydranten, aus dem Wasser spritzt, in dem Kinder herumspringen. Entlang dem Gehweg sehe ich eisgefüllte Behälter voll mit Bier und Softdrinks.

Ich bleibe stehen und lächle über die glücklichen Gesichter und weil sich die Leute durch den Stromausfall nicht davon abhalten lassen, eine gute Zeit zu haben. Ich denke an das, was Grace vorhin gesagt hat, dass ich mir neue Träume suchen muss.

»Tja, da wären wir«, sagt Grace und dreht sich zu mir.

»Danke, dass du mir erlaubt hast, dich sicher hierherzubringen«, sage ich.

Sie lacht und schaut sich um. »Ich kann nicht glauben, dass der Strom immer noch weg ist.«

Mir fällt nichts ein, was ich darauf sagen könnte, aber ich würde gern etwas sagen, damit wir noch ein bisschen länger hier stehen und reden können. »Ich finde es gut«, sage ich und wünschte, das wäre jetzt nicht das Ende. Wünschte, wir würden zusammen auf diese Party gehen.

Ihr Handy klingelt.

Ich weiß, dass jetzt der Moment gekommen ist, in dem sich unsere Wege wieder trennen. »Tja, dann geh ich mal wieder«, sage ich und schwenke den Benzinkanister. »Ich muss den Wagen tanken und mit meiner Schicht weitermachen.«

»Danke noch mal«, sagt sie.

Ich mache einen Schritt zurück, schaffe es aber nicht zu gehen, ohne es nicht wenigstens versucht zu haben.

»Darf ich dich was fragen? Du weißt ja, dass ich im Grunde zugegeben habe, dass du mein Typ bist ...«

Sie schlägt die Hände vors Gesicht, und ich glaube, dass sie rot wird.

»Ja«, sagt sie.

»Wenn jetzt die Derrick-Situation nicht wäre, könntest du dir dann vorstellen, dich mal mit mir zu treffen, um über Philosophiepodcasts zu diskutieren, in denen es um die Frage geht, was Identität ausmacht?«

Sie sieht mich ein paar Sekunden an. Von hinten beleuchtet sie der Schein der Kerzen, und es würde mich schon glücklich machen, einfach nur hier zu stehen und sie anschauen zu dürfen. Sie öffnet den Mund und will etwas sagen, aber in dem Augenblick kommt ein Mädchen auf uns zugerannt. Sie ist so mit Schmuck behängt, dass alles an ihr klirrt.

»Hi«, sagt die Klirrende und betrachtet mich von oben

bis unten. »Bist du der Ryde-Fahrer, der nicht weiß, dass Autos Benzin brauchen?«

»Genau der bin ich«, sage ich lachend. »Bist du die freche beste Freundin?«

»Es kann nur eine geben«, sagt sie und macht einen Knicks. »Danke, dass du mein Mädchen hergebracht hast.«

»Kein Problem«, sage ich. Ich schaue immer noch Grace an und hoffe, dass sie meine Frage noch beantwortet, obwohl ich tief in mir weiß, dass der Moment vorbei ist. Ihre Freundin schaut ein paarmal zwischen uns hin und her. »*Grace*«, flüstert sie extralaut. »Derrick steht drüben in der Schlange beim Jerk Chicken an.«

Das ist mein Stichwort zu gehen. »Schön, dass mir das Benzin mit dir ausgegangen ist, Grace«, sage ich. »Viel Glück noch.«

»Dir auch«, sagt sie.

GRACE

Mir ist irgendwie ein bisschen komisch, als ich ihm hinterhersehe. Es ist dasselbe Gefühl wie in einer Prüfung, wenn man – zu spät – begreift, dass man eine Frage falsch beantwortet hat.

Er verschwindet in der Menge.

Lana schnippst mit den Fingern vor meinem Gesicht herum. »Was war das denn gerade?«, fragt sie.

»Ich glaube, das war eine hypothetische Frage, ob wir uns mal wiedersehen.«

»Und wie war deine hypothetische Antwort?«

»Ich hab ihm keine gegeben«, sage ich und wechsle das Thema, bevor sie noch mal nachhaken kann. »Wo ist Tristán?«

Ein strahlendes Lächeln überzieht ihr Gesicht. »Der holt mir gerade was zu trinken«, sagt sie.

Ich ziehe sie an mich und umarme sie fest. »Ich freue mich so, so, so sehr für euch«, sage ich.

Ein weißer Typ, der irgendeine seltsame Art von Ausdruckstanz macht, rempelt uns aus Versehen an. Lana verdreht die Augen und schiebt uns zum Gehweg, wo weniger Leute sind. »Du siehst toll aus«, sagt sie. Sie rückt meine Kette gerade und schiebt die Braids von meinen Schultern nach hinten. »Okay. Bist du bereit?«

Ich greife nach ihrer Hand und drücke sie. »Wieso bin ich noch mal hier?«

»Was ist los mit dir?«, fragt sie. »Du gehst jetzt zu Derrick rüber, damit er sieht, was er aufgegeben hat. Das ist es doch, was du willst, oder?«

Ich nicke, weil sie recht hat. Jedenfalls rede ich seit sechs Wochen davon, dass ich das will. Nur dass ich mir da jetzt nicht mehr so sicher bin. Ich weiß nicht mehr, warum ich hier bin und was ich will.

»Zum Jerk-Truck geht's da lang.« Lana zeigt die Straße runter. Ich sehe ihn rechts neben einem roten Sightseeing-Doppeldeckerbus, der sich irgendwie hierher verirrt haben muss. Sie wünscht mir Glück und ich gehe los.

Ich schlängle mich Entschuldigungen murmelnd durch das Gewimmel und überlege dabei die ganze Zeit, was ich zu Derrick sagen soll. Irgendwas Nostalgisches, das ihn an unsere gemeinsame Vergangenheit erinnert? Daran, warum wir zusammengekommen sind? Aber mir fällt nichts ein. Stattdessen sehe ich die ganze Zeit Seymour vor mir, wie er mit dieser pseudotiefen Stimme gesprochen und mich ermutigt hat, meine Rede an ihm zu üben. Ich schüttle lachend den Kopf. Das war witzig.

Und dann bin ich am Truck angekommen. Der würzige Jerk-Rauch duftet so gut, dass ich Lust bekomme, mir ein, zwei Portionen zu bestellen, obwohl ich eigentlich keinen Hunger habe. Ich lasse den Blick über die Schlange der anstehenden Leute wandern und entdecke Derrick ziemlich weit vorne. Mein Herz klopft ein paarmal gegen die Rippen, beruhigt sich dann aber wieder. Er sieht anders aus als das letzte Mal, als wir uns gesehen haben. Seine Haut ist tief gebräunt und er hat sich seinen Fade Cut rauswachsen lassen. Abgesehen von dem albernen Goatee am Kinn sieht er gut aus.

Ich gehe auf ihn zu, aber er schaut gerade auf sein Handy und bemerkt mich nicht. »Hey, Derrick«, sage ich.

Er hebt träge den Kopf, wie er es immer tut. So als würde er alles in Zeitlupe machen. »Gracie«, sagt er und sieht mich von oben bis unten an. »Wow, du siehst toll aus.«

»Danke«, sage ich. »Du auch.«

Wir stehen eine Weile unbehaglich voreinander. Er fängt sich als Erster und umarmt mich. »Schön, dich zu sehen«, sagt er. Lächelnd. »Was machst du hier? Du stehst doch eigentlich nicht auf so große Partys.«

Und in dem Moment kapiere ich es endlich – was das Problem zwischen Derrick und mir ist. Das Problem ist, dass er mich so möchte, wie er mich kennengelernt hat. Er will, dass ich dasselbe schüchterne Mädchen bleibe, das ich war, als ich frisch mit dem Flieger aus Jamaika gekommen bin, nichts wusste und niemanden kannte. Das Mädchen, das ihn brauchte, damit er mir alles zeigte. Er hatte recht mit dem, was er gesagt hat, als er mit mir Schluss gemacht hat. Ich bin nicht mehr dieselbe. Ich *habe* mich verändert.

Und das ist nichts Schlechtes.

In dem Moment kommt ein Mädchen auf uns zu – Trish. Ich erkenne sie von den Fotos in seinen Posts wieder. An dem Blick, mit dem sie ihn ansieht, erkenne ich, wie verliebt sie ist.

Sie schaut zwischen uns beiden hin und her und ein nervöser Ausdruck tritt auf ihr Gesicht.

Ich beeile mich, ihr zu signalisieren, dass sie sich wegen mir keine Sorgen machen muss. »Du bist Trish, stimmt's?«, sage ich und strecke ihr die Hand hin. »Freut mich, dich kennenzulernen. Derrick hat gerade von dir erzählt.«

Sie strahlt. »Echt?«

»Ja, echt«, sage ich. Sie strahlt noch mehr.

Ich drehe mich zu Derrick. »Ich muss weiter. War nett, dich mal wieder zu treffen«, sage ich. »Bis dann.«

Er runzelt die Stirn und sieht aus, als würde er noch was sagen wollen, aber ich drehe mich um und gehe. Ich tauche wieder in die Menschenmenge ein und lasse mich einen Moment lang darin treiben.

Lana muss mich von Weitem beobachtet haben, denn sie steht plötzlich direkt neben mir. Tristán ist bei ihr und lächelt genauso glücklich übers ganze Gesicht wie sie.

»Endlich hast du die Richtige gefunden«, sage ich.

Er lächelt noch glücklicher.

»Und?«; sagt Lana und wippt auf den Zehen. »Wie lief es mit Derrick?«

»Es war okay, ihn zu sehen«, sage ich, weil ich noch herauszufinden versuche, was ich eigentlich genau fühle.

»Es war *okay*, ihn zu sehen?«, macht Lana mich nach. »Hallo? Frau? Hast du nicht die letzten ich-weiß-nicht-wie-vielen Wochen damit verbracht, mir immer wieder zu sagen, wie sehr du ihn vermisst?«

»Ich weiß«, sage ich. »Aber ich glaube, da habe ich mich geirrt.«

»Und das merkst du erst jetzt?«

»Ja«, sage ich.

»Das ist wegen dem Typen von Ryde, oder? Ich hab gesehen, wie er dich angeschaut hat.«

Ich habe es auch gesehen. Er mag mich. Mag mich so, wie ich jetzt bin.

Hoffentlich ist es nicht zu spät. Wenn ich renne, erwische ich ihn vielleicht, bevor er bei seinem Wagen ist und wegfährt.

Ich erzähle Lana von meinem Plan. »Kommst du mit?«

Sie sieht Tristán an. »Wäre das okay für dich?«, fragt sie.

Er bietet uns an, mitzukommen, aber sie sagt, er soll bleiben und Twig helfen, die Stimmung am Laufen zu halten. Die beiden küssen sich zum Abschied, dann greift sie nach meiner Hand.

»Los«, sagt sie.

Wir drängeln uns durch das Gewühl. Es kommt mir vor, als hätte sich die Menge in den letzten paar Minuten verdoppelt oder sogar verdreifacht, so als hätte ganz New York auf einmal beschlossen, dass das hier der Ort ist, an dem man jetzt sein muss – diese Straße in Brooklyn, in der bei Kerzenschein und Mondlicht gefeiert wird. Twig und ein anderer Typ stehen auf der kleinen Bühne über zwei Plattenspieler gebeugt. Twig schließt die Augen und wippt wie in Trance zur Musik, während sein Freund dem an-

deren jamaikanischen Mädchen aus meinem Jahrgang –
Tammi – die Zunge rausstreckt. Sie schafft es nicht, ihr
Lachen zu unterdrücken. Nella hockt auf einem der Laut-
sprecher und strahlt ein Mädchen an, das ich nicht kenne.
Ich lächle, als ich sehe, dass sie sich an den Händen halten.

Wir müssen zwei Typen ausweichen, die Fahrräder
durch das Gewühl schieben. Irgendwann kommen wir wieder an die Stelle, wo ich mich vorhin von Seymour verab-
schiedet habe. Nicht, dass ich damit gerechnet hätte, dass
er dort immer noch auf mich wartet, aber irgendwie bin
ich trotzdem enttäuscht, dass er weg ist.

Lana zieht an meiner Hand. »Na komm, wir suchen
ihn.«

»Jetzt hast du so einen Stress gehabt, um auf die Party
zu kommen, und willst schon wieder gehen?«, sagt eine
Stimme hinter mir.

Lana und ich drehen uns langsam um. In der einen Hand
hält er ein jamaikanisches Rindfleischpattie und in der anderen den Benzinkanister.

»Der Ryde-Typ«, sagt sie.

»Die freche beste Freundin«, sagt er.

Irgendwann muss ich die beiden offiziell vorstellen. Aber
nicht jetzt.

Lana drückt meine Hand. »Du findest mich bei Tristán«,
sagt sie und verschwindet in der Menge.

»Wieso willst du gehen?«, fragt er. »Ist es mit Derrick
nicht gut gelaufen?«

Ich schüttle den Kopf. »Doch. Es ist gut gelaufen.«

»Und wie kommt es dann, dass du …«

»Ich hab dich gesucht«, sage ich.

»Hast du irgendwas im Wagen liegen lassen?«

Oh Mann, er zwingt mich, es für ihn auszubuchstabieren. »Erinnerst du dich noch an die hypothetische Frage, die du mir vorhin gestellt hast?«

Er zieht die Augenbrauen hoch und auf seinem Gesicht breitet sich wie Sonnenschein ein strahlend glückliches Lächeln aus.

Er macht einen Schritt auf mich zu. »Dann hast du jetzt also eine Antwort darauf?«, fragt er.

»Habe ich«, sage ich und mache auch einen Schritt auf ihn zu.

Und genau in dem Moment gehen um uns herum die Lichter an und alle brechen in lautes Jubeln aus.

DANKSAGUNG

DHONIELLE CLAYTON

Dieses Buch ist während der COVID-19-Pandemie entstanden. Die Welt stand still, und wir fühlten uns alle ein bisschen wie in einer Art metaphorischem Blackout, in dem wir uns durchs Dunkel tasten und versuchen mussten, irgendwie aus all dem schlau zu werden, was um uns herum passierte. Aber aus dem Chaos erwuchs ein Licht – dieses wunderschöne Herzensprojekt –, unsere Anthologie. Ich bin dankbar für diesen Anker der Kreativität, der mir inmitten des Wirbels aus Tod und Ungewissheit Halt gegeben hat.

Zuallererst möchte ich mich aber bei meiner Nichte Riley Clayton bedanken, die mich auf die Idee zu diesem Projekt gebracht hat. Ohne unsere Filmabende, unsere TV-Marathons und deine Frage, warum in diesen großen Liebesgeschichten eigentlich nie Schwarze Mädchen vorkämen, gäbe es dieses Buch nicht. Danke, dass du deine Tante vor die Herausforderung gestellt hast, daran etwas zu ändern. Ich hoffe, ich schaffe es, auch alle künftigen Challenges zu bestehen. Ich liebe dich, Kleines. Du hast einen festen Platz in einer meiner Herzkammern.

Ich danke meinen Ladys: Tiffany D. Jackson, Angie Thomas, Nic Stone, Ashley Woodfolk und Nicola Yoon – ihr habt meinen Traum wahr werden lassen. Danke für euer Vertrauen, für euer Herzblut, eure Zeit, euer Talent und eure Bereitschaft, euch kopfüber mit mir in die Dunkelheit zu stürzen. Zusammen haben wir darin ein helles Licht entzündet, das mich noch lange, lange leiten wird. Die Zusammenarbeit mit euch ist die schönste Erfahrung, die ich als Autorin je gemacht habe. Ich bin überglücklich, gemeinsam mit euch dieses Buch in die Welt gebracht zu haben.

Danke, Molly Ker Hawn: Du besitzt die Gabe, Träume zu verwirklichen, und hast das Herz einer Löwin. Mit deiner Erfahrung und Tatkraft hast du sichergestellt, dass dieses Buch seinen Platz gefunden hat. Danke, dass du dich so großartig um mich – um uns – gekümmert hast.

Mary Pender: Du bist die beste Komplizin, die man sich nur wünschen kann. Danke für alles, was du tust. Du kannst zaubern!

Rosemary Brosnan: Es war eine unglaublich bereichernde Erfahrung, mit dir als Lektorin an diesem Buch arbeiten zu dürfen. Du hast mich immer wieder dazu gebracht, tiefer zu graben, und hast meinen Text mit deinem Fingerspitzengefühl und deinen klugen Denkanstößen bereichert. Danke dafür.

HarperCollins: Suzanne Murphy, Erin Fitzsimmons, Courtney Stevenson, Ebony LaDelle, Patty Rosati, Audrey Diestelkamp und das gesamte Team. Danke für alles, was ihr für dieses Buch getan habt. Es braucht eine ganze Armee, um ein Buch herauszubringen, und ich bin unfassbar froh, dass ihr uns den Rücken gestärkt habt.

Mom und Dad: Danke für eure bedingungslose Unterstützung, eure Lebenserfahrung, die Verpflegung, eure Fürsorge. Ihr habt immer ein offenes Ohr für jeden Kummer, ihr lindert jeden Schmerz und haucht meinen Träumen Leben ein. Ohne euch wäre ich nicht *ich*. Ich bin euch bis in alle Ewigkeit dankbar dafür, eure Liebe füreinander (und für mich) gespürt zu haben, weil ihr es mir dadurch ermöglicht habt, mit und über Liebe zu schreiben.

Den Superheldinnen-Bibliothekarinnen der New York Public Library – Louise Lareau, Jenny Rosenoff und Sue Yee: Danke, dass ihr euer unschätzbares Insiderwissen mit mir geteilt und so dazu beigetragen habt, dass alle Details in meiner Geschichte so korrekt wie nur möglich wiedergegeben sind. Ihr leistet der Gesellschaft einen unschätzbaren Dienst, und ich bin stolz, eine von euch zu sein. Ich weiß es unglaublich zu schätzen, dass ihr es euch nicht habt nehmen lassen, auch noch die winzigste Ungenauigkeit in meiner verträumten kleinen Liebesgeschichte aufzuspüren, obwohl die Kinderbuchabteilung mitten im Umzug steckte, als ich sie geschrieben habe.

Unseren Leser*innen: Danke für eure Unterstützung. Ich wünsche mir, dass eure Herzen immer offen sind, damit alle Liebe, die das Universum für euch bereithält, hineinfinden kann.

TIFFANY D. JACKSON

Ich möchte mich bei Dhonielle bedanken, der Kapitänin unseres Schiffs. Du hast mich davon überzeugt, dieses Buch zu machen, obwohl ich zu dir gesagt habe, dass ich nicht sicher bin, ob ich da die Richtige bin. Du schaffst es immer, mir dabei zu helfen, an mich selbst zu glauben. Liebes Squad: Es tut mir leid, dass ich die »geniale« Idee hatte, meine Geschichte aufzuteilen, was für jede Einzelne natürlich viel mehr Arbeit bedeutet hat, aber es hat sich alles wunderbar ineinandergefügt. Danke, Rosemary Brosnan: Es muss eine Heidenarbeit gewesen sein, uns alle zwischen zwei Buchdeckel zu kriegen, aber es ist dir mit einer Mühelosigkeit gelungen, die einer wahren Queen würdig ist. Molly Ker Hawn und Mary Pender: Danke für alles, was ihr getan habt und tut. Ich danke meiner Familie: Ich liebe euch. Danke auch dem unsäglichen COVID: Du hast uns zusammengebracht, aber ich behalte dich im Auge und höre nicht auf, gegen dich zu kämpfen. Und last but not least – NYC: Du wirst für immer meine erste große Liebe sein.

ANGIE THOMAS

Danke, Gott, dass du mich durch 2020 gebracht und mir als Lichtblick dieses Buch geschickt hast. Die Arbeit daran hat mich durch diese Achterbahnfahrt von Jahr getragen.

Danke, Queen Dhonielle, dass du mich mit liebevoller Hand in diese Geschichte gezerrt und mein dramaliebendes Selbst dazu herausgefordert hast, eine Liebesgeschichte zu schreiben. Es ist mir eine Ehre, Teil eines so außergewöhnlichen Projekts sein zu dürfen. Meine Ladys: Es macht mich unbeschreiblich glücklich, gemeinsam mit euch dieses wunderbare Buch erschaffen zu haben. Ich freue mich, dass wir dafür gesorgt haben, dass Schwarze junge Menschen von nun an wissen, dass auch sie die ganz großen Liebesgeschichten verdienen. Molly Ker Hawn und Mary Pender: Danke, dass ihr auf dieser Reise unsere Felsen in der Brandung wart und dafür gesorgt habt, dass dieses Buch alles bekommen hat, was es brauchte. Rosemary: Danke, dass du uns dazu gebracht hast, den Dingen auf den Grund zu gehen, damit diese Sammlung von Geschichten so gut wurde, wie sie nur werden konnte. Dem unglaublichen Team von HarperCollins danke ich dafür, dass ihr so an uns geglaubt habt. Meiner Mom Julia: Du bist für mich die wirklich wertvollste Spielerin im Team. Und euch Leser*innen wünsche ich, dass ihr die Liebe findet, die ihr verdient. Auf euch wartet eure ganz eigene Geschichte.

NIC STONE

Ich fange mit Dhonielle Clayton an: Danke, dass du diese komplett irrwitzige Idee hattest und mich dazu eingeladen hast, die Reise mitzumachen. Du bist die Beste. Ich danke den Mollies – Molly Ker Hawn und Mollie Glick: Agentinnen, die so heißen wie ihr, quatschen nicht rum – sie MACHEN. Rosemary Brosnan: Danke, dass du dich mit uns auf diese Sache eingelassen und sie mit fester Hand in Form gebracht hast. Jay Coles, Terry J. Benton-Walker und Julian Winters: Ohne die Einblicke, die ihr mir so großzügig gewährt habt, hätte ich diese Geschichte, die (für mich) absolut *nicht* #OwnVoice ist, niemals schreiben können. Ich kann gar nicht in Worte fassen, wie dankbar ich euch bin. Pete Forester: Tausend Dank, dass du mir ahnungslosen Südstaatlerin geholfen hast, mich mit meinen Wissenslücken in Sachen NYC nicht zu blamieren. Nigel Livingstone: Und wieder hast du dafür gesorgt, dass ich für mich und meine Arbeit den nötigen Raum und die nötige Zeit hatte. Und das auch noch mitten in einer globalen Pandemie. Michael Bonner: Dir gilt mein ganzer Dank dafür, dass ich dein herrlich ruhiges Wohnzimmer in ein kinderfreies Arbeitszimmer verwandeln durfte, um meine Geschichte zu schreiben. Ich liebe euch alle!

ASHLEY WOODFOLK

Es war immer schon mein großer Traum, etwas wie das hier zu schreiben. Jetzt ist er Wirklichkeit geworden. Ich durfte zusammen mit einigen meiner engsten schreibenden Freundinnen ein Buch erschaffen, das mit keinem zu vergleichen ist, das ich je gelesen habe, und von dem ich jetzt weiß, dass ich es mir immer gewünscht und danach gesucht habe. Ohne Dhonielle, die uns alle mit ins Boot geholt hat, wäre das nicht möglich gewesen. Ich werde nie vergessen, wie wunderschön es war, gemeinsam mit euch stundenlang wild Ideen zu entwickeln und unseren Gruppenchat mit unseren Diskussionen über Bücher und zusätzlich so ziemlich alle anderen Lebensbereiche zum Glühen zu bringen. Danke, D (und dem Rest der Blackout-Bande), dass du dich auf diese Abenteuerreise begeben und mich dazu eingeladen hast. Ich danke meiner Agentin Beth für die Geduld, mit der sie meine Millionen Fragen und panischen Nachrichten beantwortet hat. Danke auch an die wunderbare Molly Ker Hawn, ohne die nichts von all dem möglich gewesen wäre. Ich danke Rosemary Brosnan, die in jeder unserer Geschichten das Besondere gesehen und sie so feinfühlig in Form gebracht hat, dass ihre Einzigartigkeit erhalten blieb. Dieses Buch hat Licht in ein sehr dunkles Jahr gebracht, das sich in vieler Hinsicht wie ein einziger großer Blackout angefühlt hat. Es wird mich für immer mit Dankbarkeit und Glück erfüllen, dass ich Teil dieses revolutionären Projekts gewesen sein durfte.

NICOLA YOON

Das Jahr 2020 war gefühlt das längste Jahr der Geschichte. Aber es gab auch Lichtblicke – und einer davon war definitiv, dass ich zusammen mit fünf der talentiertesten und mutigsten Autorinnen, die ich kenne, an diesem Buch mitschreiben durfte. Vielen, vielen Dank, Angie, Ashley, Dhonielle, Nic und Tiffany für eure genialen Einfälle und eure Vorstellungskraft. Ein Extradank gebührt unserer furchtlosen Anführerin Dhonielle dafür, dass sie die Idee zu diesem Projekt hatte und darauf bestanden hat, es mit uns zu verwirklichen. Ihre Leidenschaft und Hingabe sind grenzenlos. Unserer wunderbaren Lektorin Rosemary Brosnan danke ich dafür, dass sie unsere Geschichten so perfekt in Form gebracht hat, und unseren Superagentinnen Molly Ker Hawn und Mary Pender dafür, dass sie genauso perfekt unsere Interessen vertreten haben. Ein Riesendankeschön gilt meiner unermüdlichen Agentin Jodi Reamer, die immer auf alle Fragen eine Antwort hat. Und dann danke ich natürlich den Lieben meines Lebens, David und Penny, einfach nur dafür, dass es euch gibt. Ihr beide seid immer mein hellster Lichtblick.

© Jess Andree

DHONIELLE CLAYTON ist die New-York-Times-Bestsellerautorin der Belles-Serie und Co-Autorin der Dilogie Tiny Pretty Things (die auf Netflix verfilmt wurde). Sie ist die COO der Nonprofit-Organisation We Need Diverse Books und Co-Gründerin der CAKE Literary-Agentur.

TIFFANY D. JACKSON hat mehrere preisgekrönte Jugendromane veröffentlicht, unter anderem »Der bittere Trost der Lügen«, den Walter-Dean-Myers-Honored-Book-Preisträger »Monday, wo bist du?« und »Let Me Hear a Rhyme«. Sie ist Gewinnerin des Coretta Scott King New Talent Award.

NIC STONE ist die New-York-Times-Bestsellerautorin von »Dear Martin«, »Odd One Out«, »JackPot« und »Clean Getaway«. Sie wuchs in einem Vorort von Atlanta auf.

ANGIE THOMAS' preisgekröntes Debüt »The Hate U Give« schaffte es auf Anhieb auf Platz 1 der New-York-Times-Bestsellerliste, ebenso wie ihre Folgeromane »On the Come Up« und »Concrete Rose«. »The Hate U Give« wurde 2018 mit dem Deutschen Jugendliteraturpreis ausgezeichnet und mit der »Hunger-Games«-Darstellerin Amandla Stenberg in der Hauptrolle verfilmt.

ASHLEY WOODFOLK machte ihren Bachelor-Abschluss in Englisch an der Rutgers Universität und arbeitete über zehn Jahre in der Buchbranche. Sie ist die Autorin von »The Beauty that Remains« und »When You Were Everything«. Ashley Woodfolk wohnt mit ihrem Mann und ihrem Sohn in Brooklyn.

NICOLA YOON ist die Nr.-1-New-York-Times-Bestsellerautorin von »Du neben mir und zwischen uns die ganze Welt« sowie »The Sun is also a Star – Ein einziger Tag für die Liebe«. Sie ist Finalistin des National Book Award, erhielt den Michael L. Printz Honor Book Award und gewann den Coretta Scott King New Talent Award. Beide Romane wurden verfilmt.

Übersetzerinnen

ANJA GALIĆ und KATARINA GANSLANDT teilen sich, die eine von Köln und die andere von Berlin aus, schon seit vielen Jahren ein virtuelles Arbeitszimmer, in dem sie Bücher aus dem Englischen übersetzen und sich über ihre Texte austauschen – sowohl bei eigenen als auch bei gemeinsamen Projekten wie hier bei »Blackout«. Ihr häufigster in Skype getippter Satz: »Kannst du da bitte kurz drüberschauen, ob das so geht?«

Mehr über cbj auch auf Instagram

Angie Thomas
The Hate U Give

512 Seiten, ISBN 978-3-570-31298-8

Die 16-jährige Starr lebt in zwei Welten: in dem verarmten Viertel, in dem sie wohnt, und in der Privatschule, an der sie fast die einzige Schwarze ist. Als Starrs bester Freund Khalil vor ihren Augen von einem Polizisten erschossen wird, rückt sie ins Zentrum der öffentlichen Aufmerksamkeit. Khalil war unbewaffnet. Bald wird landesweit über seinen Tod berichtet; viele stempeln Khalil als Gangmitglied ab, andere gehen in seinem Namen auf die Straße. Die Polizei und ein Drogenboss setzen Starr und ihre Familie unter Druck. Was geschah an jenem Abend wirklich? Die Einzige, die das beantworten kann, ist Starr. Doch ihre Antwort würde ihr Leben in Gefahr bringen ...

www.cbj-verlag.de

30364

Angie Thomas
On The Come Up

512 Seiten, ISBN 978-3-570-31387-9

Die 16-jährige Bri wünscht sich nichts sehnlicher, als eine berühmte Rapperin zu werden. Als Tochter einer Rap-Legende ist das nicht leicht: Ihr Vater starb, kurz bevor er den großen Durchbruch schaffte, und Bri tritt in riesengroße Fußstapfen. Dann verliert ihre Mutter ihren Job. Plötzlich gehören Essensausgaben, Zahlungsaufforderungen und Kündigungen ebenso zu Bris Alltag wie Reime und Beats. Als sich die unbezahlten Rechnungen stapeln und ihre Familie kurz davor ist, ihre Bleibe zu verlieren, wird klar: Eine berühmte Rapperin zu werden, ist für Bri nicht länger nur ein Wunsch, sondern ein Muss ...

30484

www.cbj-verlag.de

Angie Thomas
Concrete Rose

416 Seiten, ISBN 978-3-570-31498-2

Der 17-jährige Maverick weiß aus bitterer Erfahrung: Man ist verantwortlich für die eigene Familie. Als Sohn eines Vaters, der im Knast sitzt, dealt er für die King Lords, um für sich und seine Mutter zu sorgen. Das Leben ist nicht perfekt, aber seine Freundin und sein Cousin Dre machen es erträglich. Doch als Mav erfährt, dass er Vater geworden ist, steht seine Welt Kopf. Sein Sohn Seven ist komplett auf ihn angewiesen. Schnell begreift Mav, dass er nicht alles unter einen Hut bekommt: den Schulabschluss zu machen, sich um Seven zu kümmern und zu dealen. Der Ausweg: auszusteigen aus dem Gangleben. Doch die King Lords lassen keinen einfach so ziehen. Und als ein wichtiger Mensch in Mavericks Leben ermordet wird, steht er vor einer Zerreißprobe zwischen Verantwortung, Loyalität und Rache ...

30485

www.cbj-verlag.de

Nicola Yoon

Du neben mir
und zwischen uns die ganze Welt

336 Seiten, ISBN 978-3-570-31099-1

Die 17-jährige Madeline hat noch nie das Haus verlassen, denn sie leidet an einer seltenen Immunkrankheit. Bisher war das kein Problem, weil sie es nicht anders kennt. Doch als im Nachbarhaus der geheimnisvolle Olly einzieht, kommen sich die beiden so nah, wie es für Madeline möglich ist. Plötzlich möchte sie die Welt außerhalb ihres sterilen Zimmer entdecken, die sie sonst nur aus Büchern kennt. Selbst wenn es bedeutet, dafür ihr Leben zu riskieren ...

www.cbj-verlag.de

Nicola Yoon
Als wir Tanzen lernten

384 Seiten, ISBN 978-3-570-16631-4

Evie glaubt nicht mehr an die Liebe. Erst recht nicht, als etwas
Unfassbares geschieht – sie kann plötzlich die Zukunft von
Liebespaaren voraussehen: Alle Liebesgeschichten enden tragisch.
Evie versucht noch, mit ihrer seltsamen Gabe zurechtzukommen,
als sie bei einem Tanzkurs auf X trifft, der alles verkörpert, was
Evie ablehnt: Abenteuerlust, Risikobereitschaft, Leidenschaft.
X lebt nach dem Motto, zu allem Ja zu sagen – auch zu dem Tanz-
wettbewerb, den er und Evie gemeinsam antreten. Evie will sich auf
keinen Fall in X verlieben. Doch je länger sie mit X tanzt, desto öfter
stellt sie infrage, was sie über das Leben und die Liebe zu wissen
glaubt. Ist die Liebe das Risiko vielleicht doch wert?

www.cbj-verlag.de

20333